U0109516

古典詩歌研究彙刊

第二八輯

龔鵬程 主編

第8冊

蘇軾與秦觀交往詩研究

何宜臻 著

國家圖書館出版品預行編目資料

蘇軾與秦觀交往詩研究／何宜臻 著 -- 初版 -- 新北市：花木
蘭文化事業有限公司，2020〔民109〕
目 2+200 面；17×24 公分
（古典詩歌研究彙刊 第二八輯；第 8 冊）
ISBN 978-986-518-205-2（精裝）
1.（宋）蘇軾 2.（宋）秦觀 3. 宋詩 4. 詩評
820.91   109010848

ISBN-978-986-518-205-2

9 789865 182052

古典詩歌研究彙刊
第二八輯 第 八 冊   ISBN：978-986-518-205-2

蘇軾與秦觀交往詩研究

作　　者 何宜臻
主　　編 龔鵬程
總 編 輯 杜潔祥
副總編輯 楊嘉樂
編　　輯 許郁翎、張雅淋 美術編輯 陳逸婷
出　　版 花木蘭文化事業有限公司
發 行 人 高小娟
聯絡地址 235 新北市中和區中安街七二號十三樓
　　　　 電話：02-2923-1455／傳真：02-2923-1452
網　　址 http://www.huamulan.tw 信箱 hml810518@gmail.com
印　　刷 普羅文化出版廣告事業
初　　版 2020 年 9 月
全書字數 137651 字
定　　價 第二八輯共 10 冊（精裝）新台幣 18,000 元　　版權所有 · 請勿翻印

蘇軾與秦觀交往詩研究

何宜臻 著

作者簡介

何宜臻，1991 年 2 月生，臺灣臺中人，國立彰化師範大學國文所碩士，主要研究宋代古典詩詞。現耕耘於教育界，為高中國文專職教師。

提　　要

　　詩歌在各朝各代中，展現不同的樣貌與風采。從先秦《詩經》的溫柔敦厚、〈楚辭〉的浪漫抒情、樂府詩的熱情奔放、古詩的悲壯風骨，到了唐代的近體詩更是大放異彩，舉凡田園、寫實、奇險、邊塞、唯美……等，各有代表作家，寫作數量頗豐，宋詩在唐詩的感性與多元基礎下，開啟另一股風潮。

　　宋代強調文人政治，又因理學大興，文人雅士讀書、集會風氣盛行，詩歌成為人際交往中的重要媒介，除此之外，個人讀書的心得領悟、生活反思也多入詩中，宋詩因而趨向生活化，且較多理性思想的書寫。

　　本書以蘇軾、秦觀之交往詩為論述核心。依《全宋詩》所錄，可見詩人間交流、贈答、唱和、次韻詩……等，占了相當多的數量，交往詩乃是人們在生活所觸及的某種領域中、某種關係中，彼此互動、相互交流而興發出來的一種文學體式。經由交往詩，士人們既可切磋才學，亦可娛樂消遣。

　　蘇軾與秦觀自熙寧七年至元豐八年（1074～1085）、元祐元年至元祐八年（1086～1093）、紹聖元年至靖國元年（1094～1101）各有交往的軌跡，本書將兩人交往詩內容分為「師友之鼓勵」、「久別之思念」、「生活之樂趣」、「慕道之情懷」四大範疇，再就其「顏色配置」、「韻情表達」及「典故應用」來剖析二人之寫作風格。盼透過蘇軾與秦觀的交往詩研究，還原他們的友誼全貌，並探究兩人面對相似困境時的態度。

目
次

第一章　緒　論

第一節　研究動機與目的

　　宋代在中國歷史發展上，常受外國侵擾，宋帝總以繳交巨額稅金或割地友好的做法，企求國與國間的和諧共處，這樣的政策雖使宋代背負眾多的外交經費，宋朝卻能在龐大金錢的壓迫下，猶是存在近千年，可以推想，其內部經濟定有別於以往的繁榮及蓬勃。煉鐵、冶金、瓷器等手工業及農業的興起，帶動商業的發展。穩定的生產活動，百姓能擁有較多的娛樂時光，加上朝廷以「文」治國，宋代內部學術文化的勃興，無論文學、科技、書法或繪畫等，都得到空前的成就。〔註1〕

　　宋代於淵遠流長的文學史中，扮演了承先啟後的角色，中國文學至宋大放異彩，既留有前賢餘蘊，又別開一面，創新朝之風。無論詩、

〔註1〕諸多學者對宋代文化、學術的發展有頗高的評價，如日本歷史學家宮崎市定《亞洲史論考》以為「宋代可以說是東方文藝復興的時代。」（〔日〕宮崎市定著；張學鋒、馬雲超譯：《宮崎市定亞洲史論考》上冊（上海：上海古籍，2017年），〈近世的文化〉，頁241～257。）謝和耐也視「宋代是中國的文藝復興。」（〔法〕謝和耐（Jacque Gernet）著；耿昇譯：《中國社會史》（江蘇：江蘇人民，1998年），〈中國文藝復興的文明〉，頁287～303。）陳寅恪更直斷「華夏民族之文化，歷數千載之演進，造極於兩宋之世。」（見《陳寅恪先生文集》（臺北：里仁書局，1982年），頁245。）

詞、文、賦、思想，宋代文人皆以其儒雅正氣、清新嫵麗，妝點這時代的風貌。談宋，多數人往往先想到風流蘊藉、承唐聲詩而來的音樂文學——詞，其成就自不在話下，但「詩」在宋代的地位也不容小覷，其作者、其作品數量遠超過唐代，可惜歷來學者對唐詩的關注較多，宋詩得以深究的空間仍相當廣大。

　　宋詩與唐詩各有千秋，兩朝國勢、政局、文化、教育……等不盡相同，使詩歌表現出來的技巧、韻味、風格也分具特色。繆鉞《詩詞散論》云：「唐詩以韻勝，故渾雅，而貴蘊藉空靈；宋詩以意勝，故精能，而貴深折透闢。唐詩之美在情辭，故豐腴；宋詩之美在氣骨，故瘦勁。」〔註 2〕錢鍾書《談藝錄》也說：「唐詩多以丰神情韻擅長，宋詩多以筋骨思理見勝。……夫人秉性各有偏至。發為聲詩，高明者近唐，沉潛者近宋，有不期而然者。」〔註 3〕宋詩的重要性並不亞於唐詩，二者均有其況味，歷來學者多認為唐詩重感性、有韻味，詩人用以抒發情感；宋詩則重知性、有筋骨，詩人用以闡發學問。

　　宋代詩壇具有多位優秀的詩人，所遺留下來的詩作豐富。據清厲鶚《宋詩紀事·序》所錄詩人「凡三千八百一十二家」〔註 4〕，後陸心源《宋詩紀事補遺》又「增多三千餘家」。〔註 5〕由北京大學主編之《全宋詩》，所錄詩人增至九千家，數量超過二十萬首，個別詩人創作數量有千，甚至萬首者〔註 6〕，相較於《全唐詩》所收詩人「凡二千二百餘人」，詩作「四萬八千九百餘首」多出許多。〔註 7〕

　　從《全宋詩》所錄，可見詩人間交流、答贈及唱和之詩，占了相

〔註 2〕繆鉞：《詩詞散論》（上海：上海古籍，1982 年），頁 36。

〔註 3〕錢鍾書：《談藝錄》（臺北：書林出版社，1988 年），〈詩分唐宋〉，頁 2。

〔註 4〕〔清〕厲鶚著：《宋詩紀事》（上海：上海古籍，2008 年），頁 1。

〔註 5〕陸心源：《宋詩紀事補遺》（臺北：中華書局，1971 年），提要之頁。

〔註 6〕北京大學古文獻研究所編：《全宋詩·編纂說明》（北京：北京大學，1998 年），頁 10。

〔註 7〕中華書局編輯部點校：《全唐詩：增訂本》（北京：中華，1999 年），前言頁 1。

當多的數量，或聯絡感情、傾訴近況；或安慰勉勵、分享心情……等。宋朝文人們將唱和詩用於社交，他們以詩言志，以詩抒情，透過群體的詩歌創作，在朝政上營造勢力，擁護黨內利益；透過詩的贈答、唱和相互扶持，在官宦生涯中鼓勵彼此，紓發不平的情緒。經由交往詩，士人們可切磋才學，一面相互學習，藉以提升個人涵養、學識，一面娛樂消遣，促進友人、師徒間的情感，構築良好氛圍。

　　本文擬聚焦於北宋中晚期詩壇，是時詩壇領袖，一般推崇繼歐陽脩後，又一文學才士——蘇軾。圍繞蘇軾而展開的文學群體即稱「蘇門」，蘇門友人間多有酬唱、贈答或書簡往來的交流，迅速形成一股交往的風潮。北宋初期有西崑酬唱群體，後有歐、梅、蘇相互唱和，沿至蘇門。東坡在眾多友朋中「最善少游」，多次讚揚其才學，胡仔《苕溪漁隱叢話・前集》卷四十二引《王直方詩話》云：「東坡嘗以所作小詞示无咎、文潛曰：『何如少游？』二人皆對云：『少游詩似小詞，先生小詞似詩。』」〔註8〕可見東坡認為少游詞寫得頗佳，才將自己的詞與之比較，兩人擅長的文體不同，但他們並不因此而「文人相輕」，反倒是相互學習。元祐六年（1091）黨爭越演越烈，蘇軾在〈辨賈易彈奏待罪劄子〉提到：

　　　秦觀自少年從臣學文，詞采絢發，議論鋒起。臣實愛重其人，
　　　與之密熟。……此人文學議論過人，宜為朝廷惜之。〔註9〕

是年七月秦觀任正字，八月因洛黨門人賈易、趙君錫等交章彈劾，「詔秦觀罷正字，依舊校對黃本書籍，以御史賈易言觀過失，及觀自請也。」〔註10〕蘇軾不顧自己安危，親自上奏皇帝，挺身為秦觀辯駁，除了道出自己與秦觀「密熟」，也極力稱讚秦觀的才能。蘇軾對秦觀特別的

〔註8〕　〔宋〕胡仔：《苕溪漁隱叢話・前集》卷四十二（臺北：長安，1978
　　　　年），頁822。
〔註9〕　〔宋〕蘇軾著：《蘇東坡全集》下冊卷九（北京：中國，1986年），〈辨
　　　　賈易彈奏待罪劄子〉，頁516。
〔註10〕　〔宋〕李燾：《續資治通鑑長編》卷四六四（臺北：臺灣商務，景印
　　　　文淵閣《四庫全書》本，1984年），頁3。

肯定，興起本文欲探究兩人交往的動機。

學術界長久以來較關注秦觀的詞，但查看《淮海集箋注》及《淮海居士長短句箋注》二書，前者共四十六卷，後者共三卷，秦觀相關的作品總計四十九卷，發現秦觀的「詩」就佔有十四卷，共三百九十四首。〔註11〕推其詞名所以盛於詩，或許是宋詩光芒多被西崑詩人、歐陽脩、蘇軾、黃庭堅等人所佔，加上金人元好問評秦詩為「女郎詩」〔註12〕，使後人對秦詩已有先入為主的偏見。

胡應麟《詩藪‧雜編》云：「秦少游當時以詩文重，今被樂府家推作渠帥，世遂寡稱。……少游極為眉山所重，而詩名殊不藉藉，當由詞筆掩之。」〔註13〕秦觀後來被尊為詞家典範，聲名越傳越廣，人們大都知道秦觀的詞，而鮮少關注他的詩。現今學術界對秦觀詩作的研究偏少，對蘇、秦交往與詩作的文章，更難得見。個人對此頗感興趣，欲就此探討。本文研究目的撮舉如下：

（一）透過交往詩，觀照二人間的友情交流，彼此生命連結的過程，嘗試還原蘇軾與秦觀間亦師亦友、相互扶持的友誼全貌。

（二）析論兩人交往詩內容，一方面探究蘇、秦間詩作風格、技巧、藝術性的表達差異，二方面從中探究兩人在面對相似困境表現出的態度。

第二節　文獻回顧

無論是研究蘇軾或秦觀的著作都頗多，但都僅針對其中一人論述，如達亮《蘇東坡與佛教》談蘇軾作品中的佛教觀〔註14〕；鄭倖朱

〔註11〕詳參徐培均《石門文字禪箋注》（上海：上海古籍，2008 年）及《淮海集箋注》（上海：上海古籍，2010 年）。

〔註12〕元好問《論詩絕句三十首》云：「『有情芍藥含春淚，無力薔薇臥曉枝。』拈出退之〈山石〉句，始知渠是女郎詩。」（〔金〕元好問著；姚奠中主編：《元好問全集》（太原：山西人民，1990 年），頁 339。）

〔註13〕〔明〕胡應麟：《詩藪》外卷五（上海：上海古籍，1958 年），頁 210。

〔註14〕達亮：《蘇東坡與佛教》（臺北：文津，2010 年）。

《蘇軾「以賦為詩」研究》說蘇軾詩中的賦特色〔註15〕；林怡君《秦
觀詞的女性敘寫研究》云秦觀詞的陰性特色〔註16〕；黃玫娟《晏幾道
與秦觀詞之比較研究》曰秦觀與其他詞人的差異〔註17〕……等，而將
兩人並稱，共同探討兩人「交往」或「詩歌」的專著，個人並未搜取
到，若有相關論述，也僅零星地散落在研究宋詩的論著中。以下回顧
個人蒐羅到與本文研究相關的專書、學位論文、單篇論文。

一、專書

論及蘇、秦詩作與交往的專書，其一為洪亮《放逐與回歸──蘇
東坡及其同時代人》，介紹蘇軾起落無常的一生，在「鐘聲永恆」一
節概述蘇秦二人交往，認為秦觀由於結識蘇軾而展開人生，也由於追
隨蘇軾而飽經滄桑〔註18〕，兩人共同承擔時代的艱辛與政黨的迫害。
作者敘述流暢且文字優美，對認識蘇軾生平、交友概況及任官生涯頗
有幫助。〔註19〕

其二為程千帆、吳新雷《兩宋文學史》，該書認為蘇詩創作重生
活實踐，受陶、柳、李、杜影響，也從劉夢得那裡得到了怨刺筆法，
從白居易那裡學到了流暢語言。〔註20〕蘇詩內容無論描述百姓疾苦、
山川美景或諷世批黨，都表現出詩人的敏感與曠達，秦詩則詩風優
美，清新婉麗，格調較為纖巧，詩作既有陰柔，也有陽剛。作者全面
介紹兩人文學成就，範圍廣而論述較淺。

其三為張瑋儀《宋代詩歌之養生與療心》以詩的題材分類，分別

〔註15〕鄭倖朱：《蘇軾「以賦為詩」研究》（臺北：文津，1998年）。
〔註16〕林怡君：《秦觀詞的女性敘寫研究》（新北：花木蘭文化，2012年）。
〔註17〕黃玫娟：《晏幾道與秦觀詞之比較研究》（新北：花木蘭文化，2012
　　　　年）。
〔註18〕洪亮：《放逐與回歸──蘇東坡及其同時代人》（南昌：百花洲文藝
　　　　出版社，1993年），頁386。
〔註19〕詳參洪亮：《放逐與回歸──蘇東坡及其同時代人》。
〔註20〕程千帆、吳新雷合著：《兩宋文學史》（高雄：麗文書局，1993年），
　　　　頁175。

探討蘇軾飲食詩、遷謫詩及秦觀貶謫詩。書中「蘇軾飲食詩之淡味療養」一節，認為蘇軾飲食態度自惠州、黃州時期，因接觸佛教經典，而漸趨蔬淡，飲膳之味及品茗審美的意境，也隨生活歷練與各地風俗民情而有不同，可貴的是，東坡總能入境隨俗，在詩中呈現出他曠達熱情的人生觀。「蘇軾遷謫詩與道家安頓精神」一節認為蘇軾能渡過艱辛痛苦的貶謫歲月，是因詩人接受並學習了道家思想的洗禮。故可謂，蘇軾遷謫歷程中，得以縱浪大化、坦然無懼，實應歸功於道家思想的安頓精神。〔註21〕

「論秦觀貶謫詩之治療意涵」一節則以維也納第三心理學派「意義治療學」，對秦觀貶謫詩作提出現象詮釋、意義追尋與價值釐定的探討，為頗新穎的議題，有助於個人認識蘇秦交往詩中不同的生命意識。作者認為詩人因官場失意而表露的「情緒承轉」即是個人對貶謫的現象詮釋，面對諸多毀謗讒害，這些「事件」便是作者析理之主軸，透過他們去認識詩人在面對挫折時的安處之道與意義追尋，又對秦觀在遭受苦難意義時，所得以承受的價值作出肯定，最後總結秦觀貶謫詩雖因他細膩易感的性格，總帶有愁苦之味，然而透過創作的無盡之憂，詩人得以自我轉化，以此視為生命再度啟航的動力。

針對交往詩方面，目前除吳汝煜主編的《唐五代人交往詩索引》〔註22〕外，兩岸便無以「交往詩」為名的專書，但對交往詩形式之一的「唱和詩」則有探討，經尋得四本，分別是趙以武《唱和詩研究》〔註23〕、陳鍾琇《唐代和詩研究》〔註24〕、鞏本棟《唱和詩詞研究——以唐宋為中心》〔註25〕、岳娟娟《唐代唱和詩研究》〔註26〕，

〔註21〕張瑋儀：《宋代詩歌之養生與療心》（臺南：南一書局，2015年），頁117。

〔註22〕吳汝煜主編：《唐五代人交往詩索引》（上海：上海古籍，1993年）。

〔註23〕趙以武：《唱和詩研究》（蘭州：甘肅文化，1997年）。

〔註24〕陳鍾琇：《唐代和詩研究》（臺北：秀威資訊科技，2008年）。

〔註25〕鞏本棟：《唱和詩詞研究——以唐宋為中心》（北京：中華書局，2013年）。

〔註26〕岳娟娟：《唐代唱和詩研究》（上海：復旦大學出版社，2014年）。

四本專著雖都以唱和詩為主題，但各自著重的時代、詩人及面向則有殊異。

趙以武《唱和詩研究》是首先針對「唱和詩」提出說明的專書。詳細釋義唱和、界定唱和詩範圍、考察唱和詩源起背景與地點，對唐以前和詩作全面考察並企圖繫年，以期證明唐以前唱和詩為「和意不和韻」的結論，並認為唱和詩既能對文學史輯佚、考訂方面提供助益，對詩人交往也是最有參考價值的第一手資料。本書提供了對唱和詩定義與起源相關的資料，且肯定唱和詩在中國文學史上的地位，極具參考價值，唯本書採用史、詩互證的方法，並不鑑賞評析詩作。

陳鍾琇《唐代和詩研究》以文人寫作的「和詩」為主要研究對象，首先提出唱和詩及贈答詩的義界，並聚焦唐代使用和詩的場域，唐朝擁有多數的外邦，國勢昌盛，朝廷常有慶典及外交活動，唱和風氣極為鼎盛，而「上有所好，下必甚焉」，文士之間的唱和集則是該書論述的另一項要點，唐以元白、劉白、皮陸為創作唱和詩的大宗，內容有詠物、諷時、託興遣懷、感傷、寫景等。該書除提供本文界定唱和詩、贈答詩極大的材料，於此基礎上加入趙以武、鍾曉峰等學者觀點，提出個人的見解；又啟發本文分類蘇、秦交往詩內容的項目，是本值得翻閱的研究專著。

鞏本棟《唱和詩詞研究——以唐宋為中心》與岳娟娟《唐代唱和詩研究》則是近五年內出版的大陸專書，可見詩人唱和、交往漸受重視，有更多學者關注這項領域。兩本專著研究的方法不甚相同，前者視「唱和詩詞」為一文學現象，以宏觀的視角綜論在此背後的諸多問題；後者則將範圍扣緊唐代，對唐代文化背景與唱和詩發展的關係提出說明，並介紹初唐至晚唐的唱和詩人群體，兩本專書共同提供了兩個值得參考的方向，一是在研究前對唱和詩意義的界定，二則是唱和詩在中國文學史上所具的研究價值，是值得關切的文學遺產，都對本文撰寫提供了初步的認識。

二、學位論文

學位論文方面，針對蘇秦二人提出研究者，臺灣尚無，大陸則有一篇介紹蘇軾與秦觀交遊事蹟，見張欣然〈蘇軾與秦觀交遊述略〉〔註27〕，本文試圖還原兩人交往全貌，交代蘇軾、觀論交始末，著重繫年事蹟的論述，時穿插兩人唱和、書信、評論等文學活動補充說明。文中以「徐州初晤與初次遊歷」、「黃州寂居與高郵再會」、「京城相會與元祐唱」及「貶謫隔絕與康城訣別」四個時期進行討論，後附有蘇軾、秦觀交遊表，內容精簡，對兩人交遊概況可提供初步的認識，然兩人詩詞唱和、書信往返等作品意義，文中並未深入探析，而較著墨於兩人交往事蹟，企圖還原兩人友誼全貌，提供本文初步認識兩人之交往。

而圍繞蘇軾形成的唱和群體，彼此交往、唱和的作品，兩岸多有關注。臺灣有杜卉仙〈蘇黃唱和詩研究〉〔註28〕、廖志超〈蘇軾蘇轍兄弟唱和詩研究〉〔註29〕及劉雅芳〈蘇軾黃庭堅之交遊及其唱和詩研究〉〔註30〕，三篇論文對唱和作品皆有分期及析論，然而並未進一步指出透過這些作品得以窺探的差異或影響，且未見蘇軾與秦觀的研究，也因而有踵事增華的空間。

大陸則有蔡愛芳〈二蘇及「蘇門四學士」唱和詩研究〉〔註31〕、李艷傑〈二蘇唱和次韻詩研究〉〔註32〕、徐宇春〈蘇軾唱和詩研究〉

〔註27〕張欣然：〈蘇軾與秦觀交遊述略〉（長春：吉林大學中國古代文學碩論，2007年）。

〔註28〕杜卉仙：〈蘇黃唱和詩研究〉（新北：東吳大學中國文學系碩論，1996年）。

〔註29〕廖志超：〈蘇軾蘇轍兄弟唱和詩研究〉（臺北：師範大學國文學系碩論，1997年）。

〔註30〕劉雅芳：〈蘇軾黃庭堅之交遊及其唱和詩研究〉（臺北：臺灣師範大學國文研究所碩論，2000年）。

〔註31〕蔡愛芳：〈二蘇及「蘇門四學士」唱和詩研究〉（南京：南京師範大學中國古代文學碩論，2003年）。

〔註32〕李艷傑：〈二蘇唱和次韻詩研究〉（河南：鄭州大學中國古代文學碩論，2007年）。

〔註33〕、高邢生〈黃庭堅次韻詩研究〉〔註34〕和呂雪梅〈晁補之唱和詩研究〉〔註35〕等數篇，由於屬次要關聯，自無須一一盡述，故以研究方法與進路分三類說明。

　　第一類論文以較傳統的方式研究，先對唱和詩或次韻詩作介紹，再分述詩人詩作之內容、藝術創作技巧和在詩壇上的影響等，對詩作深入剖析，如〈二蘇唱和次韻詩研究〉、〈黃庭堅次韻詩研究〉和〈晁補之唱和詩研究〉。第二類如〈二蘇及「蘇門四學士」唱和詩研究〉，本文題目即是研究範圍，然作者文中不針對個人介紹，而以群體唱和所引起的現象做歸納與分析，提出蘇門唱和詩的交際性、描述日常生活的詩意化和「以詩代尺牘」之功能，最後提出蘇門唱和詩作的外緣及內緣心理，即審美、文化與創作心理。第三類如〈蘇軾唱和詩研究〉，聚焦蘇軾唱和詩，探討二蘇、蘇門間的唱和與東坡「和陶詩」，範圍較廣，共分四章。第一章概述研究現況與唱和詩之流變，第二章探討子瞻與子由間的唱和，第三章則就「蘇門四學士」間的唱和介紹，其對少游說明最多，認為東坡、少游兩人友誼最為真摯且綿長，尤在東坡遇烏臺詩案和謫儋州之際，獨仍與少游詩信往絕不斷。〔註36〕第四章則論東坡自和之「和陶詩」。以上五篇論文揭示蘇門酬唱有其研究意義，或以詩作為主，或以現象為要，甚或綜合蘇軾唱和詩而論，都是相當可觀的參考資源。

　　交往詩研究唯見祝乃花〈唐代友朋交往詩初探〉〔註 37〕，是首

〔註33〕徐宇春：〈蘇軾唱和詩研究〉（陝西師範大學中國古代文學博論，2006年）。

〔註34〕高邢生：〈黃庭堅次韻詩研究〉（河北：河北師範大學中國古代文學碩論，2010 年）。

〔註35〕呂雪梅：〈晁補之唱和詩研究〉（重慶：西南大學中國古代文學碩論，2015 年）。

〔註36〕徐宇春：〈蘇軾唱和詩研究〉（陝西師範大學中國古代文學博論，2006年），頁 97。

〔註37〕祝乃花：〈唐代友朋交往詩初探〉（上海：華東師範大學中國古代文學碩論，2004 年）。

篇概述交往詩題材的論文，交代了交往詩的濫觴與興盛、形式和唐代友朋交往。有助於本文對交往詩溯源及形式的理解。綜上所述，個人盼以前賢豐碩的研究成果為基礎，孜孜矻矻，進行更深入與全面的探討，俾能一窺蘇秦交往詩中的全貌。

三、單篇論文

　　蘇軾與秦觀交往的研究，兩岸學者較少關注，相關單篇論文臺灣尚未見，大陸則有四篇。文章多以葉夢德《避暑錄話》卷下云「蘇子瞻於四學士中最善少游」為核心闡發己意，對兩人交往的原因或意義提出不同看法，以下分述之。

　　其一，崔銘〈試論「蘇子瞻於四學士中最善少遊」〉〔註38〕，本文以兩人思想性格及交往頻度的關聯來探討，思想性格上認為兩人不僅對於有為壯志的入世及厭倦功名的出世間，有不謀而合之處，在對諸子百家的閱讀與接納裡，兩人也有相似的默契。交往頻度上分「以文章相稱許」、「親切感的產生」及「患難真情」三階段，分別論述兩人初以詩文神交、元豐年間的密切往來、烏台詩案後相互扶持的友誼。

　　其二，崔銘〈蘇軾與「蘇門四學士」的相識與相知〉〔註39〕，本文分述東坡與「四學士」何以成為師徒、友人的淵源及發展。對蘇門交往提供基本的認識。

　　其三，李顯根〈蘇軾與秦觀相知相契探因〉〔註40〕，本文簡要就兩人家庭教育、人生經歷、宗教態度及詩詞創作方面探討，兩人在此些因素下成為師友，雖有相似，但不完全相同。本文認為兩人家庭

〔註38〕崔銘：〈試論「蘇子瞻於四學士中最善少遊」〉，收於《唐都學刊》（2002年第二期），頁84～88。

〔註39〕崔銘：〈蘇軾與「蘇門四學士」的相識與相知〉，收於《文史知識》（2002年第十期），頁47～52。

〔註40〕李顯根：〈蘇軾與秦觀相知相契探因〉，收於《求索》（2010年第十一期），頁200～202。

教育促使他們文學涵養深厚；人生經歷是蘇遇遷謫，秦二次落第，任官後又屢遭罷黜，同歷經挫折；宗教態度皆信奉佛教禪法，對道家哲理亦是熟悉；詩詞創作則探討二人交往之作，兩人友誼穩定，且相互珍重。

其四，喻世華〈君子之交，和而不同——論蘇軾與秦觀的交誼〉〔註41〕，本文較以上三篇有更完整的介紹，分三部分論述。第一部份探討兩人交往關係，道出兩人終生漂泊卻令友誼更加密熟。第二部份分析兩人交往原因，本文綜合各種解讀，認為政治、文才及生活三方面是影響兩人交往最大因素。第三部份則提出蘇秦交往的意義——「和而不同」，為前數篇所缺，於此說明實具參考價值。最後提出兩人在政治、個性、文風上的差異，認為兩人雖有所差異，卻不因此影響友誼，反而成就了彼此的地位〔註42〕，發展出各自的文學特色。

又交往詩中的「唱和詩」最為人所樂道，對蘇軾、秦觀乃至蘇門交往、酬唱的研究，臺灣有一篇，大陸則有四篇，以下分述之。

臺灣學者蓋琦紓的〈論蘇門唱和詩在宋代詩歌史上的價值〉〔註43〕，認為蘇門唱和詩可謂宋代詩學模式的體現，表現宋體的本色，在宋代詩歌史上應具有一定價值。〔註44〕本文提出三點蘇門唱和詩中與宋調相關的特色，以此說明其在宋詩的價值，分別是「和意且和韻」，符合宋調「聲氣相通、情志相應」，師友相互唱和，聊表心意，彼此扶持；「以古體為大宗」展露「平淡、老勁及瘦硬」的宋詩風格；「工於押韻及用事」則是作宋詩的技法，誠如嚴羽所言「以文字為詩」、「以才學為詩」。文中不但發掘蘇門唱和詩與宋詩特色的相聯，更由此肯定他們在宋詩發展上的貢獻與價值，得以認識蘇門在宋代詩

〔註41〕喻世華：〈君子之交，和而不同——論蘇軾與秦觀的交誼〉，收於《南京郵電大學學報（社會科學版）》（2012 年第三期），頁 83～89。

〔註42〕喻世華：〈君子之交，和而不同——論蘇軾與秦觀的交誼〉，頁 88。

〔註43〕蓋琦紓：〈論蘇門唱和詩在宋代詩歌史上的價值〉，收於《中國古典文學研究》（2003 年 6 月），卷 9，頁 14。

〔註44〕蓋琦紓：〈論蘇門唱和詩在宋代詩歌史上的價值〉，頁 14。

壇所扮演的角色。

　　大陸學者馬東瑤〈蘇門酬唱與宋調的發展〉〔註45〕，認為蘇門間的唱和詩，在酬贈用途外，另可窺個人創作才力，又師友間的互動與學習，亦帶動了宋調發展。文中分三部分討論，第一部份談蘇門打破唱和詩舊有格式而凸顯個人風格的自立精神，第二部分主要談唱酬詩中的押韻與用事，認為唱酬詩在押韻上，與舊體詩差異不大，只不過唱酬詩能選擇的韻範圍更小，如此限制更能體現才學的高下，用事在表現上也是如此。〔註46〕第三部分談蘇門對題畫詩及茶的唱和，其中對東坡、魯直及无咎的討論較多。最後總結蘇門唱和詩不但實已超越唱酬俗義，「賦予唱和詩以豐富的內容和表現手法，從而使之在唱和詩史上具有突出的實績和獨特的意義」〔註47〕，更是自有革新，為宋調奠基並促其成熟。此外，本文作者另作〈詩意的交流─論蘇門文人集團的唱酬之作〉〔註48〕，也是針對蘇門唱和，後者對詩作有更進一步的賞析及事蹟繫年、發展的論述。

　　呼雙虎〈唱和之中競詩才──蘇軾、黃庭堅、秦觀之間的一首唱和詩管窺〉〔註49〕及孔令晶〈蘇軾與「蘇門四學士」貶謫時期的唱和詩詞〉〔註50〕，兩篇皆透過唱和詩來比較蘇門弟子間的才學，和歸納蘇門詩作的特點。前者以蘇軾〈與王慶源書〉與黃、秦和詩展開，後者則以元祐年間蘇門宦場得意與失落的作品進行比較，認為遭貶後詩詞境界擴大，所融攝的內容與題材漸廣，然詩風則因個人性格不同，

〔註45〕馬東瑤：〈蘇門酬唱與宋調的發展〉，收於《文學遺產》（2005 年第一期），頁 103～109。

〔註46〕馬東瑤：〈蘇門酬唱與宋調的發展〉，頁 104。

〔註47〕馬東瑤：〈蘇門酬唱與宋調的發展〉，頁 107。

〔註48〕馬東瑤：〈詩意的交流論蘇門文人集團的唱酬之作〉，收於《文學前沿》（2004 年第八期），頁 209～222。

〔註49〕呼雙虎：〈唱和之中競詩才──蘇軾、黃庭堅、秦觀之間的一首唱和詩管窺〉，收於《赤峰學院學報》（2010 年第十一期），頁 76～78。

〔註50〕孔令晶：〈蘇軾與「蘇門四學士」貶謫時期的唱和詩詞〉，收於《芒種》（2014 年第四四八期），頁 146～147。

表露的情感特點也相異。兩篇文章皆對蘇門唱和詩的評析提供更進一步的了解。

第三節　研究範圍與方法

詩人作詩的基本目的，就是用詩來表達、宣洩自己的感情。〔註51〕作者下筆時，為了達到抒情言志的目的，必然要採用與內容相適應的各種表達形式，這樣，詩歌就有了不同的種類。〔註52〕「詩」這個文體，自古便是用來與人溝通、交往，且述發己意的工具，「不學詩無以言」，可見詩的社交功能何其重要。又從唱和詩裡可得見的訊息，除詩人交遊的情感與扶持外，亦可見詩人群體的創作藝術表現，藉此窺探作品優劣與風格，又唱和詩與史傳資料相輔相成，透過唱和詩的傳達，對所和者、所和時間、所和地點、所和事件、所和處境等皆可有初步認識。故探討唱和詩，不僅能體會詩人對待手足友朋的同理情誼，也能從詩中挖掘諸多事物。

本文研究範圍框定蘇軾與秦觀相互唱和、次韻、分韻及贈答之交往詩。首先自秦觀詩作中搜集，以徐培均先生箋注的《淮海集箋注》為底本，逐首檢視詩題中含有「次韻」、「和」、「贈」、「寄」、「酬」子瞻等相關作品，再翻閱周義敢先生與周雷先生合著之《秦觀資料彙編》，以求詩作完備。後透過《淮海集箋注》詩作的繫年，及張欣然〈蘇軾與秦觀交遊述略〉的表格輔助，漸進搜尋東坡詩作。搜尋過程，以清人馮應榴輯注之《蘇軾詩集合注》為底本，輔以四川大學中文系唐宋文學研究室所編之《蘇軾資料彙編》蒐集作品。兩人詩作繫年，即以《淮海集箋注》與《蘇軾詩集合注》為主。

研究過程中，所搜得之佐證資料，如兩人交往事蹟、書簡、詞作或文章等，蘇軾主要參考孔凡禮整理的《蘇軾年譜》及其點校的《蘇

〔註51〕趙永紀：《詩論：審美感悟與理性把握的融合》（廣西：廣西師範大學，1999年），頁26。
〔註52〕古遠清：《詩歌分類學》（高雄：復文圖書，1991年），頁1。

軾文集》、北京中國書局出版之《蘇東坡全集》、薛瑞生箋證的《東坡詞編年箋證》；秦觀主要參考徐培均彙整的《秦少游年譜長編》及其《淮海居士長短句》。以上六本書，作品搜羅完善，版本考察細膩，且繫年、箋注詳實，為後人研究提供可靠且方便的資料。

　　本文以交往詩為經，蘇軾、秦觀二人為緯，經緯之交會便是本文論述核心，研究方法需兼顧二者，主要有下列四點：

（一）以歷史研究法探討。本文以詩歌為研究主體，先鎖定詩歌內容的題材為「交往」，再自中國詩歌發展裡聚焦宋朝，取蘇軾與秦觀二人為例，若需了解他們，就應熟知他們的起源與整體的歷史發展脈絡、背景，故本文以歷史研究法探討「交往詩」及「蘇軾、秦觀二人交往」的形成與發展，分述兩點如下：

　　1. 論述交往詩自先秦至北宋初、中期的形成與流變，如交往詩形成於「以詩言志」的功用、勞動相勸之聲，從一開始《尚書‧皋陶謨》記載皋陶與帝舜、禹間的商議，到東晉末年，陶淵明、劉程之、釋慧遠、張野間的唱和交往詩，再至唐代韓愈聯句詩、元白唱和詩，直至北宋西崑、歐梅蘇、蘇門。歷史發展中不變的是詩人們持續以詩歌唱和、贈答在交往，也因各朝代創作的風格不同而裝飾了交往詩的面貌。

　　2. 探究蘇軾與秦觀生活的社會背景，並將二人的交往經歷分期，翻找重要史書如《續資治通鑑長編》、《宋史紀事本末》，並輔以時人記載，如胡仔《苕溪漁隱叢話》、陳振孫《直齋書錄解題》、邵浩《坡門酬唱集》等，結合今人整理的年譜、詩集彙編、單篇論文等，就宋神宗熙寧七年（1074）到宋徽宗靖國元年（1101）此時間軸，詳談兩人創作背景；還原兩人交往分期；羅列兩人交往作品，仔細爬梳蘇軾與秦觀的交往歷程，並取參考材料，嚴密地談論。

（二）以文獻分析法深化。本文研究蘇軾與秦觀交往詩作，聚焦兩人之前，猶須閱讀、蒐羅與兩人相關的文學群體，認識其中的互

動關係、釐清群體間的歸屬或相斥等，如蘇門集團中，同一詩題除蘇、秦相和外，是否也有他人如黃庭堅、陳師道等共同和作，或者在從政生涯中，蘇軾與王安石、程頤間的矛盾，進而影響秦觀乃至蘇門等人升貶的後果，諸如此類的問題，便需經由「文獻分析法」逐一驗證，以免流於空泛的推想。

（三）以比較分析法剖析。本文無論處理交往詩或蘇、秦二人，皆需探討一種以上的事項，將這些事項比較分析，進一步剖析本文研究目的。如交往詩中唱和詩、贈答詩的不同，各家說法不一，經由摘要比較、整理歸納，最後提出個人想法，以此廓清本文論述方向。

（四）以量化分析法觀察。本文將蘇東坡、秦少游二人詩作進行比較前，個人先透過「量化」的方式將兩人交往詩的用字配色、韻情、典故羅列成表格，再經由觀察兩人使用數量的多寡，來比較研究兩人書寫的風格、習慣、特色等，並嘗取弗蘭克意義治療的觀點，探究兩人性格之差異。

第二章　交往詩述略

　　人為群居動物,「交往」是人類生活中的重要活動,「交」與「往」的釋義,「交」字有連結、屬於、互相牽制的涵義,「往」則為「去」的動作,本只與一方干涉,但《禮記・曲禮》云:「禮尚往來。往而不來,非禮也;來而不往,亦非禮也。」〔註1〕將人與人之間的「來」、「往」,提升至人倫互動的禮讓、友善之地。文人透過創作交往詩,常能達到相互關心、品評生活、共同表意、抒發志向……等,表現的交往詩類別以唱和詩、贈答詩、聯句詩、次韻詩居多,這些詩歌特質在於詩人可「和韻」,以聲相和,以韻相次,具「有樂同享,有難同當」之感,因此自古以來文學或政治的「團體」、「朋黨」,都企圖以「交往詩」達成他們的目的,交往詩在演變中不僅成為一種用以互動的詩體,更逐漸具有文學之美,經此,我們既可以看見文人當時的社會背景,也能得知文人間的情感濃厚、才學高低等。

第一節　交往詩之界定

　　欲界定交往詩前,對「交往」需有些基本的理解,考察「交」、「往」二字最初的字義。「交」字釋義:

〔註1〕〔清〕朱彬撰;饒欽農點校:《禮記訓纂》卷一(北京:中華,1996年),頁7。

《說文解字注》：「交，交脛也。」又曰：「凡兩者相合曰交。」
〔註2〕

《廣韻》：「交，屄也，共也，合也，領也。」〔註3〕

交字實具有共同連結之蘊，彼此牽制或相互屬於的成分在。《周易‧泰卦》彖辭更進一步闡述這樣的相連：

> 泰小往大來吉亨，則是天地交而萬物通也，上下交而其志
> 同也。內陽而外陰，內健而外順，內君子而外小人，君子
> 道長，小人道消也。〔註4〕

從〈泰卦〉中得見，「交」成立於兩種人事物中，天、地；上、下；陰、陽；內、外；君子、小人，是個在兩方之間才會存在的互動，既可以為一種相反、對立、排斥的交涉，也可以為一種相同、合作、協調的往來。

再看「往」字：

《說文解字注》：「之也。」〔註5〕

《重修玉篇》：「往也，行也，去也。」〔註6〕

《禮記‧曲禮》：「禮尚往來。往而不來，非禮也。來而不往，亦非禮也。」〔註7〕

古籍皆釋以之、去、行義，《禮記》更言及「往」字的交流意義，強調一來一往的互動，才合乎禮，此種禮儀規範，自古便是中國文化傳統所強調並重視的，今日吾人也多將「往」視為動詞使用，而有「往還」、「來往」、「前往」等詞語。由此可知，「往」單字使用時，表述

〔註2〕〔漢〕許慎撰；〔清〕段玉裁注：《說文解字注》第十篇下（上海：上海古籍，1981年），頁494。

〔註3〕〔宋〕陳彭年等著：《新校宋本廣韻》卷二（臺北：洪葉，2007年二版），頁152。

〔註4〕〔清〕李道評撰；潘雨廷點校：《周易集解纂疏》卷三（北京：中華，1994年），頁163～165。

〔註5〕〔漢〕許慎撰；〔清〕段玉裁注：《說文解字注》第二篇下，頁76。

〔註6〕〔梁〕顧野王撰；〔宋〕陳彭年等重修：《重修玉篇》卷十（臺北：臺灣商務，景印文淵閣《四庫全書》本，1983年），頁1。

〔註7〕〔清〕朱彬撰；饒欽農點校：《禮記訓纂》上冊卷一，頁7。

「去」的動作，只與一方干涉，而《禮記》稱有來有往的互動才合乎禮，是屬於人倫的禮節規範。是以當吾人將「交」、「往」二字合併為「交往」此一詞彙使用時，必須涵攝兩方才能成立，且雙方具有來、往的互動。

　　就人類社會而言，「交往」的主體與對象，常常以人及某領域去形成某種關係，誠如鍾曉峰〈詩藝的對話與影響：元和詩人交往詩研究〉云：

> 在現實生活應用中，「交往」此一詞彙指人與人之間（包括個人對個人、個人對群體）在某一領域（諸如社會、經濟、政治、文學等方面）所建立的某種相連關係。〔註8〕

上文說明「交往」乃建立在「人與人」及「某種領域」上，在相連關係中激盪出繽紛多彩的生活型態。個人認同此說，又參黃鳴奮《藝術交往論》所云：

> 人和人之間的關係可分為人際關係、公共關係與社會關係，它們的總和構成了廣義藝術交往賴以進行的社會環境。〔註9〕

本書作者認為「人際關係是個人之間通過交往而建立的聯繫」、「公共關係主要是羣體之間的關係」，而「社會的建立是羣體交互作用的結果。」〔註10〕由上可知，人存於世上，「交往」已是人類與個人、群體乃至社會領域間，必然會有的行為，生活於社會中，交往活動無所不在，其中產生的種種關係，屬交往後的結果，換言之，人與環境中某個領域建立的關係，便構成了「交往」。

　　「交往」一詞在今日使用較多，古籍中鮮有，鍾曉峰在其〈詩藝的對話與影響：元和詩人交往詩研究〉言：

〔註8〕鍾曉峰：〈詩藝的對話與影響：元和詩人交往詩研究〉（花蓮：東華大學中國語文學系博論，2010年），頁6。

〔註9〕黃鳴奮：《藝術交往論》（臺北：淑馨出版社，1993年），頁368。

〔註10〕黃鳴奮：《藝術交往論》，分見於頁368、372、374。可詳參本書第六章第三節〈藝術交往環境〉。

> 古代典籍較少出現「交往」這個詞彙，卻有「交際」、「交
> 游」、「交接」、「交通」等語詞，這幾個詞彙均有往還交接、
> 接觸往來的涵義……。〔註11〕

該文並論述以「交」字為主要意義的詞彙，比如曹丕〈交友論〉云：「交乃人倫之本務，王道之大義，非特士友之志也。」〔註12〕日常生活中，交往的倫理與規範存於各個層面，敬愛賢長、親友互動、尊師重道乃至君臣對待等無不受此影響，凡待人處事均可感受到個人的交往態度及魅力。《孟子‧萬章下》則記載孟子對友朋交際的看法，「不挾長，不挾貴，不挾兄弟而友。友也者，友其德也，不可以有挾也。」〔註13〕說明交朋友重一「德」字，不可倚仗年齡長、地位高或兄弟權勢交往，雙方關係講求平等，但平等中又可見禮儀規範，是以當萬章再問孟子：「敢問交際，何心也？」孟子回：「其交也以道，其接也以禮，斯孔子受之矣。」〔註14〕展現了儒家重視人倫道德的交往精神。〔註15〕

　　吳汝煜主編之《唐五代人交往詩索引》，對交往詩有更具體的規範，他說：「包括詩人間唱和、贈別、懷念、訪問、宴集、諧謔、祝頌、哀挽、謠諺、酒令、應制等詩篇為主，其中有些詩題不類交往詩，然具交往性質者，仍予收錄。」〔註16〕至今日，人與人之間的交往更為密切、頻繁，在不斷的互動與合作中，追求新的發展，獲得更進一步的成長，汪懷君說「交往就是主體間的相互交流、相互溝通、相互理解、相互合作。」並指出「以語言、道德、價值、情感為內容的精

〔註11〕鍾曉峰：〈詩藝的對話與影響：元和詩人交往詩研究〉，頁4～5。
〔註12〕嚴可均校輯：《全上古三代秦漢三國六朝文》卷七（北京：中華，1999年），頁1091。
〔註13〕〔東漢〕趙岐等注：《孟子》卷十（北京：中華，1998年），頁5。
〔註14〕〔東漢〕趙岐等注：《孟子》卷十，頁7。
〔註15〕該段可詳參鍾曉峰：〈詩藝的對話與影響：元和詩人交往詩研究〉及張瑀琳：〈游與友：魏晉名士的交往行動〉（臺南：成功大學中文系碩論，2008年）。
〔註16〕吳汝煜主編：《唐五代人交往詩索引》，頁1。

神交往具有存在的獨立性，有著自身的發展規律。」〔註17〕可見以「詩」作為交往的媒介，它所能體現的是更進一層的精神交往，透過語言，帶有情感，且在詩人群體交往中，具備某種特定道德或價值意義，呈現出團體自身的思維或立場。

綜上所論，個人以為「交往詩」乃是人們在生活所觸及的某種領域中、某種關係中，彼此互動、相互交流而興發出來的一種文學體式，而本文「交往詩」所包含的類別，擬採蘇軾與秦觀間的唱和詩、贈答詩、次韻詩及分韻詩，以此展開相關的研究。

第二節　交往詩之類別

交往詩的類別，在文學作品中最常見的有唱和詩、贈答詩、聯句詩及次韻詩等，前人研究多論及唱和詩、贈答詩及聯句詩，將此三種詩視為交往詩的形式。〔註18〕本文在前人研究基礎上，試補充宋代文人間常寫作的次韻詩。聯句詩與次韻詩的主要差別在於前者為文人聚會時的一種遊戲、娛樂創作，詩句相互連綴而成章或成篇，由一人起韻，後人皆從之，後者則自元和體開始漸漸風行，乃和原詩之韻，且依照原詩韻腳次序作之，兩者皆屬交往詩創作的形式，本章將依序討論。

一、唱和詩與贈答詩

歷來學者對唱和詩及贈答詩的界定，基於個人詮釋與研究範圍的差異，各家說法多不相同，然皆有所見。本小節羅列各家說法，並試圖歸納交往詩的類別。

〔註17〕汪懷君：《人倫傳統與交往倫理》（濟南：山東大學，2007 年），頁23。

〔註18〕祝乃花〈唐代友朋交往詩初探〉（上海：華東師範大學中國古代文學碩論，2004 年）及游文玲〈元白交往詩探析〉（臺中：東海大學中文所碩論，2013 年）持此論。

（一）褚斌杰《中國古代文體概論》

本書首先提出唱和詩與贈答詩的介紹，認為：

> 古人用詩歌相互酬唱，贈答，稱為唱和，或稱倡和。梁蕭
> 統《昭明文選》立「贈答」詩類，收王粲以下至齊梁贈答
> 詩七十餘篇，可見當時贈答體已很發達。「贈」是先作詩送
> 給別人，「答」，是就來詩旨意進行回答，前者即稱「唱」，
> 後者即稱「和」。但若只有贈詩而無答詩，那麼前者也就不
> 能稱「唱」了。贈詩在詩題上一般標出「贈」、「送」、「呈」
> 或「寄」等字樣，而不標「唱」；而答詩則標「答」、「酬」
> 或直接標「和」字。為了表示敬重，還可稱「奉答」、「奉
> 酬」或「奉和」。〔註19〕

作者原則上認為唱和詩等同於贈答詩，「唱」即是「贈」，「和」即是
「答」，因此詩題中的「答」、「和」並無多大的區分。但有個例外，
若只有「贈詩」而無「答詩」時，這首詩就僅是「贈」詩，而不同於
「唱」詩。由此推知，作者以為凡「和詩」皆為「答詩」，而「贈」
詩與「唱」詩的不同，決定於有沒有「答詩」。除此之外，褚氏也概
述了唱和詩的起源、唱和詩的分類、用韻方式、追和與自和等觀念。
他認為唱和詩有兩類：

> 一類是所酬和的詩，只就來詩的旨意回答，在用韻方面無
> 限制；另一類是限韻，就是「和」詩需要根據所贈詩篇的
> 韻腳來用韻。後者出現較晚。前類詩數量屬多數，如唐代
> 詩人高適與杜甫的贈酬。〔註20〕

又曰：

> 在贈答詩中，按照對方的詩韻來用韻的詩，又稱「和韻」
> 詩。和韻詩風習於中唐。〔註21〕

由引文可知有唱有和之詩，既是唱和詩，也是贈答詩，「和」的方式有

〔註19〕褚斌杰：《中國古代文體概論》（北京：北京大學出版社，1990年），
　　　　頁260。
〔註20〕褚斌杰：《中國古代文體概論》，頁269。
〔註21〕褚斌杰：《中國古代文體概論》，頁260。

和意及和韻，且「答詩」的用韻，與「和詩」並無不同，皆是「按照對方的詩韻來用韻」，並未離作者原先認為唱和詩就是贈答詩的說法。

綜上所述，不難發現作者對唱和詩著墨較多，贈答詩雖等同於唱和詩，但範圍要比唱和詩大，畢竟若無「和詩」，原詩就僅屬於「贈詩」，而不納入「唱」詩。既然贈答詩範圍較大，作者也言及「梁蕭統《昭明文選》立『贈答』詩類」，卻未進一步說明若兩者相同，何以《昭明文選》立「贈答」而不立「唱和」？或在創作動機上，唱和詩與贈答詩是否有所不同？這方面，作者的研究範圍較為含糊，儘管如此，褚氏仍為唱和詩與贈答詩界定提供了值得思考的大方向，使後輩學者們得以深究與發揮。

（二）江雅玲《文選贈答詩流變史》

本書對贈答詩及唱和詩的討論，有明確的研究範圍，討論集中於第五章第三節〈贈答詩與唱和詩的涵攝與聯集〉，摘要如下：

> 「唱和詩」揉合「贈答詩之和」與「雜詩之和」，涵攝《文選‧詩類》的部分特質，又自行開發「和韻」的新特質。換言之，中唐的「唱和詩」與《文選‧詩類》的「贈答詩」屬於部份交集。〔註22〕

不同於褚氏說法，江氏肯定「盛行於中唐的『唱和詩』不等於《文選》詩類的『贈答詩』」〔註23〕，她所討論的範圍扣緊《文選》中的贈答詩、雜詩與中唐的唱和詩立論，認為「唱和詩」包含了《文選》的「贈答詩類」與「雜詩類」中的所有「和詩」。〔註24〕可見作者認為中唐「唱和詩」的確立有三個條件，一是它揉合了《文選》贈答詩類與雜詩類詩題中，含有「和」字者，二是它涵攝了《文選》詩類的部分特質，三是它又自行開發「和韻」的新特質。

〔註22〕江雅玲：《文選贈答詩流變史》（臺北：文津出版社，1999 年），頁205。

〔註23〕江雅玲：《文選贈答詩流變史》，頁205。

〔註24〕詳參江雅玲：《文選贈答詩流變史》，頁 172，表 35：贈答與雜詩題眼比對表。

此外，作者也提到《文選》「贈答詩類」與「雜詩類」，到了《文苑英華》贈詩與答詩分道揚鑣，有了「酬和」及「寄贈」的不同，酬和類既有《文選》贈答詩類，也有雜詩類，其說云：

> 總之，《文苑英華》「酬和」、「寄贈」的立類，是《文選》贈答詩與祖餞詩、「雜詩之和」，類際犯涉撞擊、交流融合的結果。〔註25〕

由上可知，作者對贈答詩與唱和詩的義界，是從詩文總集的「詩體類別」來談，且以「和」字立界，與褚氏談論的範圍並不一定相同，褚氏並未限定中唐唱和詩及《文選》贈答詩，其囊括的範圍更廣，是以兩人得出的結論不同。

然而，江氏在前文肯定唱和詩不等同贈答詩，卻又在摘要裡提及「贈答詩之『和韻』起自中唐，元稹與白居易、皮日休、陸龜蒙之更相唱和。」〔註26〕是否間接承認贈答詩即是唱和詩？作者並未特別交代，尚待釐清。

（三）趙以武《唱和詩研究》

本書針對「唐以前四百多首和詩為考察對象」〔註27〕，作者認為唱和詩雖有贈答詩的特徵，但不屬於贈答詩，界定兩者的標準在於「寫詩的角度」。趙氏首先以「詩樂離和」的演變介紹唱和詩：

> 所謂和詩，是對唱詩而言的。唱、和對應，詩分彼此，是詩與歌分離後的產物。也就是說，唱詩與和詩之間，不再是先發聲與後應聲的「聲相應」的關係。但是，和詩又不能是離開唱詩而孤立存在的，它在「聲」（即合樂歌唱）的一面的紐帶被剪斷了，就必須有另一根紐帶來維繫它與唱詩之間的關係。這根紐帶就是意。意，即詩作的內容，包括吟詠的對象、抒發的情感等。〔註28〕

〔註25〕江雅玲：《文選贈答詩流變史》，頁190。
〔註26〕江雅玲：《文選贈答詩流變史》，頁194。
〔註27〕趙以武：《唱和詩研究》，前言頁1。
〔註28〕趙以武：《唱和詩研究》，頁3。

中國詩歌的演變，隨著詩樂的離、合而有不同的發展，作者認為詩歌在詩樂合時，兩者是「合而為一，相互依存」的〔註29〕，直到後來，詩樂漸漸分離，詩才開始分彼此，也就是說詩樂合時，唱和詩是一體的，無分唱詩或和詩，但在詩樂離後，唱詩及和詩才逐漸被分出來，於是原本縮合唱和詩間的「聲」漸漸地被「意」所取代，趙氏即云「『聲相應』變成了意相應，『跟著唱』變成了跟著寫，『後應聲』變成了後應詩。這就是和詩。」接著闡明贈答詩的特點是「應用於二人之間，你贈我答；即事抒情比較靈活，既可以從自身著筆，又可由對方寫來，還可就彼此不同的情或意發表各自的意見。」〔註30〕並認為贈答詩是文人交往中應用最廣泛、最持久的一種形式。

　唱和詩也作為文人間交往的一種形式，與贈答詩間存有某種內在的聯繫，作者表示「唱和詩用於彼此之間，同贈答詩」，但不同於贈答詩的是，唱和詩「不可各自立意」，兩者的關係誠如作者所言，是「借鑒吸收，自立門戶」。唱和詩雖具有文人間贈答的特徵，卻與贈答不同，不同點在於贈答詩的創作，贈詩與答詩內容可以不同，但唱詩與和詩的內容，也就是「意」必須是相同的。作者進一步說明「和詩」與「答詩」的差異：

> 和詩與答詩間最明顯的區分標誌，是寫詩的角度。全詩如果不以原唱作者的角度寫詩，即便同意，也只能是答詩，不能算和詩；全詩如果從原唱作者角度立意，寫出的詩就是意有出入，情有他寄，照樣是和詩，而不能稱為答詩。〔註31〕

最後得知，趙氏考察的對象為唐以前之唱和詩，單純地以「寫詩的角度」來區分唱和詩與贈答詩。認為無論唱和詩或贈答詩，都是文人間交往創作的一種詩歌形式，唱和詩雖具有贈答的特質，但因「立意異

〔註29〕作者以為古代詩樂合時，「詩」是「作為文字記錄可入樂之詩」，「歌」是「作為曲調音聲可被管弦之歌」。
〔註30〕趙以武：《唱和詩研究》，頁407～408。
〔註31〕趙以武：《唱和詩研究》，頁407～408。

同」而和贈答詩有所區別，趙氏說法，不同於江氏認為兩者間有部分交集的觀點。

　　檢討各家對兩者間的界定與分析後，發現前人多就兩大標準區分唱和詩及贈答詩，第一是以「詩題」中特定出現的關鍵字，如「酬」、「贈」、「寄」、「和」、「送」等作分類，第二則是框定某一時期的唱和詩或贈答詩來論述，例如江氏比較中唐唱和詩及《文選》贈答詩、趙氏探討東晉末年至唐以前的唱和詩與贈答詩。如此一來，在研究「詩類」於文學發展的層面上，雖可細見兩者間的同與不同，但若將焦點放回詩人本身的「創作」來看，本文以為詩人在將唱和詩或贈答詩作為相互交流的作品時，並未加以區分唱和或贈答，實際上是「交往」的目的大於唱和或贈答的區分，誠如岳娟娟《唐代唱和詩研究》以為唱和詩「是具有對話功能的詩歌類型」，不應只侷限於「和題」的類別，而且「唱和詩是以交往為主要目的」〔註32〕，趙以武也認為唱和詩與贈答詩都是「文人間交往的一種形式」。至於詩題用字的取捨，可能僅是詩人寫作習慣的不同，或時下流行的一種範式〔註33〕，因而本文將研究視角提高，以詩人間的「交往」為主要目的，去涵容詩人唱和詩或贈答詩的寫作，著重詩人交往、互動的詩歌創作內涵與技巧等。

二、聯句詩

　　聯句詩又稱連句詩，是由兩位或兩位以上的詩人共同創作，連綴文辭以成篇章的作品，多在館閣酒宴上作成，遊戲、娛樂的成分高。其起源，古人多將漢武帝宴請群臣於柏梁臺，眾人各作一句七言詩，

〔註32〕唐娟娟：《唐代唱和詩研究》，頁9、14。
〔註33〕陳鍾琇《唐代和詩研究》云：「『贈答詩』與『唱和詩』在詩題上互用的情形很多，以至於後人在區分此二類詩時，產生困惑；或者直接就將『贈答詩』與『唱和詩』畫上等號。其實，『贈答詩』與『唱和詩』於詩題之互用，取決於文人之寫作習慣或者文人在詩題寫作上之用意。」（臺北：秀威資訊科技，2008年），頁22。

聯句而成之〈柏梁詩〉，視為首篇聯句詩作品。劉勰《文心雕龍‧明詩》云：「孝武愛文，柏梁列韻」，又云：「聯句共韻，則柏梁餘製」〔註34〕，後人也多有論述聯句之例，如：

> 唐人吳兢《樂府古題要解》：「連句起漢武帝柏梁宴作，人為一句，連以成文，本七言詩，詩有七言，始於此也。」〔註35〕

> 清人沈德潛《古詩源‧漢詩》論及「柏梁詩」云：「此七言古權輿，亦後人聯句之祖也。武帝句帝王氣象，以下難追後塵矣，存之以備一體。」〔註36〕

> 清人趙翼《陔餘叢考》卷二十三「聯句」條：「……聯句究當以漢武〈柏梁〉為始……」〔註37〕

眾多文獻肯定聯句詩起自〈柏梁詩〉，詩作於漢元豐三年，內容由漢武帝首唱，梁王、郭舍人及東方朔等共二十六人和作而成，詩作如下：

> 皇帝曰：「日月星辰和四時。」梁王曰：「驂駕駟馬從梁來。」大司馬曰：「郡國士馬羽林材。」丞相曰：「總領天下誠難治。」大將軍曰：「和撫四夷不易哉。」御史大夫曰：「刀筆之吏臣執之。」太常曰：「撞鐘擊鼓聲中詩。」宗正曰：「宗室廣大日益滋。」衛尉曰：「周衛交戟禁不時。」光祿勳曰：「總領從官柏梁臺。」廷尉曰：「平理請讞決嫌疑。」太僕曰：「循飾輿馬待駕來。」大鴻臚曰：「郡國吏功差次之。」少府曰：「乘輿御物主治之。」大司農曰：「陳粟萬碩揚以箕。」……〔註38〕

〔註34〕〔南朝梁〕劉勰著；詹鍈義證：《文心雕龍義證》卷二（上海：上海古籍，1989年），頁182、215。

〔註35〕〔唐〕吳兢：《樂府古題要解》卷下（臺北：藝文印書館，《百部叢書集成》本），頁14。

〔註36〕〔清〕沈德潛：《古詩源》卷二（臺北：臺灣中華，1987年四版），頁4。

〔註37〕〔清〕趙翼：《陔餘叢考》卷二十三（北京：中華，1963年），頁16。

〔註38〕〔唐〕歐陽詢撰；汪紹楹校：《藝文類聚》卷五十六（上海：上海古籍，1982年新一版），頁1003。

每人各述其職，如御史大夫云「刀筆之力臣執之」、廷尉言「平理請
讞決嫌疑」、大司農道「陳粟萬碩揚以箕」等；也有人言居其職之感，
如丞相云「總領天下誠難治」、大將軍曰「和撫四夷不易哉」，兢兢業
業，帶有規諫之意。形式上每人作七言，有重韻與重字的情形，共二
十六句，由帝王及群臣聯句唱和而成。〔註39〕

　　自〈柏梁詩〉以後，後人多有仿作，且形式及技巧也隨時代背景、
詩人交往等有所變化，寫作的範圍從君王臣子的歌功頌德、酒宴酬
酢，擴延至詩人的私下交往、逞才鬥奇，漸成一體。明代徐師曾《詩
體明辯・聯句詩》中詳載聯句詩演變之歷程：

> 按聯句詩，起自柏梁，人各一句，集以成篇。其後宋孝武
> 〈華林曲水〉、梁武帝〈清暑殿〉、唐中宗〈內殿〉詩，皆
> 與漢同。惟魏〈懸瓠方丈竹堂宴饗〉，則人各二句，稍變前
> 體，自茲以還，體遂不一。有人各四句者，如陶靖節集所
> 載是也。有人各一聯者，如杜甫與李之芳及其甥宇文峘所
> 作是也。有先出一句，次者對之，就出一句，前人復對之
> 者。如韓昌黎集所載城南詩是也。然必其人意氣相投，筆
> 力相稱，然後能為之。〔註40〕

唐以前，聯句詩形式較多樣，共同點皆是詩人各出數句，以連綴成篇，
自〈柏梁詩〉後，晉人賈充與妻李夫人所作的〈與妻李夫人聯句〉，
為今日所能見到最早的聯句詩，該詩又名〈定情聯句〉，以五言寫成。
〔註41〕內容闡述李夫人的擔憂及賈充的鍾情，賈充不僅以義立誓，又

〔註39〕方祖燊《漢詩研究》云：「漢武帝柏梁臺詩，從文學發展的歷史來看，
　　　　它對於後代詩歌的影響，有兩大方面：一、在聯句方面，可說創了
　　　　一種新體。……第二、在七言方面：柏梁臺詩對後代最大的影響，
　　　　還是在於七言形式的形成。從柏梁詩的本身來看，文字拙樸，詞和
　　　　韻重複的很多，只能說是眾人勉強攢聚雜湊成篇的，並不是什麼了
　　　　不起的好詩。在形式上，卻是第一篇整首是七言句的詩。」（臺北：
　　　　正中書局，1969 年），頁 86～87。
〔註40〕〔明〕徐詩曾編纂；〔明〕沈芬、沈騏箋註：《詩體明辯》卷十四（臺
　　　　北：廣文書局，1972 年），頁 1045。
〔註41〕李菁芳：〈聯句詩研究〉（臺中：逢甲大學中國文學研究所碩論，1998
　　　　年），頁 27。

能同理夫人所感，兩人相惜相知，自有不言的默契，情感濃烈，有別於〈柏梁詩〉的應酬，且詩意不如〈柏梁詩〉生硬，而是承上句所言，詩義聯貫，形成一問一答，表露夫婦間的情愫。

　　聯句詩運用韻腳的方式較次韻詩寬鬆，起初發展的聯句詩，韻腳不要求統一，關注的是由眾人各出一句而成篇，所重為多人連綴成詩，而非韻腳之協同。往後聯句詩的發展，由人各一句，演變至人各兩句、四句，也不拘三言、四言、五言、七言等，篇幅有至五十句以上，甚至超過百句；迨至唐代，韓愈、孟郊之聯句，可謂聯句詩鉅製，方成一體。〔註42〕兩人文采相當，閒暇之餘遂以聯句鬥才，一面娛樂，一面切磋。

三、次韻詩

　　次韻詩為唱和詩創作的形式之一，其特點在於不僅和原詩之韻，且韻字也與原詩韻字「次序」一致，而有「次韻」之稱。〔註43〕次韻詩在中唐元稹、白居易交往詩創作過程中，逐漸流行且被確立，既風

〔註42〕李建崑〈韓愈詩形式之分析〉言：「就唐以前之聯句來看，篇幅皆小，體式、用韻不固定，筆力亦不相稱。能否視為定體，猶有疑問，唐朝以後，惟顏真卿、韓愈、白居易多聯句之作。真卿之聯句時雜詼諧，白居易之聯句以五排撰作，因此，五言長篇聯句，必迨韓、孟互為敵手，各極才思，始稱確立。」詳參《興大中文學報》，1992年第五期，頁262。

〔註43〕宋人劉攽《中山詩話》點出「唐詩賡和，有次韻，有依韻，有用韻。」（臺北：臺灣商務，景印文淵閣《四庫全書》本，1985年，頁7）。然而對三者的作法，後人有不同的解釋。宋人陸游〈跋呂成叔和東坡尖叉韻雪詩〉認為用韻「謂同用此韻耳」；依韻「謂如首倡之韻，然不以次也」；次韻則「一皆如其韻之次」（《渭南文集》卷三十，《陸放翁全集》本（臺北：世界，1990年），頁186）。明代徐師曾《文體明辨》持不同的說法，認為依韻「謂同在一韻中而不必用其字也」；次韻「謂和其原韻而先後次第皆因之也」；用韻「謂有其韻而先後不必次也」。依韻與用韻的看法，與陸游相反，但對次韻定義有所共識，皆以為按原詩韻之次作之。清人吳喬在〈答萬季野詩問〉則論及「和詩之體不一：意如答問而不同韻，謂之和詩；同其韻而不同其字者，謂之和韻；同其韻而次第不同者，謂之用韻；依其次第者，謂之步韻。」吳喬所言之步韻即指次韻也。

靡一時，也連帶影響後世的詩歌創作。中唐時，元白二人並不將「次韻」的方法列為詩題，僅在詩題下方註解「次用本韻」，至宋代，詩題才紛紛冠以「次韻」，令人一目了然。

元和五年，白居易作〈代書詩一百韻寄微之〉，元稹回以〈酬翰林學士代書一百韻〉，兩詩均押上平四支韻，皆為五言一百韻兩百句之長作，元稹依白居易之韻字一一次之，每字皆與原詩同，即屬次韻詩的巨製。元稹在〈白氏長慶集序〉自稱此體為「元和詩」〔註44〕。古人遂認為次韻詩之起源，自元、白唱和詩群的元和體開始：

> 宋・程大昌《考古編・古詩分韻》云：「唐世次韻，起元微之、白樂天，二公自號元和體，曰古未之有也。」〔註45〕
>
> 明・都穆《南濠詩話》云：「古人詩有唱和者，蓋彼唱而我和之。初不構體制兼襲其韻也，後乃有用人韻以答之者，觀老杜嚴武詩可見，然亦不一一次其韻。至元白皮陸諸公，始次其韻，爭奇鬥險，多至數百言，往來至數十首……。」〔註46〕
>
> 清・趙翼《甌北詩話》云：「古來但有和詩，無和韻。唐人有和韻，尚無次韻；次韻實自元、白始。依次押韻，前後不差，此古所未有也。而且長篇累幅，多至百韻，少亦數十韻，爭能鬥巧，層出不窮，此又古所未有也。他人和韻，不過一二首，元、白則多至十六卷，凡一千餘篇，此又古所未有也。」〔註47〕

〔註44〕元稹曰：「予始與樂天同校秘書，前後多以詩章相贈答。會予譴掾江陵，樂天猶在翰林，寄予百韻律詩及雜體，前後數十軸。是後各佐江、通，復相酬寄，巴、蜀、江、楚間，長安中少年，遞相仿效，競作新詞，自謂為『元和詩』。」（收於〔唐〕白居易著；朱金城箋校：《白居易集箋校》附錄二（上海：上海古籍，1988 年），〈白氏長慶集序〉，頁 3972。）

〔註45〕〔宋〕程大昌撰：《考古編・古詩分韻》卷七（臺北：臺灣商務，景印文淵閣《四庫全書》本，1983 年），頁 42。

〔註46〕〔明〕都穆著：《南濠詩話》，收於丁仲祜編訂：《續歷代詩話》下冊（臺北：藝文書局，1974 年），頁 1615。

〔註47〕〔清〕趙翼：《甌北詩話》卷四（臺灣：廣文書局，1991 年再版），頁 2～3。

由上可以肯定的是，古人論次韻詩多自唐代開始〔註48〕，詩為唐代文學的標幟，在君王鼓勵而眾多詩人爭相創作下，詩的風貌樣態自是萬千。次韻詩從「韻」著手，興發出「古所未有」的形式，雖有文人視次韻詩為詩歌之弊病，嚴羽《滄浪詩話・詩評》言「和韻最害人詩。古人酬唱不次韻，此風始盛於元白皮陸」，然而「本朝諸賢，乃以此而鬥工，遂至往復有八九和者。」〔註49〕儘管如此，詩人仍多創作次韻詩，似頗能接受次韻之詩，因而漸漸形成風潮。

次韻詩原則上需要次原詩的每一個韻字，且要求次序相同，但也非不知變通，當遇到需符合詩意而韻字不合時，仍會以同音別字取代，可見次韻詩的靈活性，如蘇軾原詩〈謫居三適三首〉末句云「誰能更包裹，冠履裝沐猴」，蘇轍〈次韻子瞻謫居三適〉則作「名身孰親疏，慎勿求封侯」，以「侯」和「猴」，即是一例。

第三節　交往詩之形成與流變

唐宋文人所作的交往詩，與交往詩一剛開始發展的樣貌有所不同，詩歌萌芽初期，人們尚不自作交往詩歌辭，且無和韻的觀念，僅是一種勞動之聲與社交辭令，在先秦如《詩經》、《左傳》及《國語》等古籍中多有記載。相傳舜與皋陶賡和之歌，已各自作辭且相互唱和，可視為交往詩最早的雛形，後直至東晉末年，陶淵明、劉程之、釋慧遠與張野等人唱和之作，已有明顯押韻，其中幾首含有文學韻味，如〈和郭主簿二首〉，被普遍認為是真正的「唱和詩」。往後的交往詩在此基調中，表現出繽紛多彩的樣貌，如發展出具有遊戲性質的

〔註48〕次韻詩的源起，另有明人胡震亨《唐音癸籤》一說：「至大曆中，李端、盧綸野寺病居酬答，始有次韻；後元、白二公次韻益多；皮陸則更盛矣。」收於周維德集校：《全明詩話》（濟南：齊魯書社，2005年），頁 3603。詳見李端〈野寺病居喜盧綸見訪〉、盧綸〈酬李端公野寺病居見寄〉二詩，兩首皆押「深」、「林」、「心」、「尋」的平聲侵韻。

〔註49〕〔宋〕嚴羽：《滄浪詩話》（臺北：金楓，1986 年），頁 97。

聯句詩，除此之外，士人或文學群體間相互唱和、贈答的作品也日益增多，交往詩不僅成為一種用以互動的詩體，更逐漸具有文學之美，經此，我們既可以看見文人當時的社會背景，也能得知文人間的情感濃厚、才學高低等。

一、形成

（一）賦詩言志及「詩可以群」

《詩經》在中國文學發展中，除了是具有審美趣味、含蘊人生妙理的藝術外，從先秦經典《論語》、《左傳》及《國語》所載的一些事蹟，《詩經》更是具有高度交往意義的工具，從政治外交、君臣宴會到百姓民生、事物描述，無不言詩，清·勞德輿《春秋詩話》記載「自朝會聘宴以至事物細微，皆引詩以證其得失焉。大而公卿大夫以至輿台賤卒，所有論說皆引詩以暢厥旨焉。」〔註50〕可見熟讀並善用《詩經》，是得以交流、互動的前提。孔子也曾對《詩經》具備的政治外交功能，提出高度評價，《論語·子路》即言「誦詩三百，授之以政，不達；使於四方，不能專對；雖多，亦奚以為？」〔註51〕意思是說雖然背誦諸多詩句，但在表達政治想法或遊歷各國時，不能切中肯綮地闡發己意，或不明白對方賦詩言志的用意，則恐因此失禮，甚至造成政治外交的失敗，而難發揮誦詩三百的社會功用。

在《左傳》、《國語》裡可見許多「賦詩言志」的篇章，記載各國諸侯、卿大夫的外交活動，比如《左傳·昭公十六年》云：

> 夏，四月，鄭六卿餞宣子於郊。宣子曰：「二三君子請皆賦，起亦以知鄭志。」子齹賦〈野有蔓草〉。宣子曰：「孺子善哉！吾有望矣。」子產賦鄭之〈羔裘〉。宣子曰：「起不堪也。」子大叔賦〈褰裳〉。宣子曰：「起在此，敢勤子至於他人乎？」子大叔拜。宣子曰：「善哉！子之言是。不有是

〔註50〕〔清〕勞德輿：《春秋詩話》（臺北：廣文，1971年），頁1。

〔註51〕〔清〕劉寶楠撰；高流水點校：《論語正義》卷十六（北京：中華，1990年），頁525。

事，其能終乎？」子游賦〈風雨〉，子旗賦〈有女同車〉，
子柳賦〈蘀兮〉，宣子喜曰：「鄭其庶乎！二三君子以君命
贶起，賦不出鄭志，皆昵燕好也。二三君子，數世之主也，
可以無懼矣。」宣子皆獻馬焉，而賦〈我將〉。子產拜，使
五卿皆拜，曰：「吾子靖亂，敢不拜德？」〔註52〕

鄭國六卿為晉國韓起餞行，韓起請六卿各賦詩，以使他知鄭國之志，
鄭國六卿也藉此表達對晉國的友好與尊崇。子齹賦〈野有蔓草〉，取
「邂逅相遇，適我願兮」義，表示與韓宣子相識，終如己願；子產賦
〈羔裘〉，取「彼其之子，捨命不渝，邦之彥兮」義，讚美韓宣子為
晉國的付出，晉國有幸得此賢才；子大叔賦〈褰裳〉，取「子惠思我，
褰裳涉溱」義，表示鄭國願與晉國交好，彼此照應；子游賦〈風雨〉，
取「既見君子，云胡不夷」義，表露遇到韓宣子這般的賢君，是令人
十分欣喜的；子旗賦〈有女同車〉，取「洵美且都」義，稱讚韓宣子
高尚美德與閑雅風度；子柳賦〈蘀兮〉，取「倡予和女」義，表明支
持晉國的心意，願與晉國和諧交好。韓起聽後大悅，贈馬與各公卿，
雙方以禮相待，互動友善。透過《詩經》言志，彼此闡述政治抱負，
既可試探兩國相互對待的關係及用意，也能緊密兩國情感，維繫國與
國間的和平。

再如《國語・魯語下》所載：

公父文伯之母欲室文伯，饗其宗老，而為賦〈綠衣〉之三
章。老請守龜卜室之族。師亥聞之曰：「善哉！男女之饗，
不及宗臣；宗室之謀，不過宗人。謀而不犯，微而昭矣。
詩所以合意，歌所以詠詩也。今詩以合室，歌以詠之，度
於法矣。」〔註53〕

文伯母親想為他娶妻，於是宴請了主管禮樂的宗老，向宗老賦《詩
經・綠衣》第三章，即「綠兮絲兮，女所治兮。我思古人，俾無

〔註52〕〔清〕洪亮吉撰；李解民點校：《春秋左傳詁》卷十七（北京：中華，
　　　　1987 年），頁 724～726。
〔註53〕上海師範大學古籍整理組校點：《國語》卷五（上海：上海古籍，1978
　　　　年），頁 210。

試兮」，希望兒子能取得賢良之妻，對賢妻有高度渴慕。對此，魯國朝中樂師師亥大表讚賞與肯定，認為賦此詩得以確切表達敬姜亟欲替文伯尋得賢妻的殷切，故云「今詩以合室，歌以詠之，度於法矣。」

　　古人以詩歌唱酬的方式進行交往，早就是中國自古以來的傳統。《左傳》、《國語》分別為先秦記事、記言的經典，書中不乏賦詩言志的記載，然而這些所賦之詩，與後期發展出的交往詩不甚相同，大多是外交術語，適用於國與國間的政策對話，而非個人自然情感的表現。〔註54〕儘管如此，我們仍可藉由這樣的歷史呈現，得知賦詩交往，實已發揮「詩可以群」的社交功能，孔子曾言「詩，可以興，可以觀，可以羣，可以怨。」〔註55〕興、觀、群、怨分指詩的教育、認識、交往與政治批判等功用，即所謂「興於詩，立於禮，成於樂」、「觀風俗之盛衰」、「群居相切磋」及「怨刺上政」。其中「群」義，除「群居相切磋」，朱熹《四書章句集注》又釋為「和而不流」，經由詩我們可以與人相處，不僅逞才鬥藝，相互切磋，也能學習和諧共事，溝通思想情感，同在社會立足。孔子也曾告誡兒子孔鯉說：「不學詩，無以言。」由此可見，詩在古代與交往的功用密不可分，相輔相成。這樣的傳統，一直延續到後代，遂成為文人或文學群體間溝通的重要方式，如同白居易〈與元九書〉所云：「與足下小通則以詩相戒，小窮則以詩相勉，索居則以詩相慰，同處則以詩相娛。」

〔註54〕季廣茂云：「在先秦時期，『詩言志』並非倡導詩人像西方浪漫主義者那樣自然抒發自己的感情，而是指借助《詩經》作品中的某些人物、情節、環境的描寫，隱譎曲折地表達自己的政治志向，滿足不同外交場合的需要。」（季廣茂：《隱喻視野中的詩性傳統》（北京：高等教育，1998年），頁121。）又毛振華云：「《左傳》所謂「志」皆是賦詩以言其志，理論上指的是懷抱，實際上指的是交際修養與外交辭令，「從外交方面看，詩以言諸侯之志，一國之志」，即是指借用或微引詩中某些篇章來暗示自己的某種政治抱負或外交態度，如班固所謂的「稱《詩》諭志」。（毛振華：《左傳賦詩研究》（上海：上海古籍，2011年），頁94～95。）

〔註55〕〔清〕劉寶楠撰；高流水點校：《論語正義》卷十七，頁689。

〔註56〕形成一股相互唱和與贈答的交往風氣。

（二）勞動相勸之聲

詩歌為最古老的文學形式之一，中國詩歌最早與音樂、舞蹈相互結合，《禮記‧樂記》云：「詩，言其志也；歌，詠其聲也；舞，動其容也。」〔註57〕人類文明尚未發展成熟，知識傳遞仍未普及以前，詩歌是人與人間互動的主要工具，單純地透過文字與聲音抒發人類最基本的生存，生存倚賴著生產活動，最原始的農耕勞動蘊藏著人類最自然、單純的聲音。〔註58〕

人為群居動物，生產活動必當仰賴群體合作而成，「飢者歌其食，勞者歌其事」〔註59〕，勞動過程中發出的前後唱和，可視為交往詩淵源之一，魯迅指出，原始人抬木頭感到吃力，「其中有一個叫道：『杭育杭育』，那麼，這就是創作」〔註60〕。顯然，原始人勞動中的前呼後應，便可作為唱和的起源；假如把他們的這種勞動號子用文字記錄下來，就是唱和詩詞的最原始形態。〔註61〕

《淮南子‧道應篇》說：「今夫舉大木者，前呼『邪許』，後亦應之，此舉重勸力之歌也。」〔註62〕舉重勸力之歌即指勞動者共同用以調整動作、減輕疲勞、增強工作效率的呼聲，為一達到共識或默契的

〔註56〕〔唐〕白居易著；朱金城箋校：《白居易集箋校》卷四十五，〈與元九書〉，頁 2789。

〔註57〕〔清〕朱彬撰；饒欽農點校：《禮記訓纂》卷十九，頁 582。

〔註58〕王妍曾說明「詩是特殊的語言方式，其特殊性在於生產勞動的集體性。勞動的集體性強化了這種特殊的語言表達形式。連續而有規律性重複勞動，需要複雜的身體姿態和協調勞動的富於音樂性的重音。」詳見王妍：〈詩的起源與《詩》的源起〉，《學習與探索》，2005年第二期，頁 108。

〔註59〕〔漢〕公羊壽傳；〔漢〕何休解詁；〔唐〕徐彥疏：《春秋公羊傳注疏》卷十六，《十三經注疏》本（北京：北京大學，2000 年），頁 418。

〔註60〕魯迅：《魯迅全集》卷六（北京：人民文學，1981 年），頁 96。

〔註61〕鞏本棟：《唱和詩詞研究：以唐宋為中心》，頁 6。

〔註62〕〔漢〕劉安撰；〔漢〕高誘注、劉文典集解：《淮南鴻烈集解》卷十二（北京：中華，1989 年），頁 380～381。

方式。〔註63〕又如春秋時，管子為趕緊逃離魯國，而和拉車人說：「『我為汝唱，汝為我和。』其所唱適宜走，役人不倦，而取道甚速。」此聲適合用以行走，經由一唱一和，有規律的節奏，加快了拉車者的效率。這類相勸力之歌，一呼一應，在人類最初交往時便具有相互激勵、協助、扶持的功效。

先秦仍有許多一呼一應、一唱一和的記載，如下：

《周易・中孚》九二爻辭：「鳴鶴在陰，其子和之。」〔註64〕

《詩・鄭風・蘀兮》：「蘀兮蘀兮，風其吹女！叔兮伯兮，唱予和女！」〔註65〕

《管子・白心》：「非吾道，雖利不取。上之隨天，其次隨人。人不倡不和。」〔註66〕

《文選》：「宋玉對曰：『……客有歌於郢中者，其始曰下里巴人，國中屬而和者數千人；其為陽阿薤露，國中屬而和者數百人；其為陽春白雪，國中屬而和者不過數十人。』」〔註67〕

凡此「唱和」為後來發展成文學形式的「唱和交往詩」的前身，涵義卻有所不同。追溯「唱和」二字，實與詩歌的音樂性脫不了干係，《禮記・樂記》說「倡和清濁，迭相為經」；《注》云：「倡和清濁者，謂十二律先發聲者為倡，後應聲者為和。」〔註68〕《荀子・樂論》認為

〔註63〕此一伴隨勞動而出現的民間曲子，稱為「勞動號子」，因不同的勞動而有不同的類型，如搬運號子、農事號子、行船號子等，該類歌曲介紹詳參宋大能：《民間歌曲概論》（北京：人民音樂，1979 年）及江明惇：《漢族民歌概論》（上海：上海音樂，1999 年）。

〔註64〕〔清〕李道評撰；潘雨廷點校：《周易集解纂疏》卷七，頁 518。

〔註65〕〔漢〕毛亨傳；〔漢〕鄭玄箋；〔唐〕孔穎達疏：《毛詩正義》卷四，《十三經注疏》本（北京：北京大學，2000 年），頁 355。

〔註66〕黎翔鳳撰；梁運華整理：《管子校注》卷十三（北京：中華，2004 年），頁 788。

〔註67〕〔南朝梁〕蕭統編；〔唐〕李善注：《文選》卷四五（上海：上海古籍，1986 年），頁 1999。

〔註68〕〔清〕朱彬撰；饒欽農點校：《禮記訓纂》卷十九，頁 582。

「唱和有應,善惡相象,故君子慎其所去就也。」〔註69〕《論語·述而》亦云「子與人歌而善,必使反之,而後和之。」〔註70〕《文心雕龍·樂府》也有「詩為樂心,聲為樂體」、「樂辭曰詩,詠聲曰歌」〔註71〕的論述。

　　釋唱和二字,王力《同源字典》認為「發歌(領唱)是唱的本義,導是引申義。《說文》:『唱,導也。』是講的引申義。」〔註72〕唱和與音樂有關,人類歷史發展上,聲音是早於文字出現的,唱和若記錄下來而成歌詞,則可視為詩歌的一種。唱和最初是無法脫離音樂的,隨文體漸漸格律化後,後期唱和詩則失音樂性,文人在創作唱和詩時,也多以交流、酬唱、切磋才學為主要目的,漸不在意「唱和」的音樂本質了,趙以武云:

> 跟「唱(倡)」連用的「和」,也與發聲歌唱有關係。……
> 因此,「唱」也好,「和」也好,又與音樂有關,不能脫離
> 音樂限制瞎唱;至於「唱」「和」什麼,才涉及到記錄歌詞
> 的文字,即詩。〔註73〕

我們並不可輕忽詩歌裡文學與音樂的相輔相成,從最原始人類的勞力活動中,自然發出的一呼一應相勸力之歌,即有了唱和詩音樂性質的雛形,得以視為唱和交往詩淵源之一。

　　之後隨著歷史演進、文明發展,人們需要透過文字記錄,使情感具體化,於是「唱和」漸漸演變成文人間交往或酬贈的「唱和詩」,彼此相同或類似的節奏、聲情、意義等,令人們在生活中「相濡以沫」,共同扶持、鼓勵,喬治·湯姆遜《論詩歌源流》中所說的:

〔註69〕〔清〕王先謙撰;沈嘯寰、王星賢點校:《荀子集解》卷十四(北京:中華,1988年),頁381。
〔註70〕〔清〕劉寶楠撰;高流水點校:《論語正義》卷八,頁281。
〔註71〕分見〔南朝梁〕劉勰著;詹鍈義證:《文心雕龍義證》卷二,頁251、257。
〔註72〕王力:《同源字典》(北京:中華,2014年),頁379。
〔註73〕趙以武:《唱和詩研究》,頁2。

> 人類把節奏加以人化，就是說，使它發生社會的功用——
> 把人們的意志組織起來，使動作可以協調，或者，發展到
> 後來，就是把人們的感情組織起來，使他們更密切地團結
> 在相互同情的集體當中。〔註74〕

交往詩歌自最初單純的交流，逐步演進為群體意識形態或情感聯繫的工具，透過它，我們得以讀出個人乃至團體的思維及立場。

二、流變

（一）先秦至魏晉的萌芽期

　　早期文獻中詩樂合流的唱和，「和」往往是有聲無辭，也少有個人創作，而是隨前人唱聲應和，同為一辭，以形成一唱三歎之美。相傳在先秦神話中，舜與皋陶賡和之歌，屬於唱和且各自作辭的，宋人朱勝非《紺珠集》說「唱和聯句之起，其來久已，自舜作歌，皋陶賡載」〔註75〕或許可視為交往詩最早的雛形。兩人賡歌最早被記載於《尚書・皋陶謨》，內容如下：

> 帝庸作歌。曰：「敕天之命，惟時惟幾。」乃歌曰：「股肱
> 喜哉，元首起哉，百工熙哉！」皋陶拜手稽首颺言曰：「念
> 哉，率作興事，慎乃憲，屢省乃成，欽哉！屢省乃成，欽
> 哉！」乃賡載歌曰：「元首明哉，股肱良哉，庶事康哉。」
> 又歌曰：「元首叢脞哉，股肱惰哉，萬事墮哉！」〔註76〕

敘述皋陶與帝舜、禹間的商議，表達君主應履行的任務及該具備的美德，彼此經過一番討論後，取得良好的共識，帝舜喜歌於前，皋陶賡和於後，後人遂截取兩人唱和稱為「賡歌」，陳列如下：

> 股肱喜哉，元首起哉，百工熙哉。
> 元首明哉，股肱良哉，庶事康哉。

〔註74〕喬治・湯姆遜：《論詩歌源流》（北京：作家，1955年），頁19。

〔註75〕〔宋〕朱勝非：《紺珠集》卷十一（臺北：臺灣商務，景印文淵閣《四庫全書》本，1986年），頁28。

〔註76〕〔清〕孫星衍撰；陳抗、盛冬鈴點校：《尚書今古文注疏》卷二（北京：中華，1986年），頁133～134。

元首叢脞哉，股肱惰哉，萬事墮哉。〔註77〕

可見賡和字句多有重複，一人歌之，後人以前人為範本和之，後人自作其辭，意涵卻與前人相近。雖舜與皋陶之神話傳說並無實證，然許多文學起源都發基於此，又此詩記載於《尚書‧皋陶謨》，確有其可信度，交往詩自舜與皋陶之「賡和」萌芽，其初始要件為以聲相和，且各自為辭，後人辭與前一人相似。爾後至兩漢，交往詩除唱和詩外，出現相互贈答之詩，透過一贈一答，表達雙方情感，贈詩有特定對象，答詩也應贈詩回覆，針對性強，用於彼此交流。如《史記‧李廣蘇建傳》西漢蘇武和李陵悲憤激昂的送別詩、東漢秦嘉與其妻徐淑深情款款的贈答〔註78〕、〈客示桓麟詩〉與桓麟〈答客詩〉等皆屬這一形式的濫觴。

至魏晉南北朝，政局進入動亂，門閥制度、九品中正制造成「上品無寒門，下品無士族」〔註79〕，交往詩形式以贈答詩為主，流行於文學家族、士族集團與宮廷間，南朝昭明太子蕭統編輯《文選》，內收錄贈答詩四卷，多有佳作。其中三曹、七子、嵇康等人之作最為人所知，比如劉楨〈贈徐幹〉與徐幹〈答劉楨詩〉之組詩，劉楨哀嘆命運多舛，抒發憤恨不平，傾訴「思子沉心曲，長歎不能言」的思君之感，徐幹回以「我思一何篤，其愁如三春」，表現出他與劉楨的誠篤友誼。其他如王粲〈贈孫文史〉、〈贈文叔良〉送友人遠行，告誡友人謹言慎行，以避禍害；曹植〈贈丁儀〉、〈贈白馬王彪〉感念友人不計勢力義氣相伴，雖遭冷落仍相慰藉；嵇康〈贈秀才入軍〉叮嚀嵇喜莫貪虛華紅塵，軍旅生活當早日引退，共享兄弟天緣之趣等，都證明文

〔註77〕參見逯欽立輯校：《先秦漢魏晉南北朝詩》先秦詩卷一（北京：中華，1983 年），頁 2。

〔註78〕秦嘉〈贈婦詩〉為漢代文人五言抒情詩的成熟之作，其依時間續寫而成，內容從最初秦嘉將赴京之遣車迎妻，妻病不能起，使秦嘉徹夜難眠，終至交通不便等諸多因素，在秦嘉赴京前，夫婦仍未見到面，秦嘉只能以禮相送，遙寄思念。

〔註79〕〔唐〕房玄齡等撰：《晉書》卷四五（北京：中華，1974 年），頁 1274。

人以詩相互贈答，既能排遣愁苦之懷，也一併聯絡情感，遙寄思念，形成自然的交往風氣。

除贈答詩外，魏晉時期尚有眾多公宴詩，君主召集貴族嘉賓共赴宴會，在饗宴上集體作詩。公宴之風始於先秦，《詩經》即有大量燕饗詩，比如《小雅・賓之初筵》、《小雅・鹿鳴》和《小雅・蓼蕭》等，多讚美周代禮俗，反映上層社會的和睦與歡樂。至《文選》詩類列有「公讌」一目，收錄建安詩人曹植、王粲、劉楨等人各有一首〈公讌詩〉，又如謝靈運〈九日從宋公戲馬臺集送孔令詩〉、顏延之〈應詔讌曲水作詩〉、〈皇太子釋奠會作詩〉等，其特點多屬於應令、應詔之作，內容不出對君王歌功頌德，對所贈對象的讚美稱揚、勸酒祝壽，細寫宮廷苑囿、藩鎮府第的精工雕琢，或觥籌交錯、歌舞昇平的景況，如曹丕〈與吳質書〉所云「行則連輿，止則接席，何曾須臾相失。每至觴酌流行，絲竹並奏，酒酣耳熱，仰而賦詩。」〔註80〕兩晉《金谷集》與《蘭亭集》亦是此種宴會唱和的典型，此種交往型態猶如蘇軾〈徐州鹿鳴燕賦詩序〉所言：「君子會友以文，爰賦筆札，以侑樽俎。載色載笑，有同於泮水；一觴一咏，無愧於山陰。」〔註81〕

（二）東晉至隋唐的漸興期

到了東晉末年，陶淵明、劉程之、釋慧遠、張野間的唱和交往詩，才被普遍認為是真正的「唱和詩」〔註82〕，然現有作品不多，原唱、和詩皆存者，僅釋慧遠〈遊廬山〉原唱，劉程之、張野及王齊之三人同題和作的〈奉和慧遠遊廬山〉，他們之間的唱和，已有明顯押韻，

〔註80〕嚴可均校輯：《全上古三代秦漢三國六朝文》全三國文卷七，頁 1089。
〔註81〕〔宋〕蘇軾著：《蘇東坡全集》卷二四，〈徐州鹿鳴燕賦詩敘〉，頁 311。
〔註82〕趙以武先生認為「東晉以前中國古詩無和詩。東晉之末，廬山上有釋慧遠與其追隨者的唱和之作，廬山下有陶淵明與其友人的唱和之作。這些和詩保存可見，事可微，詩可信，毫無疑問：和詩出現了。」（《唱和詩研究》，頁 17）鞏本棟先生亦云：「真正的唱和詩始見於東晉陶淵明、劉程之、釋慧遠等人的詩作中」（《唱和詩詞研究：以唐宋為中心》，頁 8）。

且多宣揚佛理之義，其他詩作皆為陶淵明和詩，而原唱散佚，如〈和郭主簿二首〉其一寫淳樸的夏日鄉居，「春秫作美酒，酒熟吾自斟。弱子戲我側，學語未成音。此事真復樂，聊用忘華簪。」將遠離塵囂、悠閒放鬆的生活，寫得樸實自然，具文學之美。至於南北朝交往詩，內容集中於宴飲、出遊、詠物和懷古等方面，也有如梁簡帝蕭綱〈和徐錄事見內人作臥具詩〉等宮體詩的範圍，此期的唱和交往詩，其特點在於多人對某一題材、景物的述寫，對特定事物的唱和，但各人抒發各人己見，不受拘束，於體裁、語言、情感意義上等大多類似或相同，既可相互呼應，亦可互表情才，如梁簡文帝蕭綱首唱，庾肩吾、庾信和徐陵奉和的四首〈山池〉詩，即屬此例。〔註83〕

交往詩發展至隋唐，由於君王的提倡、文人仕宦交遊日益興盛，交往詩在相互交流的基調上，呈顯出五光十色的異彩，不但有大量群體唱和之作被集結成冊，詩人、詩作增多，作品形式、題材、技巧等方面也增寬增廣。初唐，太宗、中宗時期宮廷唱和興盛，詩作內容主要有宴會、遊賞（包括詠物）；詠史；懷舊、述志。太宗以弘文館學士，如許敬宗、長孫無忌、楊師道等人為主，中宗以修文館學士，如李嶠、宋之問等人為主，唱和交往多為服務君王，然服務性質迥異，岳娟娟《唐代唱和詩研究》云：

> 《景龍文館記》的主角是修文館的學士，這與太宗朝唱和以弘文館學士為主一脈相承，卻又有極大區別，弘文館學士的首要任務是謀事，其次才為侍遊，詩酒唱和不過是政務之餘的休閒活動。修文館學士雖然也都是兼職，但根本任務就是作為文學侍從，陪伴君王。〔註84〕

《景龍文館記》為唐修文學士武甄平所撰，記錄「中宗初，置學士以後館中雜事，及諸學士應制、倡和篇什、雜文之屬，亦頗記中宗君臣

〔註83〕尚有其他作品，可參趙以武《唱和詩研究》頁19之表格。
〔註84〕針對唐太宗及中宗年間的唱和交往詩介紹，可參見岳娟娟《唐代唱和詩研究》下編第一章〈先聲奪人——唐前期的宮廷唱和〉，頁207～228。

宴藝無度，以及暴崩。」〔註85〕太宗借與學士間的酬唱來討論政事，臣子也借此歌功頌德，表達對君王的忠誠。到了中宗，宮廷宴饗漸多，臣子、學士間的唱和受到君王鼓勵，一時應制、應令之詩大作。〔註86〕

後至中晚唐大曆年間，歷經安史之亂，原圍繞宮廷而形成的唱和文人，漸轉為京師臺閣之唱和群，其中以大曆十才子為代表，此時期可視為唱和詩的轉型階段。唱和詩人群聚集兩浙，以描寫風物為主要題材，留下《大曆年浙東聯唱集》二卷及《吳興集》十卷，前者以浙東觀察使從事鮑防為首，參與的詩人有嚴維、劉全白、呂渭等三十八人；後者以湖州刺史顏真卿為主，參與的詩人有與皎然、陸羽、袁高、吳筠、劉全白、呂渭、張志和等九十五人。〔註87〕他們不僅留下可觀的唱和詩，也存有遊戲意味濃厚的聯句詩，影響後期的元和體詩人及晚唐皮、陸的創作。

唐德宗貞元至唐穆宗長慶年間（785年～824年）的「元和體」詩人，包括韓愈、孟郊、元稹、白居易、劉禹錫、柳宗元、賈島等人。韓愈、孟郊聯句詩創作，以古樸而奇峭的風格為主，逞才鬥奇的意味濃厚，著名作品有〈遠遊聯句〉、〈鬥雞聯句〉和〈城南聯句〉等，後至中唐元稹、白居易、劉禹錫、李德裕等人，唱和之風大盛，光是元稹與白居易的唱和之作就高達數百首〔註88〕，與他人作品結集有《元

〔註85〕〔宋〕陳振孫撰：《直齋書錄解題》卷七（北京：中華，《叢書集成初編》本，1985年），頁190。

〔註86〕《新唐書·李適傳》記載到：「凡天子饗會游豫，唯宰相及學士得從。……帝有所感即賦詩，學士皆屬和。當時人所歆慕，然皆狎猥佻佞，忘君臣禮法，惟以文華取幸。」可見此類應制、應令詩，多為奉承君王所作。（〔宋〕歐陽脩、宋祁撰：《新唐書》卷二〇二（北京：中華，1975年），頁5748。）

〔註87〕鞏本棟：《唱和詩詞研究：以唐宋為中心》，頁133。

〔註88〕白居易〈祭微之文〉說他與元稹「死生契闊者三十載，歌詩唱和者九百章。」（《白居易集箋校》卷七十，頁3721。）《唐才子傳校箋》更云兩人關係「雖骨肉未至，愛慕之情，可欺金石，千里神交，若合符契，唱和之多，毋逾二公者。」（傅璇琮主編：《唐才子傳校箋》（北京：中華，1990年），頁34。）

白唱酬集》、《吳越唱和集》、《劉白唱和集》等，影響晚唐皮日休及陸龜蒙，咸通後期，唐王朝開始動亂，文人不用於世，皮、陸詩風漸趨淡泊，具隱士情懷，唱和題材多描寫瑣碎細小的人事，如〈漁具詩〉、〈酒中十詠〉等長篇短制、連篇累牘的唱和，稍感單調，後兩人唱和詩結成《松陵集》行世。

　　綜觀交往詩的流變，自先秦皋陶與舜的「賡歌」，經漢魏六朝贈答、公宴之詩，至東晉陶淵明、釋慧遠、劉程之等「唱和詩」，再至唐代元和體詩人的唱和、聯句詩體，可知交往詩在中國文學詩作中，累經變化，且文人好作之。雖然每個朝代所呈顯的交往詩形式不同，但大抵不出唱和詩、贈答詩與聯句詩的範圍，詩人創作動機也多為了互動交流、聯絡情感，既排遣心中煩悶，也獲取遊戲的樂趣。

小結

　　本章先界定本文擬探討的「交往詩」範圍，乃人們在生活所觸及的某種領域中、某種關係中，彼此互動、相互交流而興發出來的一種文學體式。接著概述「交往詩」中所占比例最多的唱和詩、贈答詩、聯句詩、次韻詩，其中唱和詩與贈答詩，各家說法不一，且討論此差異的書籍不多，本文針對褚斌杰《中國古代文體概論》、江雅玲《文選贈答詩流變史》、趙以武《唱和詩研究》三者比較，以此深入探討「唱和」與「贈答」的不同。

　　檢討各家對兩者的界定與分析後，發現前人多就兩大標準對唱和詩及贈答詩進行區分，第一是以「詩題」中特定出現的關鍵字，如「酬」、「贈」、「寄」、「和」、「送」等作分類，第二則是框定某一時期的唱和詩或贈答詩來論述，而聯句詩又稱連句詩，是由兩位或兩位以上的詩人共同創作，連綴文辭以成篇章的作品，多在館閣酒宴上作成，遊戲、娛樂的成分高，運用韻腳的方式較次韻詩寬鬆，次韻詩則要求次原詩的每一個韻字，但也非不可變通，當遇到需符合詩意而韻字不合時，仍會以同音別字取代，可見其靈活性。

　　古人以詩歌唱酬的方式交往，發揮了「詩可以群」的社交功能，孔子曾言「詩可以興，可以觀，可以群，可以怨。」〔註89〕興、觀、群、怨分指詩的教育、認識、交往與政治批判等功用，即所謂「興於詩，立於禮，成於樂」、「觀風俗之盛衰」、「群居相切磋」及「怨刺上政」。另一方面，人為群居動物，生產活動必當仰賴群體合作而成，原始人勞動中的前呼後應，可作為唱和的起源，唱和最初是無法脫離音樂的，趙以武云：「跟『唱（倡）』連用的『和』，也與發聲歌唱有關係。……因此，『唱』也好，『和』也好，又與音樂有關，不能脫離音樂限制瞎唱；至於『唱』『和』什麼，才涉及到記錄歌詞的文字，即詩。」〔註90〕假如把勞動中的「勞動號子」用文字記錄下來，或許就是唱和詩詞的最原始形態，因此我們並不可輕忽詩歌裡文學與音樂的相輔相成，從最原始人類的勞力活動中，自然發出的一呼一應相勸力之歌，即有了唱和詩音樂性質的雛形，得以視為唱和交往詩淵源之一。最後探討上述「交往詩」的形成和流變，發現交往詩的形貌自先秦皋陶與舜的「賡歌」，經漢魏六朝贈答、公宴之詩，至東晉陶淵明、釋慧遠、劉程之等「唱和詩」，後至唐代元和體詩人的唱和、聯句詩體，儘管累經變化，文人仍然喜歡創作它。

〔註89〕〔清〕劉寶楠撰；高流水點校：《論語正義》卷十七，頁 689。
〔註90〕趙以武：《唱和詩研究》，頁 2。

第三章　蘇軾、秦觀交往詩創作之背景、分期及作品

　　環境、文化、社會氛圍等皆會影響詩人的創作，蘇軾與秦觀身居重視「文人政治」的宋代，其官宦生涯隨皇帝、政敵的喜惡而起落不定，政壇給了他們俸祿、資源，同時也影響了他們的交遊與生活。蘇軾與秦觀的友誼並沒有因政禍的涉入而減損，彼此的意念反而更加堅定，宦海浮沉中，兩人相互營救，同心協力平衡一波波的毀謗。多數人交往時，若牽扯到利益關係，往往能避則避，不願惹上麻煩，臨陣脫逃、見利忘義的大有人在，但在蘇、秦心中這份友誼不僅是物質層面，而是一份真實的情感，不會輕易被破壞，如戴朝福所言：

> 真正的朋友是「道義交」，不是「市道交」，道義在人心，故所謂「道義交」，所交即在彼此道義的心，誠信的人，唯本此赤裸裸的一心，乃真能在心靈上引起共鳴，交相感通，友誼亦才經得起時間考驗。〔註1〕

「市道交」好似對價關係的買賣，雙方會因相同的目的、利益短暫友好，等事件達成後，彼此的往來很容易隨時間沖淡，或即刻流失。蘇軾與秦觀的友誼比較符合「道義交」，建立在真誠的信用上，純然以

〔註1〕戴朝福：〈《論語・鄉黨篇》闡義（六）〉（《鵝湖月刊》第三四九期，2004年），頁61。

個人的氣質、性格互相吸引，進而在互動中更加熟悉雙方，生活裡既可分享家常趣事，遭遇困境時亦能患難與共，實屬難得。

　　兩人交往活動的時期為熙寧、元豐、紹聖、靖國年間，大環境底下，一連串的升、貶，既是師徒、也是摯友的兩人，從相識、相勉、相惜、相護、相慰到最後長辭於世……，透過他們的交往詩窺見兩人相待的情誼與面貌。

第一節　北宋交往詩的發展

　　宋代對外貌似強國，實際卻枯瘦、疲軟，此時國君仍想向外界示現家國的強壯，派遣館閣大臣編修書籍，真宗景德二年（1005 年）楊億應詔編《歷代君臣事蹟》，與同事劉筠、錢惟演等人編修過程偶感無聊，多餘時間便相互唱和，楊億將這些唱和詩編為《西崑酬唱集》，形成有名的「西崑體」，在宋初詩壇綻放新的詩風。後至仁宗，以歐陽脩為首的文學群體興起，梅堯臣、蘇順欽等人相互為文，創作轉向關心百姓生活、倡議社會現實，風格轉趨平淡。至北宋神宗、哲宗年間，又有環繞蘇軾而起的「蘇門」，其酬唱、交往之作，題材廣泛，既閒談日常生活，也相互慰問職場現況。

　　西崑酬唱的風潮在楊億〈西崑酬唱集序〉中可見一斑：

　　　　予景德中，忝佐修書之任，得接羣公之遊。時今紫微錢君
　　　　希聖、秘閣劉君子儀，並負懿文，尤精雅道，雕章麗句，
　　　　膾炙人口，予得以游其牆藩而咨其模楷。二君成人之美，
　　　　不我遐棄，博約誘掖，實之同聲。因以歷覽遺編，研味前
　　　　作，挹其芳潤，發於希慕，更迭唱和，互相切劇。〔註2〕

到了嘉祐三年（1058）歐陽脩主持禮部試，與梅公儀、梅堯臣等五人鎖院唱和，也有唱和詩流傳，歐公〈與梅龍圖摯字公儀書〉有言：

　　　　唱和詩編次，得成三卷。共一百七十三首，亦有三兩首不

〔註2〕〔宋〕楊億等著；王仲犖注：《西崑酬唱集注》（上海：上海書店，2001
　　　　年），頁1～2。

> 齊整者，且刪去。其存者，皆仔細看來，眾作極精，可以
> 傳也。盛哉盛哉！〔註3〕

由此可知，詩人的酬唱不僅是朋友間的遊戲消遣，更是能夠傳諸於世
的文學作品，數量多且精，透過印刷術的蓬勃發展，唱和之作得以迅
速傳播，「世俗風尚，必有所偏，達人顯貴之所主持，聰明才雋之所
奔赴」〔註4〕，進一步帶動文學聚會中交往詩的創作。

交往詩創作在宋代蔚為潮流，覽觀《全宋詩》作品，多有「和」、
「次韻」及「酬」等交往詩的詩題，交際往來增加了文人雅集的機會，
在聚會、結社中具備共同娛樂，又不失文學聚會意涵的活動。詩人群
體、文人雅集與交往詩相互影響且彼此依存，詩人群體賦予交往詩發
展的機會，提供了表現的平臺，交往詩則是詩人聚會中不可或缺的交
流工具，鞏本棟云：

> 在日常生活中，唐宋以來師友交往的廣泛化，也促進了唱
> 和詩詞的繁榮。因為這種交往的內容之一就是詩歌唱和、
> 文字切磋，典型的例子是蘇軾與黃庭堅等門下學士的交往
> 唱和。〔註5〕

宋人邵浩所編《坡門酬唱集》，提及「詩人酬唱，盛於元祐間，自魯
直、後山宗主二蘇，旁與秦少游、晁无咎、張文潛、李方叔馳騖相先，
後萃一時名流，悉出蘇公門下，嘻其盛歟！」〔註6〕可知宋代酬唱的
流行與蘇門著名於時。

北宋初期較大的文學交往群體，從館閣「西崑體」興起，後由歐
陽脩領軍的北宋文壇，詩人間唱和或為文，多關懷社會民生，對當時
朝野都有重大影響，直至蘇門交往，讓讀者看到「生活中的詩人」，

〔註3〕〔宋〕歐陽脩著：《歐陽脩全集》書簡卷五（臺北：世界，1991 年第
五版），頁 1277。
〔註4〕〔清〕章學誠：《章氏遺書》卷二十九（臺北：漢聲，1973 年），〈上
辛楣宮詹書〉，頁 744。
〔註5〕鞏本棟：《唱和詩詞研究——以唐宋為中心》，頁 16。
〔註6〕〔宋〕邵浩：《坡門酬唱集》（臺北：臺灣商務，景印文淵閣《四庫全
書》本，1986 年），頁 1。

少了上朝的嚴肅，多了幾分真誠的對話，本節將略敘該三大文人群體，以此鳥瞰北宋交往詩的發展。

一、西崑酬唱詩人

　　宋初詩以西崑體獨占鰲頭，楊億、錢惟演、劉筠等諸公共十七人，其所編之《西崑酬唱集》使宋初詩壇一改風氣，楊億《西崑酬唱集・序》自云：「取玉山策府之名，命之曰《西崑酬唱集》。」〔註7〕所謂「策府」，為古代帝王藏書之所，《穆天子傳》卷二云：「阿平無險，四徹中繩，先王之所謂策府。」郭璞注：「言往古帝王以為藏書冊之府，所謂藏之名山者也。」〔註8〕當時楊億等人奉旨在秘閣編修《歷代君臣事述》，秘閣猶如策府；而唐・上官儀〈為朝臣賀涼州瑞石表〉就直指穆天子之策府，在西方崑崙群玉之美地：「詳觀帝籙，披冊府於西崑。」〔註9〕「冊」同「策」，「策府」等同「西崑」，楊億用「西崑」之名，取其雅致，音韻也較和諧。

　　西崑體宗晚唐李義山詩法，求其「包蘊密緻，演暢平暢」，講求「豐富藻麗，不作枯瘠語」，一掃宋初白居易簡單平易的風格，其「酬唱的作品形式記用事博奧、對仗工妙，且所用的文字濃麗奇豔，一反當時白體的平淺宣露，再加以濃麗奇豔的形式上，更包蘊密緻別有寄託」〔註10〕讓人反覆讀他們的詩，而常有不同的解讀，也時有讀不懂的窘況，難怪元遺山〈論詩絕句三十首〉云「詩家總愛西崑好，獨恨無人作鄭箋。」〔註11〕西崑體的詩，文辭纖穠動人，饒富興味，卻因其語言晦澀，難以索解，但這並不損西崑體的流行。

〔註7〕〔宋〕楊億等著；王仲犖注：《西崑酬唱集注》，序言頁3。
〔註8〕〔戰國〕佚名：《穆天子傳》卷二（北京：北京出版社，2000 年），頁 8、12。
〔註9〕〔清〕董誥編：《全唐文》卷一五五（北京：中華，1983 年），頁 1581。
〔註10〕周益忠：《西崑研究論集》（臺北：臺灣學生，1999 年），頁 4。
〔註11〕〔金〕元好問：《元遺山詩集》卷十一（臺北：清流，1976 年），頁 5。

　　交往詩本身即具備彼此切磋，相互砥礪的功能，西崑體亦不例外，楊億在《西崑酬唱集序》中就說：「更迭昌和，互相切靡。」〔註12〕除此之外，流佈王澤，端正教化也是西崑體所欲表現的，他們的唱和詩是站在一個比較高的層次上來創作，是為了傳達教化、宣揚君恩所作，孔子曾說「不學詩，無以言」，楊億在《廣平公唱和集・序》中也說：

> 昔者鄭國名卿，賦詩者七子；郢中高唱，屬和者數人。善歌者必能繼其聲，不學者何以言其志？故〈雅〉〈頌〉之隆替，本教化之盛衰。儻王澤之下流，必作者之間出。君臣唱和，賡載而成文；公卿宴集，答賦而為禮。……蓋風化之所繫焉，豈徒緣情綺靡而已。〔註13〕

由此可見楊億肯定唱和詩的禮儀、教化作用，他舉先秦鄭國賦詩者為例，說明詩歌唱和在日常交流、溝通中十分重要，若不學詩歌將如何與人對話？因此《詩經》的〈雅〉、〈頌〉篇是否興盛，攸關乎該國該朝的盛衰，除此之外，唱和詩也需運用於君臣應對、公卿宴會間，「君臣唱和，賡載而成文；公卿宴集，答賦而為禮」，與人互動的詩句皆會被記載下來，透過詩中用詞、語句簡閱此人才學、品行，唱和詩絕不止僅於陸機所稱「緣情綺靡」之作，更多的是與教化、風俗有關。

　　楊億更在〈冬夕與諸公宴集賢梅學士西齋分得今夕何夕探得雲字並序〉中寫道：

> 揮塵清談，峨冠屢舞，杯盤狼藉，星漢傾頹。因念夫飲酒者，未嘗不始於治而卒於亂。蓋各吟詠，以止喧嘩……足以知〈周南〉變風，誠二雅之可繼。〔註14〕

〔註12〕〔宋〕楊億等著；王仲犖注：《西崑酬唱集注》，序言頁2。

〔註13〕〔宋〕楊億：《武夷新集》卷七（臺北：臺灣商務，景印文淵閣《四庫全書》本，1987年），〈廣平公唱和集序〉，頁13。

〔註14〕〔宋〕楊億：《武夷新集》卷三，〈冬夕與諸公宴集賢梅學士西齋分得今夕何夕探得雲字並序〉，頁3。

楊億由繁亂之景想到「飲酒者」，認為飲酒者一剛開始都是有節制、有禮節的，但終究被酒迷亂，以此警惕自己在寫唱和詩時，所表現的各類情感，都應以禮樂為前提加以節制，並冀求納入雅正的軌道。

二、歐、梅、蘇文人集團

　　仁宗年間，歐陽脩任西京留守推官，與梅堯臣、蘇舜欽、尹洙和謝絳等人多有詩文創作，「日為古文歌詩，遂以文章名冠天下」〔註15〕形成一股以歐陽脩領軍的洛陽文人集團。時任留守正是館閣大臣錢惟筠，歷來多認為歐陽脩排斥西崑體浮靡華美的風格，轉而提倡古文革新運動及追求平淡的詩風，然細究其言論，他不但尊崇楊億與西崑諸公，也肯定西崑體開啟宋詩另一風貌，其《六一詩話》道「楊大年與錢、劉數公唱和。自西崑集出，時人爭效之，詩體一變；而老先生輩，患其多用故事，至於語僻難曉，殊不知自是學者之弊。」〔註16〕《西崑酬唱集》問世後便成作詩典範，儘管有先生老輩批評其好用典故，致使詩作晦澀難解，然歐陽脩仍為西崑體發聲，認為批評聲浪乃個人才疏學淺，不能因此否定西崑價值。〔註17〕

　　尊崇西崑體之餘，歐陽脩、梅堯臣等人因其職位及社會責任感使然，不因官場得意而縱情聲色，外族不斷侵擾，促使大臣們關懷現實民生，范仲淹推行慶曆新政，歐、梅、蘇皆屬革新派，在他們的詩作中多有反應民間疾苦、社會生活的平實記載。蘇舜欽〈城南感懷呈永叔〉云：

〔註15〕〔宋〕歐陽脩著：《歐陽脩全集》年譜「天聖九年辛未」條，頁3。
〔註16〕〔宋〕歐陽脩撰：《六一詩話》（南京：鳳凰，2009年），頁9。
〔註17〕因石介〈怪說〉致使後人對西崑多有誤解，然北宋諸位詩人都極力為西崑體平反，歐陽脩稱楊劉詩「雄文博學，筆力有餘故無詩而不可。」並嘆道「先朝楊劉風采，聳動天下，至今使人傾想。」；黃庭堅作詩也要「獨用崑體功夫，而造老杜渾成之境。」；蘇軾直言「近世士大夫文章，華靡者莫如楊億，使楊億尚在，忠清鯁亮之士也，豈得以華靡少之。」盛讚楊億人品。詳見周益忠：〈詩家總愛西崑好——重新解讀西崑體〉，收於《西崑研究論集》（臺北：臺灣學生，1999年）。

去年水後旱，田畝不及犁。冬溫晚得雪，宿麥生者稀。前
去固無望，即日已苦飢。老稚滿田野，斸掘尋鳧茈。此物
近亦盡，卷耳共所資。昔云能驅風，充腹理不疑。今乃有
毒屬腸，腸胃生瘡痏。十有七八死，當路橫其尸。犬彘咋
其骨，烏鳶啄其皮。胡為殘良民，令此鳥獸肥。天豈意如
此，泱蕩莫可知。〔註18〕

因水、旱災接連發生，作物稀少且病毒孳生，百姓既沒能填飽肚子，
腸胃也紛紛遭到感染，屍體遍野，還來不及埋葬就被犬彘、烏鳶啃食。
蘇舜欽回想城南所見呈給永叔，以平實口吻道出悽慘景況，表現他對
人民生活困苦的悲痛。

百姓艱難的生活環境，除肇因於天災，人禍亦不少，歐陽脩〈奉
答子華學士安撫江南見寄之作〉、〈答楊闢喜雨長句〉中陳述朝廷貪
汙，不顧百姓安危，期許自己能為百姓謀福利，「蠹弊革僥倖，濫官
絕貪昏」〔註19〕，〈食糟民〉中更直指「官沽味醲村酒薄，日飲官酒
誠可樂。不見田中種糯人，釜無糜粥度冬春。還來就官買糟食，官吏
散糟以為德！嗟彼官吏者，其職稱長民。衣食不蠶耕，所學義與仁。」
〔註20〕百姓種糯釀酒，自家飲薄酒，把味濃者售予官員，然獲利鮮少，
家中沒有剩餘的糧食能度日，官員有好酒有銀兩，貧苦飢寒的百姓向
他們買糟，他們以為「德」，永叔不禁感嘆位居高位卻以權力剝削百
姓，未能自食其力卻滿口仁義道德。

歐陽脩與時人的交往詩中，多關懷社會議題，詩作以書寫現實、
民意為主，梅堯臣詩作稱許歐陽脩「不書兒女書，不作風月詩。唯存
先王法，好醜使無疑。安求一時譽，當期千載知。」〔註21〕梅堯臣長

〔註18〕〔宋〕蘇舜欽：《蘇舜欽集》卷二（臺北：河洛，1976年），頁18。

〔註19〕〔宋〕歐陽脩著：《居士集》卷五，《歐陽脩全集》本，〈答子華學士
安撫江南見寄〉，頁33。

〔註20〕〔宋〕歐陽脩著：《居士集》卷四，，《歐陽脩全集》本，〈食糟民〉，
頁30。

〔註21〕〔宋〕梅堯臣撰：《宛陵集》卷二六（臺北：臺灣商務，景印文淵閣
《四庫全書》本，1985年），〈寄滁州歐陽永叔〉，頁10。

歐陽脩五歲，永叔官運亨通，受朝廷重用，聖俞往往不得志，官職最高做到尚書都官員外郎，人稱梅都官。但這並不影響兩人友誼，歐陽文忠公總對梅聖俞詩加以肯定，且為其總集作序，云：「非詩之能窮人，殆窮者而後工也。」〔註22〕梅堯臣受此鼓勵，也總是要求自己在詩作上精進筆法，以求成長，他在〈答裴送序意〉即說明他作詩的態度是「辭雖淺陋頗剋苦，未到二雅未忍捐。安取唐季二三子，區區物象磨窮年。」〔註23〕可見其作詩偏採《詩經》大雅、小雅般樸實典雅，而少承晚唐推敲雕飾字句的手法。

歐陽脩《六一詩話》中也曾引聖俞之言曰：「詩家雖率意而造語亦難。若意新語工，得前人所未道者，斯為善也。必能狀難寫之景如在目前，含不盡之意見於言外，然後為至矣。」〔註24〕得知梅堯臣作詩雖平淡率直，但用語並不馬虎，力圖在前人未道處創新，又欲詩意見於言外，才以為是首好詩。如此精神終獲眾人欣賞，宋初詩壇除歐陽脩外，這位與他友好的都官，令百姓都希望能收藏他的詩「用以自矜」，造成「求者日踵門，而聖俞詩遂行天下。」

透過歐陽脩、梅堯臣及蘇舜欽間的往來詩作，他們站在同一陣線推動革新、批判時弊，同有悲天憫人與身負重任的情懷，儘管官位不同，梅堯臣、蘇舜欽名聲也沒歐陽脩響亮，但這不妨礙他們的交往，呂西安、戈德曼謂：「當一個群體的成員都為同一處境所激發，並且都具有相同的傾向性，他們就在其歷史環境之內，作為一個群體，為他們自己精心地締造其功能性的精神結構。這些精神結構，不僅在其歷史演進過程之中扮演著積極的角色，並且還不斷地表述在其主要的哲學，藝術和文學的創作中。」〔註25〕正是這樣的相濡以沫、並肩奮戰，在西京形成一股文人集團的風潮。

〔註22〕〔宋〕梅堯臣撰：《宛陵集》序文，頁1。
〔註23〕〔宋〕梅堯臣撰：《宛陵集》卷二五，〈答裴送序意〉，頁4。
〔註24〕〔宋〕歐陽脩撰：《六一詩話》，頁6。
〔註25〕呂西安、戈德曼著，段毅、牛宏寶譯：《文學社會學方法論》（北京：工人，1989年），頁46。

三、蘇軾及蘇門詩人

「蘇門」意指元祐、元豐年間環繞蘇軾展開的文人集團，主要成員有稱為「蘇門四學士」的黃庭堅、秦觀、晁補之及張耒，尚有陳師道及李廌，六人並稱「蘇門六君子」，這群師徒氣性與才學相當，且政治立場相近，無論在職場或生活中都相互贈答、唱和，早在東坡〈答李昭書〉中即云：

> 軾蒙庇粗遣，每念處世窮困，所向輒值墻谷，無一遂者，
> 獨於文人勝士，多獲所欲，如黃庭堅魯直、晁補之無咎、
> 秦觀太虛、張耒文潛之流，皆世未之知，而軾獨先知之。
> 〔註26〕

這是元豐五年（1082）春，東坡於黃州所寫，他稱自己一生所遇都不順遂，但唯獨一件事令他十分驕傲，就是認識了這四位文人，信中首將魯直、無咎、少游及文潛並提，「世未之知，而軾獨先知之」，既得意自己能在眾人熟知「四學士」前就得有才之輩，亦道出東坡對他們的期許與愛護。

蘇軾和好友們並非同一時間結識，就蘇軾與四學士來看，張耒是蘇轍於熙寧三年（1070）於陳州任學官時所認識，後介紹給蘇軾。晁補之是在熙寧六年（1073）透過縣令晁端友而識，蘇軾時任杭州，當地縣令晁端友即為補之父親，補之呈詩向東坡請益，得到莫大鼓勵，由此展開兩人之間的友誼。秦觀則在熙寧十年（1077）至元豐元年（1078）間赴京應考的途中過徐州往謁蘇軾。至於黃庭堅直到元祐元年（1086）入京，才真正和蘇軾碰面，雖然在秦觀謁見蘇軾時，山谷舅舅李常和他的岳父孫莘老就已出示黃庭堅詩作給蘇軾品讀，蘇軾大為驚奇，屢加稱讚，不過當時山谷任國子監教授，身居要職難與蘇軾會面，因此在元祐元年（1086）前他們都是神交。

蘇門弟子間的交往、創作風格不一，蘇軾並不以詩壇領袖的名

〔註26〕〔宋〕蘇軾著：《蘇東坡全集》上冊卷三十，〈答李昭書〉，頁 374～375。

譽，要求門下弟子按照他的理路創作，他在〈答張文潛書〉中云：

> 文字之衰，未有如今日者也，其源實出於王氏。王氏之文，
> 未必不善也，而患在於好使人同己。自孔子不能使人同，
> 顏淵之仁，子路之勇，不能以相移，而王氏欲以其學同天
> 下。地之美者，同於生物，不同於所生。惟荒瘠斥鹵之地，
> 彌望皆黃茅白葦，此則王氏之同也。……僕老矣，使後生
> 猶得見古人之大全者，正賴黃魯直、秦少游、晁无咎、陳
> 履常與君等數人耳。〔註27〕

批判王安石要天下人都仿效他的風格，致使文學創作「彌望皆黃茅白
葦」，了無生意，失傳了他人書寫的樣貌，蘇軾認為文學應該豐富多
彩，就像顏淵、子路不同的性格，就像自然萬物不同的姿態般。信中
並寄予弟子厚望，肯定他們的創作，希望詩人們廣泛學習古人長處，
開拓視野，使文藝素養多元發展。張耒〈贈李德載〉就曾描繪過蘇門
個人作品的長處：

> 長翁波濤萬頃陂，少翁巉秀千尋麓。黃郎蕭蕭日下鶴，陳
> 子峭峭霜中竹。秦文倩藻舒桃李，晁論崢嶸走金玉。六公
> 文字滿人間，君欲高飛附鴻鵠。〔註28〕

現今網際網路發達，世界宛如地球村，時空的距離已被拉近，然回溯
至蘇門生活的年代，他們能碰面的機會不多，交往多用書信往來，書
信常常也是透過友人轉交，儘管如此他們之間的聯繫依然熱絡，且互
動密切，生活中的大小事都能交流，彼此的消息也都詳知，比如秦觀
元豐元年（1078）入京應舉，到徐州謁見東坡，且替李公澤轉交書信，
蘇軾回〈次韻秦觀秀才見贈秦與孫莘老李公擇甚熟將入京應舉〉、蘇
轍作〈次韻秦觀秀才攜李公擇書相訪〉，秦觀臨別時作〈別子瞻學士〉
道別，當時陳師道未見秦觀，只聽其名「惟公以為傑士」，後眾人得
知秦觀落榜，參寥子及蘇軾分作詩安慰。蘇軾元豐二年（1079）因「烏
台詩案」被捕，蘇轍上書陳請亦遭貶謫，隔年秦觀在〈與蘇黃州簡〉

〔註27〕〔宋〕蘇軾著：《蘇東坡全集》上冊卷三十一，〈答張文潛書〉，頁376。
〔註28〕〔宋〕張耒：《張耒集》卷十二（北京：中華書局，1990年），頁214。

中鼓勵蘇軾「以先生之道，仰不愧天，俯不怍人，內不愧心，某雖至愚，亦知無足憂者」，並表示關心「但慮道途頓撼，起居飲食之失常，是以西鄉憫憫有兒女子之懷，殆不能自克也。」〔註29〕此類書信不勝枚舉，留待後章討論。

　　宋人邵浩為蘇門諸公的酬唱詩作輯錄成《坡門酬唱集》，在序中提及了宋代酬唱的流行與蘇門著名於時的景況：

> 詩人酬唱，盛於元祐間，自魯直、後山宗主二蘇，旁與秦少游、晁无咎、張文潛、李方叔馳騖相先，後萃一時名流，悉出蘇公門下，嘻其盛歟！〔註30〕

早在元祐年前宋人酬唱就已有之，宋初楊億、錢惟演諸公相互唱和，形成「西崑體」流派，到了歐陽脩與梅堯臣、蘇舜欽等人的交往贈答，再到蘇門間的書信往來等，都可見「交往詩」在宋代的流行，邵浩聚焦元祐蘇門的酬唱，以蘇軾、蘇轍為宗，黃庭堅、陳師道、秦觀、晁補之、張耒、李廌相繼酬酢，時人相互仿效，交往詩成了人際互動中不可或缺的載體，透過詩歌表情達意或闡述觀點，都是宋人的日常經驗。

第二節　時代背景

一、禮遇文士的政策

　　宋朝在太祖趙匡胤「黃袍加身」後正式建國，因擁有強大的軍事力量與忠心效勞的兵士，輕易地自後周柴榮手中取得政權，結束五代十國亂無秩序的藩鎮割據，漸漸走向高度的中央集權，君主不僅握有政權，各地軍事也受帝王掌控，地方樞密院及將帥不可率意發號司令，權責繁縟不明，如樞密院有發兵之權卻無握兵之重，三帥有握兵之重但無發兵之權。〔註31〕太祖恐懼藩鎮或黃袍加身重演，於是建朝

〔註29〕徐培均：《淮海集箋注》卷三十（上海：上海古籍，2010 年），頁 1006。
〔註30〕〔宋〕邵浩：《坡門酬唱集》，頁 1。
〔註31〕石訓、朱保書主編：《中國宋代文化》（鄭州：河南人民，2000 年），頁 203。

之初便防患未然，不僅軍事上集中兵權，更從根本的文化政策上推行「禮遇文人」，進而發展出「重文抑武」的時代氛圍。

皇帝既鼓吹「重文」、「好文」的風氣，又以身作則、自立榜樣，宋太宗「他無所愛，但喜讀書」，以文治國的目的明顯，曾言「王者雖以武功克定，終須用文德致治。朕每退朝，不廢觀書，意欲酌前世成敗而行之，以盡損益也。」〔註32〕學習前人之行事、經驗，祈願鑑古知今，警惕本朝不再重蹈滅國之苦。真宗亦然，據臣子王旦所言「陛下博觀載籍，非唯多聞廣記，實皆取其規鑒。談經典必稽其道，語史籍必窮其事，論為君必究其治亂，言為臣必志其邪正。」〔註33〕帝王猶且如此，何況是經由科舉便可任官的天下文士。別於魏晉六朝「上品無寒門，下品無世族」的陋習，當時百姓擁有相同的競爭平台，無論是市井小民、貴族世家，只要登進士便可取得官職，且官員的待遇優渥，一時天下文人無不孜孜矻矻，埋首案頭，造成「天下重英豪，文章教爾曹。萬般皆下品，唯有讀書高」的風氣。

別於以往的科舉制度，宋代科舉既激發了文人讀書欲登科的熱情，也引領國家重視教育。朝廷與地方官廣開中央、地方官學，私塾及書院漸漸普及，因此社會的學術研究風氣漸趨濃厚，文人「開口攬時事，論議爭煌煌」（歐陽脩〈鎮陽讀書〉），加上活字版印刷術的發明，書籍流傳快速，諸多刻本在民間散布，容易取得知識，讀書人遽增。

宋代交往詩在朝廷尊厚文人、惜愛文士的背景下發展，有更寬裕的環境及受支持、保護的理由，養成文人透過文學作品進行平日的交流、休閒娛樂，甚至切磋才藝，張高評言：

> 宋代大規模開科取士，蔚為文官政治。由於朝廷對於文官的待遇優渥，形成一個有才、有學、有閒，又不愁生計之文官群體，於公餘之暇，投身文化學術活動。〔註34〕

〔註32〕〔宋〕李燾：《續資治通鑑長編》卷二十三，頁21。
〔註33〕〔宋〕李燾：《續資治通鑑長編》卷八十五，頁34。
〔註34〕張高評：《印刷傳媒與宋詩特色》（臺北：里仁書局，2008 年），頁43。

文人一生與科舉的糾葛，若順利登科進士，則大可不愁吃穿，享用朝廷給付的俸祿，盡力為社會付出，閒暇之餘便和友人來往，或刻印典籍、私辦書院；或登高分韻、或雅集酬和等，既可發揮所學，亦可在反復實務中持續學習、精進，投身文學活動，增長個人才學，提升社會的文化發展。

二、文人集會的流行

宋代士人以文學交流、交際應酬、娛樂活動、切磋才藝等為主要活動，熊海英云：

> 整個北宋朝雖有邊患與黨爭，但國家政權和社會秩序始終
> 比較穩定，對文臣的優遇政策又使文人階層的處境和前途
> 普遍較前代寬鬆和樂觀，故北宋一朝文人士夫群體表現出
> 一種很明顯的極娛心態。〔註35〕

在這樣的基礎中提供文人集會一個很好的舞台，因科舉制度與朝廷大興庠序，讀書人迅速增加，飽讀詩書不再是門閥貴族才能享有的特權，鄉里百姓亦可透過州縣學校或私塾學習，朝廷行有指派中央學官至地方任教的制度，加上文官不僅任職於中央，這樣一來，不但拉近中央與地方士人的距離，也促成文人交往的風氣，漸漸養成許多文人的聚會與雅集。

北宋文人集會多樣，既有尚有防止書籍發霉或被蠹蟲毀損的「曝書會」，也有師徒好友中秋佳節齊聚一堂的盛會。前者如文人透過該會能見到許多珍貴的書畫作品，藉此揣摩學習，梅堯臣看見「羲獻墨跡十一卷，水玉作軸排疏疏」（〈二十四日江鄰幾邀觀三館書畫錄其所見〉）蘇軾因「三館曝書防蠹毀，得見來禽與青李」（〈次韻米芾二王書跋尾二首其一〉）；後者如歐陽脩「池上雖然無皓魄，樽前殊未減清歡」（〈酬王君玉中秋席上待月值雨〉），雖尚未見滿月，但宴上喝酒交

〔註35〕熊海英：《北宋文人集會與詩歌》（北京：中華，2008 年），頁 21。
　　　　本書將北宋集會分有怡老真率會、曝書會、茶會、中秋聚會和詩社，
　　　　又分析集會之雅俗特質，詳參第三章〈北宋文人集會之特質〉。

談亦令人酣醉、歡喜，秦觀「照海旌幢秋色裡，激天鼓吹月明中。重槽旋滴珠千顆，歌扇驚圍玉一叢」（〈中秋口號〉），佳景、良友伴隨歌舞宴會，觥籌交錯間唱和、吟詩，氛圍輕鬆、愜意，北宋文人將風雅、文才、品評融入生活，創造許多雅集的機會。

　　北宋士大夫因政治及科舉取士影響，士大夫身分集文人、官僚及學者三位一體〔註36〕，既有文人素養，也具備思想家的風範，學習的事物廣博，閱讀的書籍多元，蘇軾稱自己「平生斟酌經傳，貫穿子史，下至小說雜記，佛經道書，古詩方言，莫不畢究」；〔註37〕王安石言「某自百家諸子之書，至於〈難經〉、〈素問〉、〈本草〉、諸小說，無所不讀」〔註38〕。文人不是為了某種目的讀書，而是自然地將政治、文學融入生，以此與人交流、切磋文藝，元祐二年（1087）六月，時任駙馬都尉的王詵，便邀請文人士紳聚於西園雅集，米芾〈西園雅集圖記〉云：

> 其烏帽黃道服，捉筆而書者，為東坡先生。……坐於石盤傍，道帽紫衣，右手倚石，左手執卷而觀書者，為蘇子由。圍巾繭衣，手秉蕉篦而熟觀者，為黃魯直。……披巾青服，撫肩而立者，為曹無咎。跪而捉足觀畫者，為張文潛，……幅巾青衣，擱手側聽者，為秦少游，……自東坡而下，凡十有六人，以文章議論，博學辯識，英辭妙墨，好古多聞，雄豪絕俗之資，高僧羽流之傑，卓然高致，名動四夷。後之覽者，不獨圖畫之可傳，亦足彷彿其人耳。〔註39〕

〔註36〕王水照指出：「宋代士人的身分有個與唐代不同的特點，即大都是集官僚、文士、學者三位於一身的複合型人才，其知識結構一般比唐人淹博，格局宏大。」並說：「政治家、文章家、經術家三位一體，是宋代『士大夫之學』的有機構成。」參見王水照：《宋代文學通論》（高雄：復文書局，2000年），頁27。

〔註37〕〔宋〕王十朋：《集註分類東坡詩》卷首附自傳序（臺北：臺灣商務，《四部叢刊》本，1975年）。

〔註38〕〔宋〕王安石：《臨川先生文集》卷七三（臺北：臺灣商務，《四部叢刊》本，1975年），頁34。

〔註39〕〔明〕賀復徵編：《文章辨體彙選》卷五八四（臺北：臺灣商務，景印文淵閣《四庫全書》本，1984年），頁6。

西園雅集為文壇一大盛事，與會者有蘇軾、蘇轍、蘇門弟子及李伯時、米芾凡十六人，文中白描來賓的形象、動作，或書寫、或奏樂、或聆聽、或小酌，流露詩人的自適與雅興。

詩人群體或文人雅集與交往詩的發展，是相互影響且彼此依存的，可以說詩人群體給了交往詩發展的機會，提供了平臺使其表現，也能夠言交往詩為詩人聚會時不可或缺的溝通媒介、交流工具，而蘇軾與秦觀交往詩的創作，也在此淵源中展現它的姿態。

三、「君子有黨」的朋黨交

自漢代以來「朋黨」多被指涉為小人因利益而共生的一種相處模式，朋黨小自日常私交，大至朝中黨羽，朋黨間的恭維或攻訐，往往左右著國家發展，朋黨得勢與失勢直接影響政策的變化，有如唐代牛李黨爭之李黨黨魁李德裕在〈朋黨論〉中指出：「今之朋黨者，皆倚幸臣誣君子，鼓天下之動以養交遊，竊儒家之術以資大盜。」原注大盜謂「倖臣」也，小人以朋黨壯大勢力，狡取君王之名來達到他們的目的；李絳也指出「小人」有黨，而「朋黨」是小人專門用以「譖毀賢良」。

故在北宋之前，朋黨並不受有德君子或正直官員青睞，朋黨常與小人並提，帝王若想國家長久安定，整頓朝中、府中，那麼就應「遠小人，親賢臣」，《尚書・洪範》云：「無偏無黨，王道蕩蕩；無黨無偏，王道平平；無反無側，王道正直」〔註 40〕，說明國君治國不宜偏私，不成群結黨，政事才能廣遠普施，令人悅服，《論語・為政》說道「君子周而不比，小人比而不周」〔註 41〕，認為「君子群而不黨」，君子能相互友好、彼此體諒但不會結黨營私，小人則相反，他們為了利益而交，利盡而散。西漢劉向曾上書元帝，表明自己所為並非「朋

〔註 40〕〔清〕孫星衍撰；陳抗、盛冬鈴點校：《尚書今古文注疏》卷十二，頁 305。

〔註 41〕〔清〕劉寶楠撰；高流水點校：《論語正義》卷二，頁 56。

黨」，劉向說：「昔孔子與顏淵、子貢更相稱譽，不為朋黨；禹、稷與皋陶傳相汲引，不為比周。何則？忠於為國，無邪心也。」〔註42〕，是否結黨營私，不在於相互交好稱揚，而在於能否公忠體國。凡此種種，都指出北宋以前，「朋黨」是官僚亟欲避免的。

宋初王禹偁別於以往，提出朋黨有君子與小人之分，其〈朋黨論〉云：

> 夫朋黨之來遠矣，自堯舜時有之。八元八凱，君子之黨也；四凶族，小人之黨也。惟堯以德充化臻，使不害政，故兩存之；惟舜以彰善昭惡，慮其亂教，故兩辨之。由之而下，君子常不勝於小人，是以理少而亂多也。夫君子直，小人諛，諛則順旨，直則逆耳，人君惡逆而好順，故小人道長，君子道消也。〔註43〕

君子之黨與小人之黨在堯治理天下時得以並存，但在舜「彰善昭惡」後，兩者開始有了消長變化，王禹偁認為君子及小人差異在於小人之黨擅長阿諛奉承，而受君王喜愛，然君子之黨雖多諫言，卻不受君王賞識，小人黨羽因而茁壯，君子之黨漸趨弱勢。北宋士大夫承襲此觀點，歐陽脩〈朋黨論〉更進一步指出：

> 小人所為者祿利也，所貪者財貨也，當其同利之時，暫相黨引以為朋者，偽也。及其見利而爭先，或利盡則交疏，則反相賊害，雖其兄弟親戚不能相保，故臣謂之無朋，其暫為朋者，偽也。君子則不然，所守者道義，所行者忠信，所惜者名節，以之修身，則同道而相益，以之事國，則同心而共濟，始終如一，此君子之朋也。〔註44〕

小人之所以成群結黨，都是因為有相同的利益，所以當他們達到想要的利益後，黨羽就解散了，也就是說維繫他們朋黨關係的是短暫、空

〔註42〕〔漢〕班固撰：《漢書》卷三十六（北京：中華，1962年），〈楚元王傳第六〉，頁1945。
〔註43〕〔宋〕王禹偁：《小畜集》卷十五（臺北：臺灣商務，景印文淵閣《四庫全書》本，1985年），頁8。
〔註44〕〔宋〕歐陽脩著：《居士集》卷十七，《歐陽脩全集》本，頁124～125。

洞的權利，即使是兄弟親戚也會相互攻擊損害，為達目的不擇手段是
小人之黨的特徵。反過來看君子之黨，維持黨內的力量是精神層次的
道義、忠信及名節，他們為正道服務，以堅定的態度奉獻國家，難以
動搖，因而黨內齊心，交情始終如一。司馬光〈越州張推官自序〉也
有類似言論：

> 天下之事，未嘗不敗於專而成於共。專則隘，隘則暌，暌
> 則窮；共則博，博則通，通則成。故君子修身治心，則與
> 人共其道；與事立業，則與人共其功；道隆功著，則與人
> 共其名；志得欲從，則與人共其利。是以道無不明，功無
> 不成，名無不榮，利無不長。小人則不然，專己之道而不
> 能從善服義以自廣也；專己之功而不能任賢與能以自大
> 也；專己之名而日恐人之勝之也；專己之利而不欲人之有
> 之也。是以道不免於蔽，功不免於栝，名不免於辱，利不
> 免於亡。〔註45〕

他提到了人與人交往中，「朋黨」是十分重要的，每個人的能力有限，
透過以朋友情誼及共事正道組成的「朋黨」，能更廣博、圓融地讓事
件順利成功。以上說法都可看出宋代官僚體系中，朋黨蔚為風潮，蘇
軾〈朋黨論〉、秦觀〈朋黨〉上、下篇等，也都認同「君子有黨」，紛
紛提出君子與小人朋黨的差異。君子之黨和小人之黨的說法，既深化
了朋黨之框架，也被士大夫用來解釋現實中的朋黨之爭。

　　北宋籠罩在「朋黨」的氛圍裡，這股風氣越演越烈，形成多起「黨
爭」。從政策本身沒有主體性，隨著上位者的用人喜好，政策就隨之
變換、更動可知。推行新政策，若有反對黨，那反對的士人黨羽就得
面臨遷謫、罷官的命運，直到黨羽得勢，方能東山再起，熙寧、元豐
時期的新舊黨爭，元祐時期的洛、蜀、朔黨爭便是如此。這些黨爭或
牽涉到不合的政治理念、或雙方性格差異甚大，日積月累、物以類聚，
漸漸地形成不同的朋黨，這些朋黨無論在宦官生涯或日常生活，都牽

〔註45〕〔宋〕司馬光撰：《溫國文正司馬公文集》卷六四（臺灣：臺灣商務，
　　　《四部叢刊初編》本，1975 年），〈越州張推官自序〉，頁 17。

動著彼此的命運。

第三節　交往分期

　　人們生活是否穩定，直接影響了他們交往的範圍及人事。宋朝重
文輕武，使文人以「科舉登第」、「任官朝廷」為目標，命運受朝政支
配，加上宋代以「黨」著名，黨派勢力如果受到君主支持，敵黨便可
能遭受一連串的打壓，孫福軒〈科舉試賦：由才性之辨到朋黨之爭——
—以唐宋兩代為中心的考察〉指出：

　　　　舊黨和新黨交替執政，表現出的不僅僅是文學觀念、學術
　　　　思想的衝突與論爭，更是政見之爭，具有明顯的喜同惡異、
　　　　黨同伐異的時代特點。〔註46〕

宋代文人從政，難以避免黨派紛爭，東坡與少游的交往，主要發生於
神宗、哲宗在位期間，正是黨爭風氣最為激烈的時候。兩人一生的交
往，與君主自身對「黨」的偏好息息相關，詩作表現出的精神、態度
也因而迥異，故本節依各朝時間分期，概述兩人自相知相識，到分別
辭世的交往活動與作品。

一、熙寧七年至元豐八年（1074～1085）

　　　熙豐年間，神宗正值國勢頹喪、疆場侵擾不斷；冗官充斥、國庫
困乏之時，他直欲力挽狂瀾，重振國威，遂重用王安石，採取其新法
改革，實行青苗、均輸、保甲、保馬法等。〔註47〕君主不顧群臣「數
日之間，臺諫一空」〔註48〕，執意推動新法，更認為不應因少數人的
反對而放棄改革，嘗言「一人敗事，而遂廢所圖，此所以少成事也。」

〔註46〕孫福軒：〈科舉試賦：由才性之辨到朋黨之爭——以唐宋兩代為中心
　　　　的考察〉，《浙江大學學報》（第三十八卷第三期，2008年），頁153。
〔註47〕熙豐年間的新法政策對詩人帶來的影響，可參林宜陵：《北宋詩歌論
　　　　政研究》（臺北：文津，2003年），頁62～65。
〔註48〕〔明〕陳邦瞻編：《宋史紀事本末》卷三十七（北京：中華，1977年），
　　　　頁343。

〔註 49〕可見君主重用王安石變法的決心。這段期間東坡與少游的交往，開始於維揚的神交，兩人熟識後，不僅作伴遊覽，也在困境中彼此勉勵。

（一）相識：維揚神交與交遊酬唱

少游在年少時，就已聽聞東坡的美名與仁德，熙寧七年（1074）兩人經由孫莘老的介紹，認識了彼此，釋惠洪《冷齋夜話》載：

> 東坡初未識秦少游，少游知其將復過維揚，作坡筆語題壁於一山寺中。東坡果不能辨，大驚。及見孫莘老，出少游詩詞數百篇，讀之，乃嘆曰：「向書壁者豈即此郎耶？」〔註 50〕

上文所述，可知兩人當時並未謀面，東坡因欣賞少游的作品而讚嘆。直至元豐元年（1078）少游初入京應考，再次經由李公澤及孫莘老的介紹，兩人在東坡任官的徐州晤面、交識。臨別時，少游贈〈別子瞻學士〉予東坡，東坡和作〈次韻秦觀秀才見贈秦與孫莘老李公擇甚熟將入京應舉〉，各自表達相識的喜悅及讚賞對方的為人。十月左右少游秋試落榜，東坡作〈次韻秦觀秀才見贈秦與孫莘老李公擇甚熟將入京應舉〉安慰，並有書簡〈答秦太虛七首〉其一、其二以贈，安慰他失落的心情，此後少游與東坡便常以詩文來往。

元豐二年（1079）正月少游作〈與蘇公先生簡〉寄東坡云：

> 某頓首，昨所遣人還，奉所賜詩書，伏蒙獎與過當，固非不肖之跡所能當也。愧畏。比辰伏惟尊萬福。某比侍親如故。敝廬數間，足以庇風雨。薄田百畝，雖不能盡充饘粥絲麻，若無橫事，亦可給十七。家貧素無書，而親戚時肯見借，亦足諷誦。深居簡出，幾不與世人相通。老母家人見其如此，又得先生所賜詩書，稱借過當，副之藥物，亦可以湔所敗辱為不朽矣。〔註 51〕

〔註 49〕〔明〕陳邦瞻編：《宋史紀事本末》卷三十七，頁 327。

〔註 50〕〔宋〕釋惠洪著；黃進德批注：《冷齋夜話》卷一（南京：鳳凰，2009年），頁 37。

〔註 51〕徐培均：《淮海集箋注》卷三十，頁 988。

信中除對東坡的讚揚深表謝意外，也告知東坡自己落榜後的情況，雖未上榜，但經濟勉強得以維持，生活單純、平靜。到了春季，東坡徐州任滿，由徐州移知湖州，時少游正欲如越省親，參寥同行，相約同乘東坡的船南下，途中覽訪無錫、松江、湖州、河山等地，師友酬唱賡和，交往詩作多，如停留金山二日訪寶覺長老，東坡作〈余去金山五年而復至次舊詩贈寶覺長老〉、少游作〈次韻子瞻贈金山寶覺大師〉；同遊惠山，東坡作〈遊惠山并敘〉、少游和作〈同子瞻賦遊惠山三首〉；同覽松江，多人分韻，東坡作〈與秦太虛參寥會於松江而闞彥長徐安中適至分韻得風字二首〉、少游作〈與子瞻參寥會松江得浪字〉；端午同遊飛英諸寺，東坡作〈端午遍遊諸寺得禪字〉、少游作〈同子瞻端午日遊諸寺分韻賦得深字〉。直至五月梅雨時節，少游才告別東坡與同行友人，隻身拜訪大父承議公與叔父秦定。

（二）相勉：烏臺詩案與二人遭遇

元豐二年（1079）七月二十八日，東坡因〈湖州謝上表〉遭敵黨惡意曲解為反對新法、輕蔑朝廷，被依「文字譏謗君相」論罪，《續資治通鑑長編》卷二九九載李定詆毀之詞云：

> 御史中丞李定言：「知湖州蘇軾本無學術，偶中異科。初騰沮毀之論，陛下猶置之不問。軾怙終不悔，狂悖之語日聞。軾讀史傳，非不知事君有禮，訕上有誅，而敢肆其憤心，公為詆訾；而又應試舉對，即已有厭弊更法之意。及陛下修明政事，怨不用己，遂一切毀之，以為非是。傷教亂俗，莫甚於此。伏望斷自天衷，特行典憲。」〔註52〕

又載御史舒亶之言曰：

> 軾近上謝表，頗有譏切時政之言，流俗翕然爭相傳誦。陛下發錢以本業貧民，則曰「贏得兒童語音好，一年強半在城中」；陛下明法以課試羣吏，則曰「讀書萬卷不讀律，致君堯舜知無術」；陛下興水利，則曰「東海若知明主意，應

〔註52〕〔宋〕李燾：《續資治通鑑長編》卷二九九，頁 2～3。

教斥鹵變桑田」；陛下謹鹽禁，則曰「豈是聞韶解忘味，爾
來三月食無鹽」。其他觸法即事，應口所言，無一不以詆謗
為主，小則鏤板，大則刻石，傳播中外，自以為能。〔註53〕

李定與舒亶、何正臣、張璪等人共同攻擊蘇軾，舒亶「並上軾印行詩
三卷」，最後蘇軾被判任黃州團練副使，少游聽聞，立刻折返探聽消
息，確知屬實後，旋即賦〈雪上感懷〉思念東坡，其詩曰：

七年三過白蘋洲，長與諸豪載酒游。舊事欲尋無處問，雨
荷風蓼不勝秋。〔註54〕

幸而東坡生性樂觀，元豐三年（1080）雖被貶至偏僻的黃州，仍不忘
與友人相互勉勵，企圖適應新生活。時少游居高郵家中，寄〈與蘇黃
州簡〉曰：

某再拜，自聞被旨入都，遠近驚傳，莫知所謂。遂扁舟渡
江，北至吳興，見陳書記、錢主簿，具知本末之詳。以先
生之道，仰不愧天，俯不怍人，內不愧心，某雖至愚，亦
知無足憂者。但慮道途頓撼，起居飲食之失常，是以西鄉
憫憫有兒女子之懷，殆不能自克也。〔註55〕

信中表達對東坡的關心，叮嚀他日常飲食，並肯定東坡必是遭人構
陷，此事並不會影響東坡的為人。東坡回〈答秦太虛七首〉其四，談
及他在黃州的生活，並叮囑少游起居健康，皆言日常瑣事，自道「得
罪以來，不復作文字」〔註56〕，就怕作品被好事者曲解，又生出無窮
蜚語。

元豐四年（1081）至元豐六年（1083）敵黨仍伺機攻擊東坡，為
避免再惹事，謫處黃州的東坡深居簡出，生活單純，多與僧侶來往，
少有交往詩作。一直到元豐七年（1084）八月，少游才又與藤甫、許
遵會東坡於金山，蘇軾作有〈次韻藤元發許仲塗秦少游〉云：

〔註53〕〔宋〕李燾：《續資治通鑑長編》卷二九九，頁2～3。

〔註54〕徐培均：《淮海集箋注》後集卷四，頁1466。

〔註55〕徐培均：《淮海集箋注》卷三十，頁1006～1007。

〔註56〕〔宋〕蘇軾撰；孔凡禮點校：《蘇軾文集》卷五十二（北京：中華，
1996年），〈答秦太虛七首〉其四，頁1536。

二公詩格老彌新，醉後狂吟許野人。坐看青丘吞澤芥，自
慚黃潦薦溪蘋。兩邦旌纛光相照，十畝鉏犁手自親。何似
秦郎妙天下，明年獻頌請東巡。〔註57〕

詩中可見蘇軾興奮之情，也不改他幽默的性格，以「醉後狂吟許野
人」、「何似秦郎妙天下」打趣友人。九月，東坡向王安石推薦少游，
其〈上荊公書〉曰：

向屢言高郵進士秦觀太虛，公亦粗知其人。今得其詩文數
十首拜呈，詞格高下，固已無逃於左右。獨其行義飭修，
才敏過人。有志於忠義者，其請以身任之。此外博綜史傳，
通曉佛書，講集醫藥，明練法律，若此類，未易一一數也。
才難之歎，古今共之，如觀等輩，實不易得。願公稍借齒
牙，使增重於世。〔註58〕

從信中可知東坡十分器重少游，也可自東坡上書王荊公此事，推想兩
黨鬥爭已趨緩和，神宗逐年衰老，新法不再如此強勢。到了十月，東
坡至高郵會少游，傳二人與孫莘老、王定國群聚高郵文游臺，《高郵
州志》卷一〈古蹟〉記有：

文游臺，在城東二里，東嶽廟後。宋蘇軾過高郵，與寓賢
王鞏、郡人孫覺、秦觀，載酒論文於此。時守以羣賢畢集，
顏曰「文游臺」，李伯時作圖刻之石，以為淮壖名勝之地。
後祠祀四賢於其上。〔註59〕

元豐八年（1085）三月，神宗崩，由十歲的幼子哲宗即位，高太后垂
簾聽政，太后任用仁宗舊臣，重新施行舊法，蘇門黨人皆暫時免去謫
貶的危機，《續資治通鑑長編》卷三五三載有：「戊戌，上崩於福寧殿，
宰臣王圭讀遺制。哲宗即皇帝位。尊皇太后為太皇太后，……應軍國

〔註57〕〔宋〕蘇軾著；〔清〕馮應榴輯注：《蘇軾詩集合注》卷二十四（上
　　　　海：上海古籍，2001 年），頁 1207～1208。
〔註58〕〔宋〕蘇軾撰；孔凡禮點校：《蘇軾文集》卷五十二，〈答秦太虛七
　　　　首〉其四，頁 1536。
〔註59〕〔清〕楊宜崙修；夏之蓉等纂：《高郵州志》卷一，收於《中國方志
　　　　叢書》（臺北：成文，1970 年），頁 19。

事並太皇太后權同處分，依章獻明肅皇后故事。如向來典禮有所闕失，命有司更加討論。」〔註60〕東坡於六月獲知登州，少游作〈賀蘇禮部啟〉贈云：

> 伏審光贋睿命，入拜儀曹。凡有識知，所同欣抃。竊以大儒之出處，實為當世之重輕。三仁去而商寖微，二老歸而周始大。長孺仕漢，諸侯寢謀；中立相唐，列藩聽命。殆亦天時之有數，豈伊人力之能為。伏惟禮部郎中先生，道貫神明，智周事物。決科射策，亟聞董相之風；逆指犯顏，屢奮史魚之節。……〔註61〕

東坡十月就任登州不過五日，又被招回京任吏部侍郎，少游也終於在這一年登進士第，任蔡州教授。熙寧七年至元豐八年，東坡因反對新法，遭遇人生首次的貶謫；少游勤於科舉，卻因新法改革，考試科目從唐代原有的詩賦，變為專以經義、策論取士，詩人文章始終未受朝廷青睞，於元豐元年與元豐五年紛紛落第。儘管歷經挫折，兩人友誼仍堅定不移，透過詩作、書信往來，傳達彼此的關心。

二、元祐元年至元祐八年（1086～1093）

宋哲宗因年幼即位，未諳朝政，政權由高太后及其勢力獨攬，哲宗的「帝位」有名無實。哲宗〈改元祐元年御札〉曾云：

> 朕紹承大統，遹駿燕謀，於乎皇王，永世克孝。維予小子，未堪多難，業業兢兢，夙夜欽止，尚賴親慈擁佑，神保貺臨。〔註62〕

札中表明幸賴高太后親力親為，才使自己穩坐皇位，可見整個元祐年間，高太后勢壓哲宗，哲宗對她言聽計從。當時高太后重用仁宗舊臣，以司馬光、呂公著為宰相，又盡用舊黨人士，於元祐元年頒布求賢令〈令執政舉文學政事行誼之臣可充館閣之選三人詔〉云：

〔註60〕〔宋〕李燾：《續資治通鑑長編》卷三五三，頁3～4。
〔註61〕徐培均：《淮海集箋注》卷二八，頁918。
〔註62〕〔宋〕宋綬；宋敏求同編：《宋大詔集令》上冊卷二（臺北：鼎文，1972年），〈改元祐元年御札〉，頁8。

辛丑，詔曰：「朕惟古之君子，能長育人材，則天下喜樂之矣。」詩曰：「既見君子，樂且有儀。」今蘭臺、延閣皆圖書秘記之所藏，而校絢、論撰，位序多闕。永維祖宗樂育賢俊，嘗詔二府薦士，置之秘府，養其德器，以待試用，朕甚慕焉。執政大臣，吾之所甚重也，宜各舉文學、政事、行誼之臣可以充館閣之選者三人，亟以名聞，朕將考觀其材器而甄升之。〔註63〕

高太后垂簾聽政的期間，以東坡為領袖的士人群體，幾乎都受到朝廷重用，東坡自起居舍人為中書社人；黃庭堅在祕書省，十月又為神宗實錄院檢討官、集賢校理；張耒、晁補之並遷秘書省正字；少游則任蔡州教授。東坡及少游在元祐年間，官職雖較以往高，但因工作需要，與敵黨碰面的機會多，鬥爭也較趨激烈、直接，他們與敵黨間的鬥爭，影響了這時期兩人官職升或貶的命運。

（一）相惜：京城雅集與同升並黜

元祐元年（1086）至二年（1087），東坡從中書舍人升為翰林學士，皆知制誥，當時少游任蔡州教授，作有〈賀中書蘇舍人啟〉祝賀曰：

光膺中詔，進直西垣，伏惟慶慰。恭以某官當世大儒，斯民先覺，論議為四海之輕重，出處繫一時之安危。蕭夫子之文章，蠻夷亦慕；張使君之威望，草木猶知。始從記注之嚴，爰掌絲綸之重。姦邪聞命，投匕筋以自驚；忠義承風，引壺觴而相慶。某猥緣幸慧，謬接光儀。昔者先生，嘗蒙論次；茲焉伯氏，又獲追攀。竊聞進拜之崇，倍切欣愉之至。〔註64〕

到了二年六月，兩人於駙馬都尉王晉卿西園雅集，與會者十有六人，為文壇一大盛事，少游於紹聖元年（1094）作〈望海潮〉追憶云：

〔註63〕〔宋〕李燾：《續資治通鑑長編》卷三七五，〈令執政舉文學政事行誼之臣可充館閣之選三人詔〉，頁15。
〔註64〕徐培均：《淮海集箋注》卷二八，頁921～922。

西園夜飲鳴笳。有華燈礙月，飛蓋妨花。蘭苑未空，行人漸老，重來是事堪嗟。〔註65〕

詩中可見聚會之盛大，氣氛之歡愉，常使詩人追憶。這一年，東坡、少游度過了任官以來，較為安穩的日子。

期間兩人在京，逢慶源宣義王丈得官，向東坡索紅帶，東坡便邀少游、山谷共同祝賀，分作〈紅鞓帶〉三首，東坡作〈慶源宣義王丈以累舉得官為洪雅主簿雅洲戶掾遇吏民如家人人安樂之既謝事居眉之青神瑞草橋放懷自得有書來求紅帶既以遺之且作詩為戲請黃魯直秦少游各為賦一首為老人光華〉云：

青衫半作霜葉枯，遇民如兒吏如奴。吏民莫作官長看，我是識字耕田夫。妻啼兒號刺史怒，時有野人來挽鬚。拂衣自注下下考，芋魁飯豆吾豈無。歸來瑞草橋邊路，獨遊還佩平生壺。慈姥巖前自喚渡，青衣江畔人爭扶。今年蠶市數州集，中有遺民懷袴襦。邑中之黔相指似，白髯紅帶老不癯。我欲西歸卜鄰舍，隔牆拊掌容歌呼。不學山王乘駟馬，回頭空指黃公壚。〔註66〕

少游和作〈和東坡紅鞓帶〉云：

君不見相如容貌窮不枯，卓氏恥之分百奴。一朝奉指使筇筇，駟馬赤車從萬夫。仲元君平更高妙，寄食耕卜霜眉鬚。兩川人物古不乏，數子風流今可無？參軍少年飽經術，期作侍中司御壺。若披青衫更矍鑠，上馬不用兒孫扶。

一朝忽解印綬去，恥將詩禮攘裙襦。懸知百年事已定，却笑列仙形甚臞。東阡北陌西風入，瑞草橋邊人叫呼。想見紅圍照白髮，頹然醉卧文君壚。〔註67〕

山谷跟著和作〈次韻子瞻以紅帶寄王宣義〉云：

參軍但有四立壁，初無臨江千木奴。白頭不是折腰具，桐

〔註65〕徐培均：《淮海居士長短句箋注》，頁9。

〔註66〕〔宋〕蘇軾著；〔清〕馮應榴輯注：《蘇軾詩集合注》卷三十，頁1492～1494。

〔註67〕徐培均：《淮海集箋注》卷五，頁176。

帽棕鞵稱老夫。滄江鷗鷺野心性，陰壑虎豹雄牙須。鶡鴇
作裘初服在，猩血染帶鄰翁無。昨來杜鵑勸歸去，更待把
酒聽提壺。當今人材不乏使，天上二老須人扶。兒無飽飯
尚勤書，婦無複褌且著襦。社甕可漉溪可漁，更問黃雞肥
與癯。林間醉著人伐木，猶夢官下聞追呼。萬釘圍腰莫愛
渠，富貴安能潤黃壚。〔註68〕

除上述〈紅鞓帶〉三首，三人又有同題和作，如〈虛飄飄〉描繪雪花
的模樣與動態的表現，黃山谷為首唱，東坡、少游和作，三人借唱和
詩切磋才藝，也以此聯繫感情。

　　然而好景不長，朝中除以東坡為首的蜀黨勢力，另有一股以伊川
為首的洛黨逐漸壯大，東坡與伊川性格迴異，東坡平易、創新，貴真
情流露、隨遇而安，禮法在他面前顯得迂腐、死板；伊川嚴厲、守舊，
視敬、禮、理為人生依歸，多依禮制或先賢古訓行事，《宋史紀事本
末》曾有則記載，論及東坡與伊川的互動如下：

　　頤在經筵，多用古禮，蘇軾謂其不近人情，深嫉之，每
加玩侮。方司馬光之卒也，百官方有慶禮，事畢欲往弔，
頤不可，曰：「子於是日哭則不歌」。或曰：「不言歌則不
哭。」軾曰：「此枉死市叔孫通制此禮也。」二人遂成嫌
隙。〔註69〕

文中可見蘇軾與程頤的嫌隙，源自兩人對「禮」的觀念迴異。蘇軾性
格直白，不顧程頤顏面，當眾揶揄他，加深日後以兩人為首的黨派鬥
爭。是年八月，賈易、朱光庭、趙挺之等洛黨人士輪番上奏，製造強
大的輿論壓力，一方面欲報復東坡對程頤的調侃，二方面藉機削弱蜀
黨以壯大己黨。自此之後，東坡與少游便是一連串的降貶與流放。

　　元祐三年（1088）東坡於京師任翰林學士，知制誥，並權知貢舉，
二月旋即遭小人誣陷，《續資治通鑑長編》載有：

───────────────

〔註68〕〔宋〕黃庭堅撰：《黃庭堅詩集注》卷九（北京：中華，2003 年），
　　　　頁 343。
〔註69〕〔明〕陳邦瞻編：《宋史紀事本末》卷四十五，頁 439。

監察御史趙挺之言：「貢舉用三經、新義取人近二十年，今
聞外議，以為蘇軾主文意在矯革。」〔註70〕

九月少游應元祐二年東坡薦舉，以「賢良方正」入京，也因受到敵黨
攻訐，旋歸蔡州，蘇軾〈乞郡劄子〉云：

臣二年之中，四遭口語，發策草麻，皆謂之誹謗。未出省
榜，先言其失士。以至臣所薦士，例加誣蔑，所言利害，
不許相見。……又貼黃。臣所舉自代人黃庭堅、歐陽棐，
十科人王鞏，制科人秦觀，皆誣以過惡，了無事實。〔註71〕

上文可見東坡對小人的誣陷既氣憤又無奈，黨派鬥爭不僅害到自己，
更讓自己提拔的詩人遭受牽連，面對接二連三的打壓，迫使東坡請求
外任。

（二）相護：洛黨群攻與師徒扶持

元祐四年（1089）至元祐六年（1091），兩黨持續鬥爭，朝中秩
序紊亂。四年（1089）三月，東坡終於獲准出知杭州，七月到達杭州
任上，少游則除太學博士，二十六日後，罷新除為校正祕書書籍。元
祐六年（1091）東坡被詔回京任翰林學士，七月少游由祕書省校對黃
本書籍遷為正字，不久因受賈易、趙君錫彈劾，又被罷正字，回校對
黃本書籍，東坡上章〈辨賈易彈奏待罪劄子〉自劾云：

臣今月三日，見弟尚書右丞轍為臣言，御史中丞趙君錫言，
秦觀來見君錫，稱被賈易言觀私事，及臣令親情王適狂見
君錫，言臺諫等互論兩浙災傷，及賈易言秦觀事。乞賜推
究。臣愚蠢無狀，常不自揆，竊懷憂國愛民之意。自為小
官，即好僭議朝政，屢以此獲罪。……臣自後兩次見君錫，
凡所與言，皆憂國愛民之事。乞問君錫，若有一句及私，
臣為罔上。君錫尋有手簡謝臣，其略云：『車騎臨過，獲聞
誨益，諄諄開誘，莫非師保之訓。銘鏤肝肺，何日忘之。』
臣既見君錫，從來傾心，以忠義相許，故敢以士君子朋友

〔註70〕〔宋〕李燾：《續資治通鑑長編》卷四百八，頁8。
〔註71〕〔宋〕蘇軾著：《蘇東坡全集》下冊卷五，〈乞郡箚子〉，頁456。

之義，盡言無隱。又，秦觀自少年從臣學文，詞采絢發，
議論鋒起。臣實愛重其人，與之密熟。近於七月末間，因
弟轍與臣言賈易等論浙西災傷，乞考驗虛實，行遣其尤甚
者，意令本處官吏，觀望風旨，必不敢實奏行下，卻為給
事中封駁諫官論奏。〔註72〕

劄子中，東坡為子由、少游辯護，但仍敵不過黨禍，於八月又自請外
調潁州。三年內兩人交往之作，僅少游於元祐六年（1091）以〈南歌
子〉贈東坡侍妾朝雲，其詞云：

靄靄凝春態，溶溶媚曉光。何期容易下巫陽。祇恐使君前
世，是襄王。暫為清歌駐，還因暮雨忙。瞥然歸去斷人腸。
空使蘭臺公子，賦高唐。〔註73〕

東坡和作〈南歌子〉云：

雲鬟裁新綠，霞衣曳曉紅。待歌凝立翠筵中。一朵彩雲何
事、下巫峯。趁拍鸞飛鏡，回身燕漾空。莫翻紅袖過簾櫳。
怕被楊花句引、嫁東風。〔註74〕

黨爭一直持續到元祐七年（1092）至元祐八年（1093），《續資治通鑑
長編》卷八十二云：

初頤在經筵，歸其門者甚眾；而蘇軾在翰林，士亦多附之
者。二人互相非毀，頤竟罷去。〔註75〕

由上可知，黨爭的紛擾，也使伊川於元祐七年離京。伊川的退讓，
讓黨派之爭稍趨緩和，蜀黨陸續獲得朝廷的款待，先是元祐七年
（1092）三月，少游被朝廷詔賜館閣花酒，並遊金明池、瓊林苑等
地，賦有〈西城宴集〉兩首；九月東坡自揚州被召回汴京參與郊祀
大典，任進官端明殿學士、翰林侍讀學士與禮部尚書之職，兩人又

〔註72〕〔宋〕蘇軾著：《蘇東坡全集》下冊卷九，〈辨賈易彈奏待罪劄子〉，
頁 516。
〔註73〕徐培均：《淮海居士長短句箋注》，〈南歌子〉，頁 217。
〔註74〕〔宋〕蘇軾著；薛瑞生箋證：《東坡詞編年箋證》卷三（西安：三秦，
1998 年），頁 650。
〔註75〕〔宋〕李燾：《續資治通鑑長編》卷四七一，頁 4。

在汴京相會，是年兩人的交往詩作，有東坡為獲得的「雙石」作〈僕所藏仇池石希代之寶也王晉卿以小詩借觀意在於奪僕不敢不借然以此詩先之〉，其詩云：

> 海石來珠宮，秀色如蛾綠。坡陀尺寸間，宛轉陵巒足。連娟二華頂，空洞三茅腹。初疑仇池化，又恐瀛州蹙。殷勤嶠南使，饋餉揚州牧。得之喜無寐，與汝交不瀆。盛以高麗盆，藉以文登玉。幽光先五夜，冷氣壓三伏。老人生如寄，茅舍久未卜。一夫幸可致，千里常相逐。風流貴公子，竄謫武當谷。見山應已厭，何事奪所欲。欲留嗟趙弱，寧許負秦曲。傳觀慎勿許，間道歸應速。〔註76〕

少游和作〈和子瞻雙石〉曰：

> 天鏡海濱石，鬱若龜毛綠。信為小仇池，氣象宛然足。連巖下空洞，鼎張彭亨腹。雙峯照清漣，春眉鏡中蹙。疑經女媧鍊，或入金華牧。鑪熏充雲氣，研滴當川瀆。尤物足移人，不必珠與玉。道傍初無異，漢將疑虎伏。支機亦何據？但出君平卜。奇礓入華林，傾都自追逐。我願作陳那，令吼震山谷。一拳既在夢，二駒空所欲。大士捨寶陀，仙人遺句曲。惟詩落人間，如傳置郵速。〔註77〕

除此之外，尚有次韻贈詩道士姚丹元，少游作〈次韻奉酬丹元先生〉云：

> 金華紫煙客，來作牧羊兒。至言初無文，尋繹自成詩。二景入妙解，元氣含煙詞。憐我鬢蒼浪，黃埃眩蟲絲。勸解冠上纓，一濯含風漪。攝身列缺外，倒蹻蜿蜒髻。維斗錯明珠，望舒耿修眉。真遊無疆界，浩蕩天風吹。〔註78〕

東坡作〈次秦少游韻贈姚安世〉曰：

> 帝城如海欲尋難，肯捨漁舟到杏壇。剝啄扣君容膝戶，巍峩笑我切雲冠。問羊獨怪初平在，牧豕應同德曜看。肯把

〔註76〕〔宋〕蘇軾著；〔清〕馮應榴輯注：《蘇軾詩集合注》卷三十六，頁1837～1838。

〔註77〕徐培均：《淮海集箋注》卷六，頁226～227。

〔註78〕徐培均：《淮海集箋注》卷五，頁160。

參同較同異，小窗相對為研丹。〔註79〕

八年上半年，兩人官位仍屬穩定，生活顯得愜意、優渥，正月十五受朝廷「御宣德樓觀燈」，東坡作〈上元侍飲樓上三首呈同列〉，少游和作〈次韻東坡上元扈從三絕〉，元日立春時，少游作〈元日立春三絕〉，東坡和作〈次韻秦少游王仲至元日立春三首〉，該年兩人皆被升官，六月東坡獲知定州，少游復擢為正字，八月少游甚至升到史院編修官。但轉眼間，先前持續擁護蜀黨的高太后在九月棄世，由哲宗親政，皇帝對蜀黨深惡痛極，自此東坡、少游的宦旅生涯便每況愈下，十月東坡自知朝政將變，復請外調定州。

三、紹聖元年至靖國元年（1094～1101）

哲宗在高太后死後，旋即改年為「紹聖」，旨在「稽仁祖之成憲，思大文考之烈光」，《宋史紀事本末》云：

> 紹聖元年二月丁未，以李清臣為中書侍郎，鄧潤甫為尚書右丞。潤甫首陳武王能廣文王之聲，成王能嗣文、武之道，以開紹述，故有是命。范純仁以時用大臣皆從中出，侍從、臺諫亦多不由進擬，乃言于帝曰「陛下親政之初，四方拭目以觀，天下治亂，實本於此。舜舉皋陶，湯舉伊尹，不仁者遠。縱未能如古人，亦須極天下之選」，帝不納。〔註80〕

由上文可見哲宗不顧元祐黨人的勸說，執意改變元祐之政，重新發揚神宗新法，將仁宗制度作為參考，更以「紹述」之名，並於日後大規模追貶元祐黨人，此時東坡與少游的交往作品多為書簡或小詞。

（一）相慰：嶺南流放

紹聖元年（1094），哲宗實政的第一年，他似乎深惡廢除新法的舊臣，不僅追貶已經死去的元祐重臣司馬光、呂公著等人，更針對當

〔註79〕〔宋〕蘇軾著；〔清〕馮應榴輯注：《蘇軾詩集合注》卷三十六，頁1849。

〔註80〕〔明〕馮琦原編；陳邦瞻纂輯：《宋史紀事本末》卷四十六〈紹述〉篇，頁355～366。

時起草諸多「更化文告」的蘇軾處以重罰，元祐黨人此時遭到前所未有的貶謫機制。尚永亮、錢建狀指出該時期許多人的際遇是：

> 高官一貶再貶，直至成為散官；散官一貶再貶，直至除名羈管，無官可貶。數年之內，職位一降再降，甚至一年之內，幾度被貶。從居住到安置，從安置再到編管、羈管，行動越來越不自由，直至身同囚犯。〔註81〕

東坡一年內就被五改謫命，從最初以「左朝奉郎」責英州，後又降「左承議郎」仍知英州，在閏四月遭「合敘復日未得與敘復」去定州，謫命已三改，六月又貶「建昌軍司馬」，惠州安置，途中再貶「寧遠軍節度使」仍知惠州。朝政好像已無「公理」可言，反對舊黨的聲浪越來越大，凡與「元祐更化」相關之士，在紹聖、元符年間，多是追貶或流放，少游就因「坐黨籍」，出為杭州通判，自言「紹聖元年，觀自國史編修官，蒙恩除館閣校勘，通判杭州。」〔註82〕同年再遭劉拯彈奏，指他「影附於軾」且增損《實錄》，被貶監處州酒稅，《資治通鑑後編》卷九一云：

> 四月乙酉，御史劉拯言：「秦觀浮薄小人，影附於軾。請正軾之罪，褫觀職任，以示天下後世。」詔蘇軾合敘復日未得與敘復，秦觀落館閣校勘，添差監處州茶鹽酒稅。〔註83〕

此後兩人不斷遭受朝臣的毀謗與汙衊，哲宗將二人降職、遠貶他處，使兩人幾乎沒有如往昔相和、酬唱的作品，多是簡單的書信來往，或偶作小詞消遣。

紹聖二年（1095）少游於處州作〈千秋歲〉云：

> 水邊沙外。城郭春寒退。花影亂，鶯聲碎。飄零疏酒盞，離別寬衣帶。人不見，碧雲暮合空相對。憶昔西池會。鵷

〔註81〕尚永亮、錢建狀：〈貶謫文化在北宋的演進及其文學影響——以元祐貶謫文人羣體為論述中心〉，收於《中華文史論叢》第九十九期，2010年3月，頁192。

〔註82〕徐培均：《淮海集箋注》卷十一，頁491。

〔註83〕〔清〕徐乾學編：《資治通鑑後編》卷九一（臺北：臺灣商務，景印文淵閣《四庫全書》本，1984年），頁12。

鶯同飛蓋。攜手處，今誰在。日邊清夢斷，鏡裏朱顏改。
春去也，飛紅萬點愁如海。〔註84〕

〈千秋歲〉主人翁述盡謫貶的哀怨、離情，思念過往與友人歡愉的聚
會，「攜手處、今誰在？日邊清夢斷，鏡裡朱顏改」，表露昔盛今衰的
感嘆，「春去也，飛紅萬點愁如海」，時節不因詞人的遭遇有所更動，
春去春來猶自運行，然詞人苦悶的情緒怎麼也排解不了。東坡於元符
二年（1099）作〈千秋歲〉說：

島邊天外，未老身先退。珠淚濺，丹衷碎。聲搖蒼玉佩、
色重黃金帶。一萬里，斜陽正與長安對。　　道遠誰雲會，
罪大天能蓋。君命重，臣節在。新恩猶可覬，舊學終能難
改。吾已矣，乘桴且恁浮於海。〔註85〕

詞中表達他對哲宗作法的不滿，及無可奈何的屈從。除蘇軾外，時黃
庭堅、孔毅甫、李之儀等人皆有和作。

紹聖二年（1095）東坡、少游分別謫居惠州及處州，兩人都漸漸
熟悉新的環境，少游自述在處州的生活是「市區收罷魚豚稅，來與彌
陀共一龕」、「偶為老僧煎茗粥，自攜修綆汲清寬」（〈處州水南庵二
首〉）、「酢頭春酒響潺潺，壚下黃翁寢正安。」（〈題務中壁〉）〔註86〕
歷經官場風雨，居處州又官降監酒稅的少游似能安然自適，彷若將這
次的謫貶作為政治生涯的短暫休息，與僧侶、老翁相伴，生活簡單，
十二月東坡〈答黃魯直〉其四稱「少游謫居甚自得」〔註87〕，可見一
般。東坡〈十月二日初到惠州〉言「嶺南萬戶皆春色，會有幽人客遇
公」，鄉野之地多是未經開發的樸實景色，四季又長春，詩人自有更
多機會與大自然接觸，作品〈江月五首并引〉吟詠惠州西湖的月出美
景，寄書簡〈與程正輔〉也自道：

〔註84〕徐培均：《淮海居士長短句箋注》，頁 84。
〔註85〕〔宋〕蘇軾著；薛瑞生箋證：《東坡詞編年箋證》，頁 670。
〔註86〕分見於徐培均：《淮海集箋注》卷十〈處州水南庵二首〉，頁 457～458；
　　　　卷十一〈題務中壁〉，頁 490。
〔註87〕〔宋〕蘇軾撰；孔凡禮點校：《蘇軾文集》卷五十二，頁 1533。

> 軾入冬，眠食甚佳，几席之下，澄江碧色，鷗鷺翔集，魚
> 蝦出沒，有足樂者。又時走湖上，觀作新橋。〔註88〕

與江色、歐鷺、魚蝦、西湖、新橋共處的東坡，深感喜悅、自足，又
時有幽人邀約飲酒，惠州的生活可想漸入佳境，他與少游此時雖無作
品往來，但透過與好友間的聯繫、傳達，亦能知彼此近況。

（二）相辭：生死永別

　　紹聖三年（1096）少游遭人構陷，無端以謁告寫佛書為罪，削秩
徙郴州，《宋史》卷四四四〈秦觀傳〉云：

> 貶監處州酒稅。使者承風望指，候伺過失，既而無所得，
> 則以謁告寫佛書為罪，削秩徙郴州，繼編管橫州，又徙雷
> 州。〔註89〕

儘管詩人已被貶至他方，奸佞仍可為瓦解元祐黨人而持續打壓。是年
四月東坡已在惠州白鶴峰下築屋，擬久安於此，於紹聖四年（1097）
二月完工，正準備自嘉祐寺移入新居，又接到朝廷追貶之旨，東坡被
責授瓊州別駕、儋州安置，少游則被編管橫州〔註90〕，少游作〈踏莎
行〉抒發貶謫之情，其詞云：

> 霧失樓台，月迷津渡。桃源望斷無尋處。可堪孤館閉春寒，
> 杜鵑聲裡斜陽暮。驛寄梅花，魚傳尺素。砌成此恨無重數。
> 郴江幸自繞郴山，為誰流下瀟湘去。〔註91〕

元符年，兩人歷經了追貶、赦免與生死訣別，元年（1098）至二年（1099）
少游自橫州謫雷州，東坡仍謫居儋州，兩人隔海相望，時有書信來往。
〔註92〕三年（1100）正月，年僅二十五歲的哲宗駕崩，徽宗即位，向

〔註88〕〔宋〕蘇軾撰；孔凡禮點校：《蘇軾文集》卷五十四，頁1616。

〔註89〕〔元〕脫脫：《宋史》卷四四四（北京：中華，1977年），頁13112。

〔註90〕〔清〕徐乾學編：《資治通鑑後編》卷九二云：「甲辰，詔寧遠軍節
　　　　度副使，惠州安置，蘇軾責授瓊州別駕，移送昌化軍安置」、「彬州
　　　　編管秦觀移送橫州編管」，頁5。

〔註91〕徐培均：《淮海居士長短句箋注》，〈踏莎行〉，頁92。

〔註92〕《秦譜》：「先生每有諷詠，輒自作書，因便寄瓊州。」並引宋朱弁
　　　　《曲洧舊聞》卷五云：「東坡嘗語子過曰：『秦少游、張文潛才識學

太后垂簾聽政，大赦天下，二月東坡因恩移廉州，少游移英州，但詩人未赴，四月朝廷以生皇子恩詔，授東坡舒州團練副使、永州居住，少游則別駕移衡州。啟程前，東坡寄〈與秦少游〉云：

某已封書訖，乃得移廉之命，故復作此紙。治裝十日可辦，但須得泉人許九船，即牢穩可恃。余蜑船多不堪。而許見在外邑未還，須至少留待之，約此二十五六間方可登舟。並海岸行一日至石排，相風色過渡，一日至遞角場。但相風難克日爾。已有書吳君，雇二十壯夫來遞角場相等，但請雇下，未要發來，至渡海前一兩日，當別遣人去報也。若得及見少遊，即大幸也。今有一書與唐君，內有兒子書，託渠轉附去，料舍弟已行矣。餘非面莫究。〔註93〕

信中東坡對內遷感到欣喜，也說明自己何時將登舟，「若得及見少游，即大幸也」，盼與故友會上一面。是年六月兩人如願於海康相見，後少游作詩〈贈蘇子瞻〉云：

嘆息蘇子瞻，聲名絕後先。衣冠傳盛事，兄弟固多賢。感慨詩三百，流離路八千。直心羞媚竈，忠力欲回天。縲紲終非罪，江湖祇自憐。饑寒常併日，疾病更連年。明主無終棄，西州稍內遷。奏言深意苦，感涕內人傳。前席須宣室，非熊起渭川。君臣悅相遇，願上角招篇。〔註94〕

少游又作〈江城子〉述重聚之慨，其詞云：

南來飛燕北歸鴻。偶相逢。慘愁容。綠鬢朱顏，重見兩衰翁。別後悠悠君莫問，無限事，不言中。小槽春酒滴珠紅。莫匆匆。滿金鐘。飲散落花流水、各西東。後會不知何處是，煙浪遠，暮雲重。〔註95〕

此外，少游出示了〈自作挽詞〉予東坡，詩中對人生喪失信心、意

問，為當世第一，無能優劣。……二人皆辱與余游，同昇而並黜。有至雷州來者，遞至少游所惠書詩累幅。近居蠻夷，得此如在齊聞韶也。』」文見徐培均：《淮海集箋注》，頁1740。

〔註93〕〔宋〕蘇軾著：《蘇東坡全集》下冊卷七，頁222。
〔註94〕徐培均：《淮海集箋注・後集》卷三，頁1419。
〔註95〕徐培均：《淮海居士長短句箋注》，〈江城子〉，頁66。

志消沉，似乎預言著將亡的生命，詩人們或許都沒想到，這一別竟是永別，是年八月十二日少游因暑熱困臥，於藤州光華亭與世長辭，年五十四。東坡於九月十日趕至光華亭，面對密友的驟逝，令他悲慟不已，曾言「少游已矣，雖萬人何贖！」並作〈書少游挽詞後〉記錄他與少游的會面及死別。然東坡仍強忍哀痛，於十一月十五日為其致奠，在〈范元長書〉談及少游之喪，後與李端叔、錢濟明、李方叔諸公的書信，皆又悼念少游。時光荏苒，長少游十三歲的東坡，於靖國元年（1101）也因患疾撒手人寰，七月二十八日卒於常州，年六十六。

小結

　　本章先接續上一章探討交往詩的流變，分別介紹北宋西崑、歐梅蘇、蘇門文人集團的往來唱和。宋初詩以西崑體獨占鰲頭，楊億、錢惟演、劉筠等諸公共十七人，其所編之《西崑酬唱集》使宋初詩壇一改時風，又因宗晚唐李義山詩法，求其「包蘊密緻，演暢平暢」，講求「豐富藻麗，不作枯脊語」，一掃宋初白居易簡單平易的風格，而交往詩本身即具備彼此切磋，相互砥礪的功能，西崑體亦不例外，楊億在《西崑酬唱集序》中就說：「更迭昌和，互相切靡。」〔註96〕除此之外，流佈王澤，端正教化也是西崑體所欲表現的。歐、梅、蘇文人集團，在仁宗年間形成，時歐陽脩任西京留守推官，與梅堯臣、蘇舜欽、尹洙和謝絳等人多有詩文創作，「日為古文歌詩，遂以文章名冠天下。」〔註97〕他們不隨官場得意而縱情聲色，范仲淹推行慶曆新政，歐、梅、蘇皆屬革新派，在他們的詩作中多有反應民間疾苦、社會生活的平實記載，他們站在同一陣線推動革新、批判時弊，同有悲天憫人與身負重任的情懷，儘管官位不同，梅堯臣、蘇舜欽名聲也沒歐陽脩響亮，但這不妨礙他們的交往，反而以身作則，為天下並肩奮

〔註96〕〔宋〕楊億等著；王仲犖注：《西崑酬唱集注》，序言頁2。
〔註97〕〔宋〕歐陽脩著：《歐陽脩全集》年譜「天聖九年辛未」條，頁3。

戰。「蘇門」意指元祐、元豐年間環繞蘇軾展開的文人集團，宋人邵浩為蘇門諸公的酬唱詩作輯錄成《坡門酬唱集》，在序中提及宋代酬唱的流行與蘇門著名於時的景況：「詩人酬唱，盛於元祐間，自魯直、後山宗主二蘇，旁與秦少游、晁无咎、張文潛、李方叔馳騖相先，後萃一時名流，悉出蘇公門下，嘻其盛歟！」〔註98〕蘇門主要成員有黃庭堅、秦觀、晁補之、張耒、陳師道及李薦，六人並稱「蘇門六君子」，這群師徒氣性與才學相當，且政治立場相近，無論在職場或生活中都相互贈答、唱和。

接著論述兩人交往詩創作的時代背景，別於以往的科舉制度，宋代科舉既激發了文人讀書欲登科的熱情，也引領國家重視教育。加上北宋士大夫因政治及科舉取士影響，士大夫身分集文人、官僚及學者三位一體〔註99〕，既有文人素養，也具備思想家的風範，學習的事物廣博，閱讀的書籍多元，文人不是為了某種目的讀書，而是自然地將政治、文學融入生，以此與人交流、切磋文藝，詩人群體或文人雅集與交往詩的發展，是相互影響且彼此依存的，可以說詩人群體給了交往詩發展的機會，提供了平臺使其表現。宋代整體的政策影響、文人雅集的流行和朋黨風氣，塑造了宋人的生活環境，人們便在這背景中交往，一代有一代的性格，王水照比較唐、宋詩人間的交往範式，說道：

> 如果說，盛唐作家主要通過科舉求仕、邊塞從幕、隱居賣名、仗策漫遊等方式完成個體社會化的歷程，從而創造出恢弘壯闊、奮發豪健的盛唐之音，那麼，宋代的更大規模的科舉活動所造成的全國性人材大流動、經常性的遊宦、頻繁的貶謫以及以文酒詩會為中心的文人間交往過從，就

〔註98〕〔宋〕邵浩：《坡門酬唱集》，頁1。
〔註99〕王水照指出：「宋代士人的身分有個與唐代不同的特點，即大都是集官僚、文士、學者三位於一身的複合型人才，其知識結構一般比唐人淹博，格局宏大。」並說：「政治家、文章家、經術家三位一體，是宋代『士大夫之學』的有機構成。」參見王水照：《宋代文學通論》，頁27。

　　成為宋代作家們的主要生存方式了。〔註100〕
宋代「禮遇賢士」的風氣，讓士大夫發揮的舞台更廣更多元，工作之
餘有風雅的文人聚會，藉雅集切磋文藝與交識其他文士；廣納賢才的
科舉制度，使人民著迷於讀書，將文藝活動融入生活；朋黨氛圍讓文
人的交往更加順理成章，蘇軾及秦觀就在這樣的環境中結交，彼此唱
和、酬贈，相識的 27 年裡，共同經歷科舉失意、讒害貶謫、返京升
官、朋黨爭鬥、雅集聚會等，彼此相伴、鼓勵，未曾因距離或年紀讓
難得的情誼消逝。

〔註100〕王水照：〈北宋洛陽文人集團與地域環境的關係〉，詳見《王水照自
　　　　選集》（上海：上海教育，2000 年），頁 153。

第四章　蘇軾、秦觀交往詩內容分析

　　「交往」為人際關係互動中重要之環節，錢鍾書《管錐編》曾經說過：

> 交際以禮為重，而交友以情為主。客座賓筵之酬酢，府主幕僚之晉接，自公退食，往來報施……皆禮之所尚；而禮者，忠信之薄，緣飾以節文者也。同心合志，求聲投契，以至於略名位而忘形骸，發乎情而永為好，情則忠信之未嘗薄，而不容文勝滅質焉。〔註1〕

上文說明「交際之禮」和「交友之情」的差別，「禮」建立於外在因素，重視聲名、形象，為了某種效果或目的而出現的，多用於「客座賓筵之酬酢」或「府主幕僚之晉接」，人與人之間的維繫是很淺薄的。「情」則立基在內在因素，重視思想、價值觀的契合，強調彼此間的默契與共鳴，忽略外在賦予的種種虛名，甚至「忘形骸」，兩人的友好以抽象卻較為牢固的情感結合著，「不容文勝滅質」，是外在俗物所無法泯滅的。

　　探究蘇軾及秦觀的交往詩內容，兩人的好，既有師徒之好，也有莫逆之交，甚或是家人之情，他們之間流淌出的情感，本文將之歸納為四項，相互鼓勵的交流、惺惺相惜的情懷、深切的思念、生活的遊玩，以下分述之。

〔註1〕錢鍾書：《管錐編》（臺北：書林出版，1990 年 8 月），頁 995。

第一節　師友之鼓勵

　　當今社會漸趨文明，各種商品令人目眩神迷，確實帶給人們便利，卻也因快速的步調使人們處在壓迫、焦慮、恐慌中，人心局限肉眼所見，追逐華而不實的虛名、權力，而迷失內在本心，內在精神將無法安定，人們若無法掌握自己，便容易隨波逐流，王邦雄說：

> 我們的心靈世界與自然世界，已同時失落，我們的精神被封閉了，生命窒息了，所謂精神價值與道德理想都不能講，人都不再能擁有自己，擁有這個世界，人變成一個旁觀者。所謂旁觀者，就是精神流浪的人，不講價值，不講莊嚴，只在漂泊無依中追求哀愁與美感，只在漂泊無依的流浪生涯中，突顯精神的自我解放。〔註2〕

若社會充斥著「精神流浪的人」，則吾身易停留於形軀我，而難有德行我、情意我、認知我，自身不僅會感到迷惘，也可能為他人所用，六神無主下種種精神疾病或社會亂象將隨之而起。個人在茫然無助、情緒委靡之際，身旁如果有個願意傾聽並適時表達關心的親友，將使難解的感受舒緩些，知道天地間仍有人鼓勵、肯定著自己，便有信心再往前行，社交關係中，人們多喜愛接觸能帶給自身正向能量的友朋。

　　蘇軾較秦觀年長，他們交往以來，蘇軾對秦觀的照顧一直是比較多的，他先於秦觀登科進士，元豐元年（1078）秦觀應試時他作詩鼓勵，並邀請秦觀為黃樓題賦，落榜時他也第一時間慰問。當時兩人才認識約莫半年，見面次數也不多，還不是那麼熟絡，蘇軾就已殷勤、懇切地招呼這名朋友，可見他格外珍惜與秦觀的相識，也看出他貼心的性格。秦觀對蘇軾的讚美，更是屢見於詩文或書簡中，尤其兩人的交往詩裡，秦觀一有機會就表達他對蘇軾的崇敬與忠心，不責怪老師的光環曾危害到他的宦職，並將老師交付的任務視為榮譽，將所學及感謝回饋於作品中。

　　元豐元年（1078）秦觀入京應考，順道替李公澤送信給蘇軾，藉

〔註2〕王邦雄：《中國哲學論集》（臺北：學生書局，2004年），頁159。

此機會，秦觀終於和久仰大名的蘇軾見面了，兩人一見如故，相談甚
歡，秦觀臨行前贈〈別子瞻學士〉云：

> 人生異趣各有求，繫風捕影祇懷憂。我獨不願萬戶侯，惟
> 願一識蘇徐州。徐州英偉非人力，世有高名擅區域。珠樹
> 三株詎可攀，玉海千尋真莫測。一昨秋風動遠情，便憶鱸
> 魚訪洞庭。芝蘭不獨庭中秀，松柏仍當雪後青。故人持節
> 過鄉縣，教以東來償所願。天上麒麟昔漫聞，河東鸑鷟今
> 纔見。不將俗物礙天真，北斗已南能幾人。八塼學士風標
> 遠，五馬使君恩意新。黃塵冥冥日月換，中有盈虛亦何算。
> 據龜食蛤暫相從，請結後期游汗漫。〔註3〕

前八句述說自己得以認識東坡的喜悅，與其給我高官職位，不如讓我
認識蘇東坡，東坡無論才氣或治理百姓上都可圈可點，這樣的人才能
夠和他相識，實為莫大的榮幸；後八句提到熙寧九年（1076）李公澤
自徐州過淮水，推薦秦觀認識蘇軾的往事，終於多年之後「償所願」，
最末八句則希望往後的日子，自己能跟在蘇軾身旁多多學習，期望兩
人友情長存，透過該作可見秦觀對蘇軾的讚賞與美譽。

　　兩人禮尚往來，蘇軾得知秦觀將赴京應試，特別作詩鼓勵他順利
摘取功名，一方面也感謝他居中送信，見蘇詩〈次韻秦觀秀才見贈秦
與孫莘老李公擇甚熟將入京應舉〉：

> 夜光明月非所投，逢年遇合百無憂。將軍百戰竟不侯，伯
> 郎一斗得涼州。翹關負重君無力，十年不入紛華域。故人
> 坐上見君文，謂是古人吁莫測。新詩說盡萬物情，硬黃小
> 字臨黃庭。故人已去君未到，空吟河畔草青青。誰謂他鄉
> 各異縣，天遣君來破吾願。一聞君語識君心，短李髯孫眼
> 中見。江湖放浪久全真，忽然一鳴驚倒人。縱橫所值無不
> 可，知君不怕新書新。千金敝帚那堪換，我亦淹留豈長算。
> 山中既未決同歸，我聊爾耳君其漫。〔註4〕

〔註3〕徐培均：《淮海集箋注》卷四，頁135。
〔註4〕〔宋〕蘇軾著；〔清〕馮應榴輯注：《蘇軾詩集合注》卷十六，頁804
　　　～806。

詩中言及熙寧七年（1074）秦觀路過維揚，已知蘇軾將過此處，故意「作坡筆語題壁」，希望能攫獲蘇軾目光，果然後來蘇軾到孫莘老住處，一見秦觀之作，始知作壁語之人就是秦觀，被其才華驚豔，自此便想認識該名賢才，可惜「故人已去君未到」。豈料今日「天遣君來破吾願」，令蘇軾雀躍不已，直稱秦觀是「江湖放浪久全真，忽然一鳴驚倒人」，知其將赴京趕考，肯定秦觀成就將指日可待。

　　秦觀帶著蘇軾及友人們的祝福上京趕考，儘管他才華洋溢、勤懇學習，但考運不佳，首次應試落榜。蘇軾得知秦觀落榜後，並沒有對他感到灰心，立即作〈次韻參寥師寄秦太虛三絕句時秦君舉進士不得〉慰問他：

> 秦郎文字固超然，漢武憑虛意欲仙。底事秋來不得解，定
> 中試與問諸天。一尾追風抹萬蹄，崑崙玄圃謂朝隮。回看
> 世上無伯樂，卻道鹽車勝月題。得喪秋毫久已冥，不須聞
> 此氣崢嶸。何妨卻伴參寥子，無數新詩咳唾成。〔註5〕

其中肯定他的才華無須透過考試來驗證，是因世上沒有伯樂，追趕不上秦觀的才氣，才讓賢才光芒被遮掩，並且鼓勵他考試結果已成定局，「不須聞此氣崢嶸」，不妨利用尚未登第的閒暇時光，和僧友、詩友多切磋磨練，增強自己的實力，使「無數新詩咳唾成」，再戰明年考場。

　　元豐元年（1078）秦觀首次應試不利，於元豐五年（1082）再赴考場，是年蘇軾因烏臺詩案被貶黃州，深居簡出，來往的多是道士、僧人。秦觀上京應考前作〈與蘇公先生簡〉，一方面告知老師，也為老師打氣；一方面提振自己士氣，告訴自己不要再讓老師失望。因為朝中黨派的鬥爭，秦觀再次落第，元豐七年蘇軾親自上書王安石，其〈上荊公書〉云：

> 軾頓首再拜，特進大觀文相公執事。近者經由屢獲請見，

〔註5〕〔宋〕蘇軾著；〔清〕馮應榴輯注：《蘇軾詩集合注》卷十七，頁858
　　～859。

存撫教誨，恩意甚厚。……向屢言高郵進士秦觀，太虛公
亦粗知其人，今得其詩文數十首拜呈。詞格高下，固已無
逃於左右，獨其行義飭脩，才敏過人，有志於忠義者，其
請以身任之。此外博綜史傳，通曉佛書，講集醫藥，明練
法律，若此類，未易以一一數也。才難之嘆，古今共之，
如觀等輩，實不易得。願公少借齒牙，使增重於世，其他
無所望也。〔註6〕

詩中蘇軾希望能稍借王安石「齒牙」，使秦觀「增重於世」。除了試場
失利，老師給予的鼓勵，蘇軾在平日也常提拔這位後輩，蘇軾任徐州
知州時，治民勤政，《宋史・蘇軾列傳》記有：

徙知徐州。河決曹村，泛于梁山泊，溢于南清河，匯于城
下，漲不時洩，城將敗，富民爭出避水。軾曰：「富民出，
民皆動搖，吾誰與守？吾在是，水決不能敗城。」驅使復
入。軾詣武衛營，呼卒長曰：「河將害城，事急矣，雖禁軍
且為我盡力。」卒長曰：「太守猶不避塗潦，吾儕小人，當
效命。」率其徒持畚鍤以出，築東南長堤，首起戲馬臺，
尾屬于城。雨日夜不止，城不沈者三版。軾廬於其上，過
家不入，使官吏分堵以守，卒全其城。復請調來歲夫增築
故城，為木岸，以虞水之再至。朝廷從之。〔註7〕

有次連夜大雨成災，蘇軾為了防水患再犯，命人築高堤，堤建好後又
蓋一座約十丈高的「黃樓」於上，並請秦觀作賦。秦觀記載了作賦始
末，其〈黃樓賦并引〉說：

太守蘇公守彭城之明年，既治河決之變，民以更生，又因
脩繕其城，作黃樓於東門之上。以為水受制於土，而土之
色黃，故取名焉。樓成，戲使高郵秦觀賦之。〔註8〕

蘇軾收到秦觀〈黃樓賦〉後，旋即回書〈太虛以黃樓賦見寄作詩為謝〉
云：

〔註6〕〔宋〕蘇軾著：《蘇東坡全集》下冊卷十一，頁351。
〔註7〕〔元〕脫脫等撰：《宋史》卷三三八，頁10808～10809。
〔註8〕徐培均：《淮海集箋注》卷一，頁7。

> 我坐黃樓上，欲作黃樓詩。忽得故人書，中有黃樓詞。黃
> 樓高十丈，下建五丈旂。楚山以為城，泗水以為池。我詩
> 無傑句，萬景驕莫隨。夫子獨何妙，雨雹散雷椎。雄辭雜
> 今古，中有屈宋姿。南山多磐石，清滑如流脂。朱蠟為摹
> 刻，細妙分毫釐。佳處未易識，當有來者知。〔註9〕

詩中謙稱自己也想為黃樓寫些文字，但都不如秦觀來的好，以「我詩
無傑句，萬景驕莫隨。夫子獨何妙，雨雹散雷椎」對比兩人的作品，
更直誇秦賦「雄辭雜今古，中有屈宋姿」氣勢磅礡；「朱蠟為摹刻，
細妙分毫釐」用字細膩。

　　蘇軾除委託秦觀為黃樓作賦，以此肯定秦觀的文筆外，蘇軾在秦
觀死後，更作〈秦少游真贊〉直言自己眼裡的秦觀，其文云：

> 以君為將仕也，其服野，其行方；以君為將隱也，其言文，
> 其神昌。置而不求君不即，即而求之君不藏。以為將仕將
> 隱者，皆不知君者也，蓋將挈所有而乘有遇，以游於世，
> 而卒反於其鄉者乎？〔註10〕

贊中給予秦觀肯定，認為秦觀可塑性極高，他的志向並非一定要入世
或出世不可，而是順其自然，不用特受拘束，似《莊子‧逍遙遊》言：
「舉世譽之而不加勸，舉世非之而不加沮，定乎內外之分，辨乎榮辱
之境」〔註11〕。

　　蘇軾在這些交往詩中，多是肯定秦觀的才華，鼓勵他持續創作，
終得佳績。書簡中則隱約流露對秦觀的擔心，兩次應試都落榜，可能
是政治意識形態的操弄，因為自己的罪人身分，讓與之友好的弟子，
遲遲未能登科，最終老師向新黨大老王荊公投書，推薦這位心思縝
密、當有所為的秦觀，不至於窮困潦倒，給他一份收入，讓他有用於

〔註9〕〔宋〕蘇軾著；〔清〕馮應榴輯注：《蘇軾詩集合注》卷十七，頁841
　　　～842。

〔註10〕〔宋〕蘇軾著：《蘇東坡全集》上冊卷二十，〈秦少游真贊〉，頁276
　　　～277。

〔註11〕〔清〕郭慶藩：《莊子集釋》內篇（臺北：世界書局，2015年），頁
　　　9。

國家，以免才華被埋沒。這是蘇軾對秦觀的高度肯定，否則蘇軾不會輕易薦舉，寄予了老師對徒兒的關懷及厚望。

第二節　久別之思念

　　兩人彼此思念，在於分別後。儘管思念令人難受，易有感傷，蘇、秦的交往詩依然不失宋詩平淡、生活化的風格，異於唐詩情韻充沛，多敘事筆法，情感相對含蓄與內發。無法相見的友人，透過書面文字表達綿長的幽思，彼此關懷、慰問，儘管相隔兩地，仍藉此安頓忐忑的心靈，張瑋儀說：

> 北宋中後期，元祐黨人盡受貶斥，流離失所，幸能以詩文贈答，聊以寬慰。秦觀貶至雷州，與蘇軾隔海相望，書信往來更為頻仍，贈友亦自勉，成為渠等安頓身心的重要方式之一。〔註12〕

蘇軾和秦觀較長時日的離別，共可分兩類，一類是遭貶，迫使與朋友分離；一類是生死永別，不復相見。本節將就元豐二年（1079）蘇軾烏臺詩案被拘禁，及元符三年（1100）秦觀卒逝為主要論述軸，探究蘇、秦間的思念。

一、蘇軾初貶，秦觀思憶

　　兩人相知以來，除在元祐年間共事京內，常有朝宴、雅集等聚會，其餘的時間多在道別，深切的思念便相伴而發。元豐二年（1079）秦觀首次應試落榜，將到越州省親，恰巧蘇軾也將由徐州移至湖州任官，兩人加上參寥子等人共同乘船南下，一路覽訪多處，秦觀與參寥子至五月繼續往越，蘇軾則留任湖州太守〔註13〕，離去時秦觀作〈德

〔註12〕張瑋儀：《宋代詩歌之養生與療心》，頁140。

〔註13〕蘇軾〈秦太虛題名記〉云：「始予與辯才別五年，乃自徐州遷於湖。至高郵見太虛、參寥，遂載與俱。辯才聞予至，欲扁舟相過以結，夏未果。太虛、參寥又相與適越，云秋盡當還。而予倉卒去郡，遂不復見。」（〔宋〕蘇軾著：《蘇東坡全集》下冊卷十二，頁371。）

清道中還寄子瞻〉云：

> 投曉理竿棧，溪行耳目醒。蟲魚各蕭散，雲日共晶熒。水
> 荇重深翠，烟山疊亂青。路迴逢短榜，崖斷點孤翎。叢薄
> 開羅帳，淪漪寫鏡屏。疎籬窺窈窕，支港泛笭箵。遠潋依
> 微見，哀猿斷續聽。夢長天杳杳，人遠樹冥冥。旅思搖風
> 斾，歸期數月熒。何時燃蜜炬，復聽閣前鈴？〔註14〕

德清在湖、杭之間，屬浙江省，秦觀在離湖州不遠處，即贈詩給蘇軾。
前十六句摹寫離別後所見的景色，從一早整理竹篙、船槳準備出航開
始，望見深翠的藻荇、煙霧繚繞的山巒，叢林及漣漪恍若閨房內的羅
帳及鏡屏，聽見的是猿猱斷續的哀鳴，這樣的風光讓秦觀「旅思搖風
斾」，心神不定，想著歸期當在數月之後，不禁再次憶起五月前與先
生出遊的景況，「何時燃蜜炬，復聽閣前鈴？」以懸問的方式，寄予
再次碰面的渴望，希望能在夜晚與蘇軾暢談，一同聽著晚風吹鈴的聲
響，蘇軾〈端午遍遊諸寺得禪字〉記有「歸來記所歷，耿耿清不眠。
道人亦未寢，孤燈同夜禪」〔註15〕，秦觀以此意象呼應末兩句，思念
剛道別不久的友人。

　　沒想到時隔兩個月，元豐二年（1079）七月蘇軾就因「烏臺詩案」
被拘捕入獄，噩耗傳來，秦觀半信半疑，趕緊又搭船到吳興探問，迫
切關心蘇軾的安危〔註16〕，得知此事為真後，心情悲痛萬分，作〈霅
上感懷〉思念蘇軾：

> 七年三過白蘋洲，長與諸豪載酒游。舊事欲尋無處問，雨
> 荷風蓼不勝秋。〔註17〕

霅溪在今日的浙江湖州市，白蘋洲位於霅溪東南方，就在蘇軾當時

〔註14〕徐培均：《淮海集箋注》卷七，頁258。
〔註15〕〔宋〕蘇軾著；〔清〕馮應榴輯注：《蘇軾詩集合注》卷十八，頁920
　　　～921。
〔註16〕〈蘇黃州簡〉云：「自聞被旨入都，遠近驚傳，莫如所謂，遂扁舟渡
　　　江，比至吳興，見陳書記、錢主簿，具知本末之詳。」（徐培均：《淮
　　　海集箋注》卷三十，頁984。）
〔註17〕徐培均：《淮海集箋注》後集卷四，頁1466。

任職的湖州市內，秦觀曾三過此處〔註18〕，第三次是與東坡、參寥子共渡，而且就在幾個月前，他們一同賦詩、飲酒、遊玩，然朝廷策令一下，風雲變色，「舊事欲尋無處問」，多少離愁往事找不到人傾訴，且蘇軾生死未卜，哪知他會不會在奸人構陷中喪命，各種傳聞遍佈朝野，朝廷高壓拘禁，旁人莫敢與之多聯繫，就連蘇軾自己也在〈與章子厚參政書〉云：「我自得罪以來，不敢復與人事，雖骨肉至親，未肯有一字往來。」〔註19〕秦觀既深切思念著蘇軾，也非常擔憂他的處境，但又害怕書寫的字句可能被用來羅織為另一項罪名，秦觀只好將澎湃的情感壓抑下來，寄託在「雨荷風蓼」中，寫植物們「不勝秋」，不勝秋的何嘗只有它們？還有秦觀對蘇軾思念的情懷。

　　「烏臺詩案」蘇軾確知被貶黃州後，他所交際來往的人多是僧人、道士，他與秦觀的交往詩題材轉為對身旁物品的賞玩、吟詠，或是作小詞，因心有餘悸而莫敢多言，如〈答秦太虛〉言：「但得罪以來，不復作文字，自持頗嚴，若復一作，則決壞藩牆，今後仍復哀哀多言矣。」〔註20〕再如〈答濠州陳章朝請二首〉其二云：「某自竄逐以來，不復作詩與文字。所論四望起廢，固宿志所願，但多難畏人，遂不敢爾。其中雖無所云，而好事者巧以醞釀，便生出無窮事也。」〔註21〕將生活重心轉往大自然，不再輕易論事議政。直至哲宗元祐年間，太后親政，一改神宗新法，重用舊黨朝臣，蘇軾及秦觀得以返京任官，但好景不長，七年後哲宗親政，改元祐為紹聖，蘇軾與秦觀等黨人又是一陣「流亡」。

〔註18〕第一次在熙寧四年（1071）孫莘老守吳興時，第二次在熙寧七年（1074）至熙寧九年（1076）李公澤守吳興時。兩人皆為秦觀世交，分別在其任職時前去拜訪。可詳參徐培均：《秦少游年譜長編》。

〔註19〕〔宋〕蘇軾著：《蘇東坡全集》上冊卷三十，〈與章子厚書〉，頁366。

〔註20〕〔宋〕蘇軾著：《蘇東坡全集》上冊卷三十，〈答秦太虛書〉，頁368。

〔註21〕〔宋〕蘇軾著：《蘇東坡全集》下冊卷五，〈答濠州陳章朝請二首〉其二，頁163。

紹聖二年（1095）秦觀貶至處州，作詞〈千秋歲〉，情感悲戚哀痛：

> 水邊沙外。城郭春寒退。花影亂，鶯聲碎。飄零疏酒盞，
> 離別寬衣帶。人不見，碧雲暮合空相對。 憶昔西池會。
> 鵷鷺同飛蓋。攜手處，今誰在。日邊清夢斷，鏡裏朱顏改。
> 春去也，飛紅萬點愁如海。〔註22〕

秦觀眼中的景物是「亂」，聽見的聲音是「碎」，反復的離別總令人消瘦，腦海中泛起與好友們在西園雅集的畫面，如今都像是場夢，攬鏡而照，自己已不再年少，末句「飛紅萬點愁如海」點出遷謫的哀愁，情緒隨著飄落的紅花，暗自悲切。元符二年（1099）蘇軾和作〈千秋歲〉說：

> 島邊天外。未老身先退。珠淚濺，丹衷碎。聲搖蒼玉佩。
> 色重黃金帶。一萬里。斜陽正與長安對。 道遠誰云會。
> 罪大天能蓋。君命重，臣節在。新恩猶可覬。舊學終難改。
> 吾已老，乘桴且恁浮於海。〔註23〕

詞中「道遠誰云會，罪大天能蓋」，點出他的思念與無奈，天地之大，今與汝各貶天涯，相逢之日遙遙無期，也暗嘲自己罪行大到只有天能包容。

二、秦觀逝世，蘇軾悼念

哲宗似對元祐黨人深惡厭極，紹聖、元符年間，蘇門持續遭貶，甚至遠貶到嶺南，這段流亡歲月在元符三年（1100）正月，哲宗駕崩後才稍緩解。是年六月蘇軾與秦觀因朝廷大赦，遷移途中終於又能在海康會面，這次相見，秦觀顯得疲倦，與蘇軾多年不見，僅以簡單的稱頌表達慰問，其〈贈蘇子瞻〉云：

> 嘆息蘇子瞻，聲名絕後先。衣冠傳盛事，兄弟固多賢。
> 感慨詩三百，流離路八千。直心羞媚竈，忠力欲回天。

〔註22〕徐培均：《淮海居士長短句》，頁84。
〔註23〕〔宋〕蘇軾著；薛瑞生箋證：《東坡詞編年箋證》卷三，頁669。

縲絏終非罪，江湖祇自憐。饑寒常併日，疾病更連年。
明主無終棄，西州稍內遷。奏言深意苦，感涕內人傳。
前席須宣室，非熊起渭川。君臣悅相遇，願上〈角招〉
篇。〔註24〕

一面心疼子瞻遭貶，路途遙遠，「饑寒常併日，疾病更連年」一面恭
喜他熬過這段時光，又能被朝廷器重，「明主無終棄，西州稍內遷」。
詩中有思念，也有抱怨，「縲絏終非罪，江湖祇自憐」，儘管罪非實
情，然臣子的命運由君王掌控，豈能辯說。後又寄〈自作挽詞〉給
蘇軾云：

嬰釁徙窮荒，茹哀與世辭。官來錄我橐，吏來驗我屍。藤
束木皮棺，槁葬路傍陂。家鄉在萬里，妻子天一涯。孤魂
不敢歸，惴惴猶在茲。昔忝柱下史，通籍黃金閨。奇禍一
朝作，飄零至於斯。弱孤未堪事，返骨定何時？修途繚山
海，豈免從闍維？茶毒復茶毒，彼蒼那得知！歲晚瘴江急，
鳥獸鳴聲悲。空濛寒雨零，慘淡陰風吹。殯宮生蒼蘚，紙
錢掛空枝。無人設薄奠，誰與飯黃緇？亦無挽歌者，空有
挽歌辭。〔註25〕

全詩「苦不堪言」，回憶一生盡是「奇禍」與「茶毒」，客死異鄉，家
中妻兒不在身旁，死後身軀當由誰收，返鄉之路遙遙無期，全詩瀰漫
死亡氣氛，「錄我橐」、「驗我屍」、「皮棺」、「槁葬」「殯宮」、「紙錢」，
盡與死去相關，認為自己終不久於世。所謂「相由心生」，一人所想
將反映在生活中，果不其然，六月秦觀出〈自作挽詞〉贈蘇軾，八月
就卒於藤州的光華亭，蘇軾聞之，極為詫異。

　　秦觀死後，蘇軾仍非常思念他，常在給朋友的書信中談及少游，
如〈與范元長六首〉其四云：

永州人來，辱書承孝履粗遣，甚慰思望。比謂至梧州追及，
又將相從泝賀江，已而水乾無舟，遂作番禺之行。與公隔

〔註24〕徐培均：《淮海集箋注》後集卷三，頁1419。
〔註25〕徐培均：《淮海集箋注》卷四十，頁1323。

　　絕，不得一拜先公及少游之靈，為大恨也。同貶先逝者十
　　人，聖政日新，天下歸仁，惟逝者不可返。如先公及少遊，
　　真為冀北之空也。徒存僕輩何用，言之痛隕何及。〔註26〕

信中既讚許秦觀是不可多得的賢才，也哀慟他的逝世。

　　秦觀死後一個多月，元符三年（1100）九月十日前，親戚范元長
及范元實將少游下葬，蘇軾〈與范元長書六首〉其三云：「哀哉少游，
痛哉少游，遂喪此傑耶？賴昆仲之力，不甚狼狽」〔註27〕除感謝兩兄
弟的幫助，也表達自己的哀痛，後來蘇軾委託范元長代致少游奠儀，
並作書簡言：「痛哲人之亡，誦殄瘁之章，如何可言。……漂流江湖，
未能赴救，以為慚負。有銀五兩，為少游齋僧，乞轉與處素也」〔註
28〕蘇軾儘管繁忙，在心中仍時常惦記著秦觀，多次與范氏書信往返，
關切秦觀的後事處理。

　　徽宗靖國元年（1101）五月，蘇軾至金陵，作〈與李方叔四首〉，
復痛悼少游之死：

　　頃年於稠人中，驟得張、秦、黃、晁及方叔、履常輩，意
　　謂天不愛寶，其獲蓋未艾也。比來經涉世故，間關四方，
　　更欲求其似，邈不可得。以此知人決不徒出，不有益於今，
　　必有覺於後。如方叔飄然一布衣，亦幾不免；純夫、少游，
　　又安所獲罪於天，遂斷其命。言之何益，付之清議而已。
　　憂患雖已過，更宜慎口，以安晚節。〔註29〕

弟子們因為自己受到牽連，蘇軾深感歉疚，警惕自己往後當更加謹言
慎行。在信中，蘇軾不舉他人之例，猶提死去的秦觀，可見他對秦觀
念念不忘。

〔註26〕〔宋〕蘇軾著：《蘇東坡全集》下冊卷七，〈與范元長六首〉其四，
　　　頁223。
〔註27〕〔宋〕蘇軾著：《蘇東坡全集》下冊卷七，〈與范元長書六首〉其三，
　　　頁223。
〔註28〕〔宋〕蘇軾著：《蘇東坡全集》下冊卷七，〈與范元長書六首〉其五，
　　　頁223。
〔註29〕〔宋〕蘇軾著：《蘇東坡全集》下冊卷四，〈與李方叔四首〉其三，
　　　頁98。

第三節 生活之樂趣

　　摯友之間的交往，或者兩地乖隔卻仍遙念對方，懸想至交「想得讀書頭以白，隔溪猿哭瘴煙藤」〔註30〕；或者居處相近，時有「道人亦未寢，孤燈同夜禪」〔註31〕的遊賞與談心。蘇軾是名對生活充滿熱情的詩人，天地間無一處不是他的題材，他寫牡丹「秀色洗紅粉，暗香生雪膚」〔註32〕，寫海棠「嫣然一笑竹籬間，桃李漫山總麤俗」〔註33〕，釀酒時「收拾小山藏社甕，招呼明月到芳樽」〔註34〕，將山水景色一併釀入，吃荔枝不忘幽自己一默「日啖荔支三百顆，不辭長作嶺南人」〔註35〕，增添許多生活情趣。蘇軾也將這股熱情，洋溢在與好友間的交往。

一、同覽名勝與共度節慶

　　蘇軾和秦觀曾同遊、共事朝廷，友人齊聚一堂，享受生活的閒暇及喜悅，免不了分韻遊戲、唱和作詩。元豐二年（1079）他們來到吳興惠山，因「覽唐處士王武陵、竇羣、朱宿所賦詩，愛其語清簡，蕭然有出塵之姿，追用其韻，各賦三首」，蘇軾〈遊惠山并敘〉其一云：

　　　　夢裡五年過，覺來雙鬢蒼。還將塵土足，一步濯瀾堂。俯
　　　　窺松桂影，仰見鴻鶴翔。炯然肝肺間，已作冰玉光。虛明
　　　　中有色，清淨自生香。還從世俗去，永與世俗忘。〔註36〕

〔註30〕〔宋〕黃庭堅撰：《黃庭堅詩集注》卷二（北京：中華，2003 年），〈寄黃幾復〉，頁 90。

〔註31〕〔宋〕蘇軾著；〔清〕馮應榴輯注：《蘇軾詩集合注》卷十八，〈端午遍遊諸寺得禪字〉，頁 920～921。

〔註32〕〔宋〕蘇軾著：《蘇東坡全集》上冊卷十二，〈雨中看牡丹三首〉其一，頁 170。

〔註33〕〔宋〕蘇軾：《蘇東坡全集》上冊卷十一，〈寓居定惠院之東雜花滿山有海棠一株土人不知貴也〉，頁 169。

〔註34〕〔宋〕蘇軾著：《蘇東坡全集》上冊卷四，〈新釀桂酒〉，頁 505。

〔註35〕〔宋〕蘇軾著；〔清〕馮應榴輯注：《蘇軾詩集合注》卷四十，〈食荔枝二首〉其二，頁 2066。

〔註36〕〔宋〕蘇軾著；〔清〕馮應榴輯注：《蘇軾詩集合注》卷十八，頁 912～915。

蘇軾敘中說到自己「昔為錢塘倅，往來無錫，未嘗不至惠山。即去五年，復為湖州」，五年後舊地重遊，不覺霜鬢已白，寫「鴻鶴」飛起杳然而去，「永與世俗忘」，也提醒自己常保「虛明」與「清淨」之念，自能有所獲取。秦觀〈同子瞻參寥游惠山三首〉和作云：

> 輟棹縱幽討，籃輿入青蒼。圓頂相邀迓，旃檀燎深堂。層巒淡如洗，傑閣森欲翔。林芳含雨滋，岫日隔林光。涓涓續清溜，靡靡傳幽香。俯仰佳覽眺，悠哉身世忘。〔註37〕

他少了一份對惠山的回憶，多摹寫所見之景，觀兩人詩作五、六句，東坡鴻鶴已翱翔，接連六句延續鴻鶴形態，末兩句還似雙關鴻鶴與自身，少游仍書寫「林岫」與「水流」，末兩句才快速以「佳覽眺」進入「身世忘」，意境鋪排略遜一籌。

秦觀此時才認識蘇軾不久，兩人同船南下，沿路覽訪，興致一來便作詩嬉戲，至松江蘇軾作〈與秦太虛參寥會於松江而關彥長徐安中適至分韻得風字二首〉，秦觀作〈與子瞻參寥會松江得浪字〉，五月過觀音院、玄妙觀、飛英寺後，恰逢端午節，蘇軾與秦觀分韻作詩，詩中撇開端午習俗〔註38〕，著力描寫古寺風光及參拜過程，蘇軾〈端午遍遊諸寺得禪字〉言：

> 肩輿任所適，遇勝輒流連。焚香引幽步，酌茗開靜筵。微雨止還作，小窗幽更妍。盆山不見日，草木自蒼然。忽登最高塔，眼界窮大千。卞峯照城郭，震澤浮雲天。深沉既可喜，曠蕩亦所便。幽尋未云畢，墟落生晚煙。歸來記所歷，耿耿清不眠。道人亦未寢，孤燈同夜禪。〔註39〕

開頭四句可見這次遊覽的從容隨興，或隨小轎任性而往，或焚香

〔註37〕徐培均：《淮海集箋注》卷四，頁127。

〔註38〕蘇軾有〈浣溪沙〉詞記錄端午節物：「輕汗微微透碧紈。明朝端午浴芳蘭。流香漲膩滿晴川。綵線輕纏紅玉臂，小符斜掛綠雲鬟。佳人相見一千年。」（〔宋〕蘇軾著；薛瑞生箋證：《東坡詞編年箋證》卷三，頁648。）

〔註39〕〔宋〕蘇軾著；〔清〕馮應榴輯注：《蘇軾詩集合注》卷十八，頁920～921。

參拜，或擺宴飲茶，後四句描寫雨後的清靜及溫潤，詩作又繼續將景色延展，登高塔望見山川大澤，「深沉既可喜，曠蕩亦所便」分述卞峰、震澤，無論「深沉」或「曠蕩」之景他都享受其中，不知不覺晚煙升起，蘇軾彷彿意猶未盡，「歸來記所歷，耿耿清不眠」，直到夜晚仍不就寢，末兩句與道人深夜參禪，除了烘托出夜晚的寂靜，也為「遍遊諸寺」的題旨注入另一番想像。秦觀在〈同子瞻端午日遊諸寺分韻賦得深字〉中謂：

> 太史抱孤韵，暢懷在登臨。別乘載鄒枚，佳辰事幽尋。參差水石瘦，窅窕房櫳深。清磬發疎箔，妙香橫素襟。復登窣堵波，環回矚嶔崟。雙溪貫城郭，暝色帶孤禽。涼飈動爽籟，薄雨生微陰。塵想澹清漣，牢愁洗芳斟。揮籤訂往古，援毫示來今。愧無刻燭敏，續此金玉音。〔註40〕

前四句先以太史稱蘇軾，後寫與蘇軾等友人遊覽諸寺的事蹟，接下來八句同樣寫景，相較於蘇軾的闊遠，秦觀描摹的筆觸較為細小，「水石」、「房櫳」、「清磬」、「妙香」、「窣堵波」、「嶔崟」、「雙溪」、「暝色」、「孤禽」都是點狀的，一點即一景，每點都有其說明。最後八句則轉向人物活動的敘寫，與友人們議古道今，分韻遊戲，眾人才思學敏，即使沒有刻燭計算，大家也能即興作詩，侃侃而論。兩首交往詩都呈現了歡樂氛圍，情緒不是一個人的落寞，亦非身在異鄉的孤寂，旅途中有人相伴總是好的，作品最後都回到與朋友們的互動。他們在交往中延續詩的創作，透過詩拉近彼此交流，而無論是「詩」或「交往」，都與生活經驗息息相關，其中共度「節慶」也是兩人互動的主題。元祐八年（1093），蘇軾與秦觀共事朝廷，元旦立春，少游作〈元日立春三絕〉其三曰：

> 攝提東直斗杓寒，驟覺中原氣象寬。天為兩宮同號令，不教春歲各開端。〔註41〕

〔註40〕徐培均：《淮海集箋注》卷三，頁120。
〔註41〕徐培均：《淮海集箋注》卷十，頁446～448。

當年元旦和立春恰巧在同一天，朝廷翰苑官員皆須上帖子詞同賀，蘇軾在眾人帖子詞中擇選少游之作次韻，不僅凸顯兩人的好交情，蘇軾末兩句道寫「好遣秦郎供帖子，盡驅春色入毫端」〔註42〕，也藉此襯高秦觀的才華。同年正月十五上元節御宣德樓觀燈，上呈同列，蘇軾作〈上元侍飲樓上三首呈同列〉，秦觀後作〈次韻東坡上元扈從三絕〉言「仗下番夷各一臺，機泉如雨自繽紛。細看香案旁邊吏，却是茅家大小君。」〔註43〕燈棚下是觀燈的四夷蕃客，人燈紛雜中，往上座仔細一望却為「茅家大小君」，末句秦觀不忘歸美於原唱，以仙人茅盈、茅固為喻，讚美蘇氏兄弟。

這類交往詩，多是東坡先和，少游後和，少游在元豐二年（1079）共遊古寺名勝時尚未當官，元祐八年（1093）雖已任官，但輩分總較東坡淺，跟在東坡之後和作，實有向東坡學習的精神，而東坡偶爾也會次韻少游，藉此讚美、提拔他。不同於思念的繾綣，同覽名勝或共度節慶，兩人都懷著愉悅的心情，感受生活中的喜樂，為兩人交往增添美好的回憶。

二、蒔花弄草與奇物欣賞

蘇軾曾云「求物之妙，如繫風捕影，能使是物了然於心者，蓋千萬人而不一遇也。」〔註44〕他認為物品的美妙只可意會，難以言傳，且每個人感受不同，主觀性判斷也就有所差異，蘇軾與秦觀喜愛的事物類似，這為他們的交流增添些許話題，如秦觀在元豐三年（1080）作〈和黃法曹憶建溪梅花〉：

> 海陵參軍不枯槁，醉憶梅花愁絕倒。為憐一樹傍寒溪，花
> 水多情自相惱。清淚斑斑知有恨，恨春相逢苦不早。甘心

〔註42〕〔宋〕蘇軾著；〔清〕馮應榴輯注：《蘇軾詩集合注》卷三十六，〈次韻秦少游王仲至元日立春三首〉其三，頁1852～1853。

〔註43〕徐培均：《淮海集箋注》卷十，〈次韻東坡上元扈從三絕〉其三，頁459～462。

〔註44〕〔宋〕蘇軾：《東坡全集》卷七五，〈與謝民師推官書〉，頁23。

結子待君來，洗雨梳風為誰好？誰云廣平心似鐵，不惜珠
璣與揮掃。月沒參橫畫角哀，暗香銷盡令人老。天分四時
不相貸，孤芳轉盼同衰草。要須健步遠移歸，亂插繁華向
晴昊。〔註45〕

此詩令蘇軾讚嘆不已，本身就欣賞梅花的蘇軾，看見至交作梅花詩更
是珍惜，於元豐七年（1084）初春作〈和秦太虛梅花〉：

西湖處士骨應槁，只有此詩君壓倒。東坡先生心已灰，為
愛君詩被花惱。多情立馬待黃昏，殘雪消遲月出早。江頭
千樹春欲闇，竹外一枝斜更好。孤山山下醉眠處，點綴裙
腰紛不掃。萬里春隨逐客來，十年花送佳人老。去年花開
我已病，今年對花還草草。不知風雨捲春歸，收拾餘香還
畀昊。〔註46〕

前四句大力稱揚秦觀梅花詩勝過林逋，且因這首詩讓槁木之心再次動
情，秦觀梅花詩受時人讚賞，不但讓「荊公自書於紈扇」〔註47〕，多
人亦和作或次韻之，參寥子作〈次韻少游和子里梅花詩〉、蘇轍作〈次
韻秦觀梅花〉，且蘇軾兄弟除和作少游，又和參寥師，分別有〈再和
潛師〉及〈復次前韻答潛師〉，可見蘇氏兄弟對該詩的喜愛。

　　願意和作代表了一份關注，若又在和作中極力肯定詩人，則兩人
的感情想必是友善且能延續的，生活中品玩珍物，也是蘇門之間維繫
情感的方式之一，蘇軾言「君子可以寓意於物，而不可以留意於物。
寓意於物，雖微物足以為樂，雖尤物不足以為病。留意於物，雖微物
足以為病，雖尤物不足以為樂。」〔註48〕他們的交往並非玩物喪志，
而是以物助興，或將自己的心志寄寓物品中，或眾人唱和遊戲。元祐
三年（1088）由黃庭堅首唱的〈虛飄飄〉，蘇軾及秦觀皆有和作，三

〔註45〕徐培均：《淮海集箋注》卷四，頁 138～139。
〔註46〕〔宋〕蘇軾著；〔清〕馮應榴輯注：《蘇軾詩集合注》卷二十二，頁
　　　　1137～1138。
〔註47〕〔宋〕釋惠洪撰；釋覺慈編：《石門文字禪》卷二七記載：「少游此
　　　　詩，荊公自書於紈扇，蓋其勝妙之極，收拾春色於語言中而已。」（臺
　　　　北：臺灣商務，景印文淵閣《四庫全書》本，1983 年），頁 14。
〔註48〕〔宋〕蘇軾著：《蘇東坡全集》上冊卷三十二，〈寶繪堂記〉，頁 516。

人都先各自比擬雪花的樣態，末句分別寄寓己意，山谷認為雪花「比
人生命猶堅牢」，子瞻認為「比浮名利猶堅牢」，少游則認為「比時光
影猶堅牢」。蘇軾喜愛蒐集奇石，元祐七年（1092）在揚州得到兩顆
石頭，一顆綠色「岡巒迤邐，有穴達於背」，一顆「正白可鑑」，作〈僕
所藏仇池石希代之寶也王晉卿以小詩借觀意在於奪僕不敢不借然以
此詩先之〉云：

> 海石來珠宮，秀色如蛾綠。坡陀尺寸間，宛轉陵巒足。連
> 娟二華頂，空洞三茅腹。初疑仇池化，又恐瀛州蹙。殷勤
> 嶠南使，餽餉揚州牧。得之喜無寐，與汝交不瀆。盛以高
> 麗盆，藉以文登玉。幽光先五夜，冷氣壓三伏。老人生如
> 寄，茅舍久未卜。一夫幸可致，千里常相逐。風流貴公子，
> 竄謫武當谷。見山應已厭，何事奪所欲。欲留嗟趙弱，寧
> 許負秦曲。傳觀慎勿許，間道歸應速。〔註49〕

秦觀和作：

> 天鏡海濱石，鬱若龜毛綠。信為小仇池，氣象宛然足。連
> 巖下空洞，鼎張彭亨腹。雙峯照清漣，春眉鏡中蹙。疑經
> 女媧鍊，或入金華牧。鑪熏充雲氣，研滴當川瀆。尤物足
> 移人，不必珠與玉。道傍初無異，漢將疑虎伏。支機亦何
> 據？但出君平卜。奇礌入華林，傾都自追逐。我願作陳那，
> 令吼震山谷。一拳既在夢，二駒空所欲。大士捨寶陀，仙
> 人遺句曲。惟詩落人間，如傳置郵速。〔註50〕

元祐八年（1093）蘇軾出知定州，於家宅後院再得一黑底白紋之石，
白紋似水在石間奔流，石頭上水又像被凍住了，其奔流之勢猶如「雪
浪」般，蘇軾將之命為「雪浪石」，更將居室名曰「雪浪齋」，並作〈雪
浪石〉詩云：

> 太行西來萬馬屯，勢與岱岳爭雄尊。飛狐上黨天下脊，半
> 淹落日先黃昏。削成山東二百郡，氣壓代北三家村。千峰

〔註49〕〔宋〕蘇軾著；〔清〕馮應榴輯注：《蘇軾詩集合注》卷三十六，頁
　　　　1837～1838。

〔註50〕徐培均：《淮海集箋注》卷六，〈和子瞻雙石〉，頁226～227。

右卷蠱牙帳，崩崖鑿斷開土門。揭來城下作飛石，一礮驚
落天驕魂。承平百年烽燧冷，此物僵臥枯榆根。畫師爭摹
雪浪勢，天工不見雷斧痕。離堆四面繞江水，坐無蜀士誰
與論？老翁兒戲作飛雨，把酒坐看珠跳盆。此身自幻孰非
夢？故國山水聊心存。〔註51〕

前十句談雪浪石的來由，於太行山得之，先前又有作為戰器的非凡經
歷，但因「承平百年烽燧冷，此物僵臥枯榆根」，表面寫雪浪石已沉
寂良久，實也寄託了自己欲報效國家卻不得重用的感慨；這顆特殊奇
美的石頭，畫工刻畫不出它的「雷斧痕」，後來雪浪石成為人們把玩
的物品，詩人將它置入盆中欣賞，由「老翁兒戲作飛雨，把酒坐看珠
跳盆」的遊戲，感悟到「此身自幻孰非夢」，且不禁思念起「故國山
水」。玩賞一顆石頭，伴詩人度過閒暇時光，又自詩中表露個人情意，
許是感受到蘇軾的慨嘆，秦觀和作〈雪浪石〉云：

漢庭卿士如雲屯，結綏彈冠朝至尊。登高履危足在外，神
色不變惟伯昏。金華掉頭不肯住，乞身欲老江南村。天恩
許兼兩學士，將兵百萬守北門。居士彊名曰天吳，窮寐山
水勞心魂。高齋引泉注奇石，迅若飛浪來雲根。朔南修好
八十載，兵法雖妙何足論？夜闌番漢人馬靜，想見雄堞低
金盆。報罷五更人吏散，坐調一氣白元存。〔註52〕

全詩以正向、肯定的口吻回應蘇軾的憂思，前半段至「將兵百萬守北
門」，乃讚賞蘇軾文武兼備，面對朝政亂象選擇自請外放，免於紛爭，
朝廷任他為端明、翰林侍讀二學士，出知定州，後半段至末句，寫子
瞻對雪浪石的喜愛，既為其居室命為雪浪齋，又設計器具使「引泉注
奇石」〔註53〕，齋中一景秦觀形容為「迅若飛浪來雲根」，增添雪浪

〔註51〕〔宋〕蘇軾著；〔清〕馮應榴輯注：《蘇軾詩集合注》卷三十七，頁
　　　　1888～1890。
〔註52〕徐培均：《淮海集箋注‧後集》卷二，頁1394～1395。
〔註53〕蘇軾〈雪浪齋銘并引〉嘗云：「異哉駮石雪浪翻，石中乃有此理存。
　　　　玉井芙蓉丈八盆，伏流飛空漱其根。」可見他在庭中設計雪浪石盆
　　　　景的巧思。（〔宋〕蘇軾著：《蘇東坡全集》上冊卷八，頁551。）

石的傳奇色彩，最後四句又回到好友身上，凸顯蘇軾定靜、自適的一面。

　　品玩，是兩人交往的日常，詩中可以齊聲表達愛好，也可見個人巧思，如〈虛飄飄〉，蘇、秦、黃同題和作，對雪花有各自的形容，或對「揚州雙石」，蘇、秦二人亦有不同的表態，有時兩人會透過物品的和作來增強對方信心，如蘇軾〈和秦太虛梅花〉盛讚秦觀的才華，或如秦觀〈雪浪石〉不隨蘇軾原詩的悵然，反以正面的態度試圖讓蘇軾「轉念」。朋友之間共同欣賞某種花草或物品，表示同一份關注，也透過這份關注，拉近雙方的友誼。

三、諧趣之戲作

　　朋友間作詩相互調笑，有人以為「是戲人也，是玩人也，非示人以義之道也」〔註54〕，有人以為「夫君子之博取於人者，雖滑稽鄙俚，猶或不遺，而況於詩乎？」〔註55〕，個人認為朋友若能彼此調侃，他們應當是熟稔的，有一定的默契，得以了解對方的戲語。詩人會透過相互諧謔，以詼諧、幽默的方式看待窘境，如蘇軾和秦觀某次作詩笑鬧，可惜秦觀原詩散佚，僅就蘇軾〈次韻秦太虛見戲耳聾〉觀之：

　　　君不見詩人借車無可載，留得一錢何足賴。晚年更似杜陵翁，右臂雖存耳先聵。人將蟻動作牛鬥，我覺風雷真一噫。閬塵掃盡根性空，不須更枕清流派。大朴初散失渾沌，六鑿相攘更勝敗。眼花亂墜酒生風，口業不停詩有債。君知五蘊皆是賊，人生一病今先差。但恐此心終未了，不見不聞還是礙。今君疑我特佯聾，故作嘲詩窮嶮怪。須防額癢出三耳，莫放筆端風雨快。〔註56〕

〔註54〕〔唐〕張籍：《張司業集》卷八（臺北：臺灣商務，景印文淵閣《四庫全書》本，1985年），頁5。

〔註55〕〔宋〕歐陽脩著：《居士集》卷四十三，《歐陽脩全集》本，〈禮部唱和詩序〉，頁299。

〔註56〕〔宋〕蘇軾著；〔清〕馮應榴輯注：《蘇軾詩集合注》卷十八，頁919～920。

此詩作於神宗元豐二年（1079），朝廷重用王安石新法，蘇軾始終站在對立面，多次上書諫言，自然受到新黨排斥，蘇軾不敵朝政，自請外放，這時和秦觀同遊江南，在至交面前總會流露真情，偶有詼諧之語，詩人先訴說輾轉於州縣的身世，「君不見詩人借車無可載，留得一錢何足賴」，幽自己一默，本應「借車載家具」，但「家具少於車」〔註57〕僅剩幾毛錢能撐起顏面，或許年少，態度輕狂，詩中直言自己對政治的不滿，流言蜚語「人將蟻動作牛鬥，我覺風雷真一噫」，看淡讒言鬥語，接著運用《莊子》〈應帝王〉、〈外物〉典故，和佛家「五蘊」、「口業」的道理，說出「人生識字憂患始」，知識越多，煩惱越多，就算今日又瞎又聾，意念尚在，罣礙就難以消散。最後蘇軾戲弄秦觀，說他「須防額癢出三耳，莫放筆端風雨快」，用張君房〈脞說〉傳說要他作詩小心點，以防額頭長出第三隻耳朵，這樣雖然能聽得更清楚，但可不好看。

　　相互玩笑的詩，在兩人交往詩中是難得的點綴，最真實反映兩人友好的交情，推敲這樣的諧謔，是在兩人生活平穩，尚未背負過多罪名前出現，且當時兩人縱情山水之間，一面湖光佳景，少了份朝中的拘謹，而能自然嬉笑。再看蘇軾〈慶源宣義王丈以累舉得官為洪雅主簿雅州戶掾遇吏民如家人人安樂之既謝事居眉之青神瑞草橋放懷自得有書來求紅帶既以遺之且作詩為戲請黃魯直秦少游各為賦一首為老人光華〉云：

> 青衫半作霜葉枯，遇民如兒吏如奴。吏民莫作官長看，我
> 是識字耕田夫。妻啼兒號刺史怒，時有野人來挽鬚。拂衣
> 自注下下考，芋魁飯豆吾豈無。歸來瑞草橋邊路，獨遊還
> 佩平生壺。慈姥巖前自喚渡，青衣江畔人爭扶。今年蠶市
> 數州集，中有遺民懷袴襦。邑中之黔相指似，白鬚紅帶老

〔註57〕出自孟郊〈借車〉詩，原詩為：「借車載家具，家具少於車。借者莫彈指，貧窮何足嗟。百年徒役走，萬事盡隨花。」（〔唐〕孟郊撰；〔宋〕宋敏求編：《孟東野詩集》卷五（臺北：臺灣商務，景印文淵閣《四庫全書》本，1983年），頁11。）

> 不瘧。我欲西歸卜鄰舍，隔牆拊掌容歌呼。不學山王乘駟
> 馬，回頭空指黃公壚。〔註58〕

王慶源為蘇軾叔丈，他向蘇軾要紅絲帶，蘇軾「頗盡功勾當釘造」
用心準備，並邀請秦觀、黃庭堅共同作詩戲贈，蘇軾以幽默口吻對
比出慶源叔丈待民的溫婉與待官的嚴厲，若吏、民間有不平等的爭
端發生，慶源就會出來調解，往往聲援百姓這方，叔丈其實是名高
官，但詩中打趣稱他「識字耕田夫」、「野人」，更凸顯他親民的形象，
「青衣江畔人爭扶」、「隔牆拊掌容歌呼」可見他深受百姓擁戴。秦
觀隨後和作：

> 君不見相如容貌窮不枯，卓氏恥之分百奴。一朝奉指使筇
> 筰，駟馬赤車從萬夫。仲元君平更高妙，寄食耕卜霜眉鬚。
> 兩川人物古不乏，數子風流今可無？參軍少年飽經術，期
> 作侍中司御壺。若披青衫更矍鑠，上馬不用兒孫扶。一朝
> 忽解印綬去，恥將詩禮攘裙襦。懸知百年事已定，却笑列
> 仙形甚臞。東阡北陌西風入，瑞草橋邊人叫呼。想見紅圍
> 照白髮，頹然醉臥文君壚。〔註59〕

詩中以司馬相如、李仲元、嚴遵稱頌王慶源，說他是蜀人的驕傲，「若
披青衫更矍鑠，上馬不用兒孫扶」用詼諧筆法言其老當益壯、神采煥
發的模樣。此詩作於元祐三年（1088），王慶源的形象，在蘇軾及秦
觀筆下各有千秋，蘇軾詩中的王慶源是「遇民如兒吏如奴」、「吏民莫
作官長看」的親切長官，秦觀則是「恥將詩禮攘裙襦」、「頹然醉臥文
君壚」的瀟灑文人，但同樣地，兩人將原本嚴肅、正經的上位者形象，
轉以諧趣、戲鬧的筆法呈現，無論上位者或百姓同身為人，企圖使垂
直高度拉為水平，以平易近人的姿態，顯示詩中角色及作者的幽默風
趣。

　　蘇軾與秦觀私下的互動，無論是談論雙方的文學作品，或是生活

〔註58〕〔宋〕蘇軾著；〔清〕馮應榴輯注：《蘇軾詩集合注》卷三十，頁1492
　　　～1494。

〔註59〕徐培均：《淮海集箋注》卷五，〈和東坡紅鞓帶〉，頁176。

中的調侃笑罵，兩人都能以寬容諧趣的方式相處，比如蘇軾偶爾會提
點秦觀詞作的流俗，黃昇《花菴詞選》記有：

> 秦少游自會稽入京，見東坡。坡曰：「久別當作文甚勝，都
> 下盛唱公『山抹微雲』之詞。」秦遜謝。坡遽云：「不意別
> 後，公卻學柳七作詞。」秦答曰：「某雖無識，亦不至是。
> 先生之言，無乃過乎？」坡云：「『銷魂當此際』，非柳詞句
> 法乎？」秦慚服。然已流傳，不復可改矣。〔註60〕

在柳永之後，慢詞開始被大量創作，其詞多勾勒市井小民的甘苦生
活，並描繪藝妓娼女的苦楚情思，常在勾欄瓦舍傳唱，為迎合聽眾口
味，其用語流於淺俗，加上傳統民風，士人們對柳永「為舉子時，多
游狎邪，善為歌辭」〔註61〕的行為多不以為然，因此當蘇公得知秦觀
詞有近於柳永風格時感到有些疑慮，試圖導正他的創作手法。蘇軾一
方面擔心秦觀因模仿柳永而失去個體性，另方面或許也不願自己所欣
賞的學生走向豔情風格。這段對話中，可以看見師徒兩人有程度上的
親密與默契，不怕直言直語會破壞兩人友誼，蘇公絲毫不客氣地詢問
秦觀，秦觀初始不服，反問蘇公「無乃過乎？」蘇公後再舉出實例，
秦觀也就明白老師用意，接納老師的教誨。

　　師徒間的切磋不僅一例，黃昇《花菴詞選》又記有蘇門討論文學
作品的事蹟：

> 少游自會稽入京，見東坡。……（東坡）又問別作何詞，
> 秦舉「小樓連苑橫空，下窺繡轂雕鞍驟。」坡云：「十三箇
> 字，只說得一箇人騎馬樓前過。」秦問先生近著，坡云「亦
> 有一詞說樓上事。」乃舉「燕子樓空，佳人何在？空鎖樓
> 中燕。」晁无咎在座云：「三句說盡張建封燕子樓一段事，
> 奇哉！」〔註62〕

〔註60〕〔宋〕黃昇編：《花菴詞選》卷二（臺北：臺灣商務，景印文淵閣《四
　　　　庫全書》本，1984 年），頁 11。
〔註61〕〔宋〕葉夢得：《避暑錄話》卷下（臺北：臺灣商務，1966 年），頁
　　　　1。
〔註62〕〔宋〕黃昇編：《花菴詞選》卷二，頁 11。

蘇、秦兩人相見總喜愛討論雙方近日的創作，對話中既可讀出兩人作詞的境界與個人的性格，秦觀心思細膩婉約，善於刻劃微小細緻的景色或物品，被蘇軾調侃〈水龍吟〉用詞有些冗贅，意境顯得狹小，反過來蘇軾〈永遇樂〉則簡潔俐落，三句話便道盡張建封與其寵妓的愛情典故，不拖泥帶水，顯得疏朗。由上可知，兩人互動並非扭捏造作、道岸貌然，而是坦白真誠又無傷風雅的，如此親密、相互玩笑的談話，實拉近了兩人的距離，輕鬆自在、真情流露的相處氛圍，可能也就是兩人友誼得以綿延的因素。

秦觀在〈答傅彬老簡〉也評論蘇公與其父、弟之文才：

> 閣下又謂三蘇之中所願學者，登州為最優，於此尤非也。老蘇先生，僕不及識其人；今中書、補闕二公，則僕嘗身事之矣。中書之道如日月星辰，經緯天地，有生之類皆知仰其高明。補闕則不然，其道如元氣，行於混淪之中，萬物由之而不自知也。故中書嘗自謂「吾不及子由」，僕竊以為知言。〔註63〕

詩人認為蘇轍較蘇軾高明，乃因轍之道匿跡於萬物之中，而萬物從之，軾之道雖眾人仰之，卻形跡畢露，蘇軾〈書子由超然臺賦後〉言「子由之文，詞理精確有不及吾，而體氣高妙吾所不及。」指兄弟兩人為文各有所長，秦觀取其言而深究之，與蘇軾之言有所共鳴。然若就傳統輩分觀之，蘇軾無論如何皆屬秦觀前輩，秦觀跳脫世俗禮儀，而敢言軾不及轍，可見他與蘇軾的情感，已高於保守的對待，才能自由無拘的坦白，溫馨真情的互動，不但令學子有所發揮，亦足見長輩的寬大心量。

兩人真誠的互動，除表現於文學的切磋上，日常生活中，蘇軾也嘗開秦觀玩笑，《邵氏聞見後錄》載：「秦少游在東坡座中，或調其多髯者。少游曰：『君子多乎哉？』東坡笑曰：『小人樊須也。』」〔註64〕

〔註63〕徐培均：《淮海集箋注》卷二十七，頁981。

〔註64〕〔宋〕邵博撰；劉德權、李劍雄點校：《邵氏聞見後錄》卷三十（北京：中華書局，1997年），頁237。

一段簡單的對話，流露出來的是種歡愉、自在的氣氛；熟悉、親近的情感。蘇軾緊接秦觀語後，不僅以巧妙的對句形成一種樂趣，更在句中戲笑秦觀，如同親友般的互動，自然有股吸引力，增進兩人交往情誼的溫度。

第四節　慕道之情懷

　　蘇軾與秦觀既有讀書人的入世志向，也有對道士僧人的出世嚮往，除此之外，兩人身邊環繞了許多共同好友，透過群體互動，拉近彼此關係。兩人交往詩中，有一部分即是酬贈志同道合的友人，而這些友人身分恰巧多為僧道，僧道超然物外的生活精神令蘇軾、秦觀尤感敬佩，往往在詩中稱羨不已。

　　我們可以透過兩人寫給僧道的作品，看出兩人相同的感慨，類似的境遇裡懷有同樣一份情懷。雖難自宦海脫身，卻能有彼此珍惜的夥伴，格外令人欣慰，如兩人在神宗元豐二年（1079）同船南下，途中因遇大風寄宿鎮江金山寺，分別贈詩給廟裡的寶覺長老，蘇軾作〈余去金山五年而復至次舊詩贈寶覺長老〉云：

> 誰能斗酒博西涼，但愛齋廚法韰香。舊事真成一夢過，高談為洗五年忙。清風偶與山阿曲，明月聊隨屋角方。稽首願師憐久客，直將歸路指茫茫。〔註65〕

後秦觀作〈次韻子瞻贈金山寶覺大師〉云：

> 雲峯一變隔炎涼，猶喜重來飯積香。宿鳥水干迎曉鬧，亂帆天際受風忙。青鞋踏雨尋幽徑，朱火籠紗語上方。珍重故人敦妙契，自憐身世兩微茫。〔註66〕

兩人都先誇讚廟中氛圍脫俗且食材美味，蘇軾感慨時光荏苒，五年繁忙倏忽即逝，有幸來寺中夜宿，感受清風、明月，希望長老多多照顧，「歸路指茫茫」不知何時才能再有此機緣，與長老、少游共享金山夜

〔註65〕〔宋〕蘇軾著；〔清〕馮應榴輯注：《蘇軾詩集合注》卷十八，頁911。
〔註66〕徐培均：《淮海集箋注》卷八，頁336。

晚，秦觀次作則道出何以寄宿的原因，「珍重故人敦妙契」點出他格外珍惜大師與東坡深厚的情誼。

　　詩人與僧人互動往往是雙向的，有時一方需要幫助，另一方慷慨以待；有時一方即將遠行，另一方殷勤相送，元豐七年（1084）八、九月之際，秦觀與蘇軾會於金山，兩人共同送別遂寧山僧圓寶，秦觀作〈送僧歸遂州〉云：

> 寶師本巴蜀，浪迹遊淮海。定水湛虛明，戒珠炯圓彩。飄零鄉縣異，晼晚星霜改。明發又西征，孤帆破烟靄。〔註67〕

蘇軾作〈送金山鄉僧歸蜀開堂〉云：

> 撞鐘浮玉山，迎我三千指。衆中聞譽欬，未語知鄉里。我非箇中人，何以默識子。振衣忽歸去，隻影千山裏。涪江與中泠，共此一味水。冰盤薦琥珀，何似糖霜美。〔註68〕

「寶師本巴蜀」、「涪江與中泠」皆點出圓寶僧的居住地，蘇軾更以遂寧所產糖霜來稱揚僧人家鄉，藉以拉近距離。身處小人環伺的朝廷，蘇、秦兩人常遭莫名的攻擊，令蘇軾備感束縛，秦觀也因為與蘇軾的好交情，常隨蘇軾職位的升降而起落不定，道僧們少了與兩人直接的利害關係，在複雜的人際網絡中得以單純互動，元祐三年（1088）蘇軾及秦觀在送別葆光法師時，蘇軾作〈送蹇道士歸廬山〉云：

> 物之有知蓋恬息，孰居無事使出入？心無天游室不空，六鑿相攘婦爭席。法師逃人入廬山，山中無人自往還。往者一空還者失，此身正在無還間。綿綿不絕微風裏，內外丹成一彈指。人間俛仰三千秋，騎鶴歸來與子游。〔註69〕

蘇轍《龍川略志》云：「成都道士蹇拱辰，善持戒，行天心正法，符水多驗，居京城為人治病，所獲不貲。」〔註70〕蘇軾先引用《莊子‧

〔註67〕徐培均：《淮海集箋注》卷二，頁46～47。
〔註68〕〔宋〕蘇軾著；〔清〕馮應榴輯注：《蘇軾詩集合注》卷二十四，頁1208～1209。
〔註69〕〔宋〕蘇軾著；〔清〕馮應榴輯注：《蘇軾詩集合注》卷三十，頁1510～1511。
〔註70〕〔宋〕蘇轍：《龍川略志》卷十，收於《唐宋史料筆記叢刊》（北京：中華，1982年），頁64。

外物》「物之有知者恃息」、「室無空虛,則婦姑勃谿;心無天遊,則六鑿相攘」〔註71〕,及《莊子·天運》「天其運乎?地其處乎?……孰居無事推而行是」開場〔註72〕,說明有知覺的萬物都依賴著氣息,誰會無所事事地來推動這些?七情六慾將使人心煩意亂,爭鬥不休,智慧的法師乃逃往山中靜心、修行,也一面煉丹救濟世人,整首詩法師的形象玄妙、空靈,末兩句「人間俛仰三千秋,騎鶴歸來與子游」,更有傳奇色彩,也凸顯出蘇軾對法師的敬仰與神往,生命旅程結束後,詩人想與法師共遊仙境,體悟「空」的法界。秦觀〈贈蹇法師翊之〉云:

> 天都九經緯,人物如紡績。豈無仙聖遊?但未見衰識。蹇師蜀方士,鬼物充服役。朅來長安城,摩挲金銅狄。大蛇死已論,葛陂因且釋。是事何足云,聊爾恫艱厄。方從馬明生,西去鍊金液。丹成得度世,造化為莫逆。予亦江海人,名宦偶牽迫。投劾去未能,見師三歎息。〔註73〕

和蘇軾一樣,秦觀也先讚譽法師的身分,最後「予亦江海人,名宦偶牽迫。投劾去未能,見師三歎息」,才道出己意,說自己浮沉於名宦間,曾遞上引罪自責的辭呈企圖離去,卻未獲成功,見到法師不禁嘆聲連連。秦觀的嘆息,大概有彼此都在漂泊,蘇子和少游卻無法像法師般自由,不禁稱羨法師的超脫,也憐惜蘇軾和自身的遭遇。

　　道士的身分本就充滿傳奇,每位成為道士的人們,並非都具有良好形象,有些是叛逆且大言不慚的,如蘇軾透過王定國認識的姚丹元〔註74〕,姚丹元總是更改姓名,又因其形象不肖,蘇軾起初對他並不了解,葉夢得《避暑錄話》記有:

〔註71〕〔清〕郭慶藩:《莊子集釋》雜篇,頁396。
〔註72〕〔清〕郭慶藩:《莊子集釋》外篇,頁218。
〔註73〕徐培均:《淮海集箋注》卷五,頁150。
〔註74〕〔明〕王鏊撰:《姑蘇志》卷三一云:「姚安世,所居安世,能詩文,亦辯博,自號丹元子。元祐末往來京師,與王定國游,自言目接上清諸仙。蘇子瞻一見奇之,以為異人,又稱其詩有謫仙風采。」(臺北:臺灣商務,景印文淵閣《四庫全書》本,1984年),頁9。

姚本京師富人王氏子，不肖，為父所逐，事建隆觀一道士。
天資慧，因取《道藏》遍讀，或能成誦。又多得其方術丹
藥，大抵好大言，作詩詞有放蕩奇譎語，故能成其說。浮
沉淮南，屢易姓名，子瞻初不能辨也。〔註75〕

對於作風放蕩的道士，蘇軾不以為意，反而對姚丹元不畏世俗眼光的
個人特質尤為傾慕，蘇軾寫給姚丹元的詩作一概是肯定及讚賞，見其
〈次秦少游韻贈姚安世〉曰：

帝城如海欲尋難，肯捨漁舟到杏壇。剝啄扣君容膝戶，巍
峨笑我切雲冠。問羊獨怪初平在，牧豕應同德曜看。肯把
參同較同異，小窗相對為研丹。〔註76〕

詩中前兩句取《莊子·漁父》典故〔註77〕，蘇軾自比為孔子，漁父為
姚安世，漁父稱孔子「苦心勞形以危其真」，心力交瘁而無法觸及宇
宙真義，以此對話表現出姚安世為得道者，蘇軾為學道者的形象。之
後四句寫兩人的往來與談仙論道的活動，末兩句則記他們共同比較
《參同契》的異同和研究煉丹的情形，姚丹元雖大言其詞，卻有真本
事，既遍讀《道藏》又精熟道術，蘇軾對他頗為敬重。在〈丹元子示
詩飄飄然有謫仙風氣吳傳正繼作復次其韻〉中再云：

飛仙亦偶然，脫命瞬息中。惟詩不可擬，如寫天日容。夢
中哦七言，玉丹已入懷。一語遭綽虐，失身墜蓬萊。蓬萊

〔註75〕〔宋〕葉夢得：《避暑錄話》卷上，頁13。
〔註76〕〔宋〕蘇軾著；〔清〕馮應榴輯注：《蘇軾詩集合注》卷三十六，頁
1849。
〔註77〕《莊子·漁父》云：「孔子遊乎緇帷之林，休坐乎杏壇之上。弟子讀
書，孔子絃歌，鼓琴奏曲，未半。有漁父者，下船而來，須眉交白，
被髮揄袂，行原以上，距陸而止，左手據膝，右手持頤以聽。曲終，
而招子貢、子路，二人俱對。客指孔子曰：『彼何為者也？』子路對
曰：『魯之君子也。』客問其族，子路對曰：『族孔氏。』客曰：『孔
氏者何治也？』子路未應。子貢對曰：『孔氏者，性服忠信，身行仁
義，飾禮樂，選人倫，上以忠於世主，下以化於齊民，將以利天下。
此孔氏之所治也。』又問曰：『有土之君與？』子貢曰：『非也。』『侯
王之佐與？』子貢曰：『非也。』客乃笑而還行，言曰：『仁則仁矣，
恐不免其身，苦心勞形，以危其真。嗚乎遠哉！其分於道也。』」〔清〕
郭慶藩：《莊子集釋》雜篇，頁219～220。

至今空，護短不養才。上界足官府，謫仙應退休。可憐吳
與蘇，骯臟雪滿頭。雪滿頭，終當卻與丹元子，笑指東海
乘桴浮。〔註78〕

自己與吳傳正因道行不夠高深，因而墜入人間，弄得「骯髒雪滿頭」，
幸而識得姚丹元，人生旅程結束後，得以同道士「笑指東海乘桴浮」，
曲言自己不如丹元先生，十分崇仰道士的方術，還指望丹元先生賜教
與提攜。秦觀透過蘇軾的介紹也結識了丹元先生，曾作〈次韻奉酬丹
元先生〉，同樣表現對道士的仰慕：

金華紫煙客，來作牧羊兒。至言初無文，尋繹自成詩。二
景入妙解，元氣含煙詞。憐我鬢蒼浪，黃埃眩蟲絲。勸解
冠上纓，一濯含風漪。攝身列缺外，倒驪蜿蜒鬐。維斗錯
明珠，望舒耿修眉。真遊無疆界，浩蕩天風吹。〔註79〕

詩中「至言初無文，尋繹自成詩。二景入妙解，元氣含煙詞」，稱賞
他的詩作精妙且意境闊大，後來提到丹元先生可憐秦觀鬢髮斑白，為
塵世奔波繁忙。「攝身列缺外」至「浩蕩天風吹」描摹了姚丹元高深
的法術、精神抖擻、目光如有神和無事一身輕的超然形象。

綜上所述，蘇軾和秦觀的交往面向多元，除工作的交流，生活的
遊玩，還有對道教思想與人物的敬仰、傾慕，蘇、秦能與彼此的好友
往來，也能間接得知兩人的特質，某方面是吻合且有默契的。

小結

本章分析兩人交往詩的內容，分為亦師亦友的鼓勵、仰慕僧道的
情懷、久別深切的思念、生活遊玩的樂趣。

蘇軾較秦觀年長，他們交往以來，蘇軾對秦觀的照顧一直是比較
多的，他先於秦觀登科進士。元豐元年（1078）秦觀終於和久仰大名
的蘇軾見面了，兩人相談甚歡，秦觀臨行前贈〈別子瞻學士〉，蘇軾

〔註78〕〔宋〕蘇軾著；〔清〕馮應榴輯注：《蘇軾詩集合注》三十六，頁
1869。
〔註79〕徐培均：《淮海集箋注》卷五，頁160。

得知秦觀將赴京應試，也特別作詩鼓勵他順利摘取功名，然秦觀首次應試不利，他加緊振作，於元豐五年（1082）再赴考場，而這年蘇軾因烏臺詩案被貶黃州，深居簡出，來往的多是道士、僧人，秦觀上考場前不忘作〈與蘇公先生簡・其四〉，一方面告知老師，也為老師打氣；一方面提振自己士氣，告訴自己不要再讓老師失望。蘇軾平日常提拔秦觀，如蘇軾任徐州知州時，突遇連夜大雨成災，東坡為防水患再犯，命人築高堤，並請秦觀作賦。此舉顯露蘇軾對秦觀的賞識及肯定，才願將個人政績的一部分，委託他人之筆，而此人必是蘇軾得以信任、囑託之人。秦觀在〈黃樓賦并引〉記載了作賦始末，並寄〈與蘇公先生簡・其二〉。蘇軾收到秦觀〈黃樓賦〉後，旋即回書〈太虛以黃樓賦見寄作詩為謝〉。

　　蘇軾和秦觀較長時日的離別，共可分兩類，一類是遭貶，迫使與朋友分離；一類是生死永別，不復相見。元豐二年（1079）兩人和幾位好友共同乘船南下，一路覽訪多處，是年五月離去時秦觀作〈德清道中還寄子瞻〉，沒想到時隔兩個月，蘇軾就因「烏臺詩案」被拘捕入獄，噩耗傳來，秦觀半信半疑，得知此事為真後，立即作了〈雪上感懷〉思念蘇軾。蘇軾因烏臺詩案，心有餘悸而不敢多言，直到哲宗元祐年間，太后親政，重用舊黨朝臣，兩人才又重返朝廷，但好景不長，七年後哲宗親政，哲宗對元祐黨人深惡厭極，紹聖、元符年間，蘇門持續遭貶，甚至遠貶到嶺南。元符三年（1100）六月蘇軾與秦觀因朝廷大赦，途中終又在海康會面，秦觀與蘇軾多年不見，僅以作〈贈蘇子瞻〉簡單表達慰問，後又寄〈自作挽詞〉給蘇軾，全詩瀰漫死亡氣氛，後來一語成讖，是年八月秦觀就卒於藤州的光華亭。秦觀死後，蘇軾仍非常思念他，常在書信中論少游，一面讚許他是不可多得的賢才，一面哀慟他的逝世，表達無盡思念。

　　兩人對僧人、道士都懷有仰慕之情，也都共同擁有僧、道之友。如元豐二年（1079）兩人在旅途中寄宿金山寺，分別贈詩給廟裡的寶覺長老，蘇軾作〈余去金山五年而復至次舊詩贈寶覺長老〉，秦觀作

〈次韻子瞻贈金山寶覺大師〉；元豐七年（1084）八、九月之際，秦觀與蘇軾會於金山，兩人共同送別遂寧山僧圓寶，秦觀作〈送僧歸遂州〉，蘇軾作〈送金山鄉僧歸蜀開堂〉；元祐三年（1088）蘇軾及秦觀在送別葆光法師時，蘇軾作〈送葈道士歸廬山〉，秦觀〈贈葈法師翊之〉。另外，對於作風放蕩的道士，蘇軾不以為意，反而對他們不畏世俗眼光的個人特質尤為傾羨，就像蘇軾寫給姚丹元的〈次秦少游韻贈姚安世〉多是肯定及讚賞，秦觀透過蘇軾的介紹也結識了丹元先生，曾作〈次韻奉酬丹元先生〉，同樣表現對道士的仰慕。蘇軾和秦觀的交往面向多元，除工作的交流，生活的遊玩，還有對道教思想與人物的敬仰、傾慕，蘇、秦能與彼此的好友往來，也能間接得知兩人的特質，某方面是吻合且有默契的。

好友之間，免不了同覽名勝與共度節慶。如元豐二年（1079）他們來到吳興惠山，蘇軾作〈遊惠山并敘〉其一，秦觀〈同子瞻參寥游惠山三首〉和作，至松江蘇軾作〈與秦太虛參寥會於松江而關彥長徐安中適至分韻得風字二首〉，秦觀作〈與子瞻參寥會松江得浪字〉，五月過觀音院、玄妙觀、飛英寺後，恰逢端午節，蘇軾與秦觀分韻作詩，著力描寫古寺風光及參拜過程，如蘇軾作〈端午遍遊諸寺得禪字〉，秦觀作〈同子瞻端午日遊諸寺分韻賦得深字〉。除了這次的出遊，在元祐三年（1088）蘇軾為幫叔丈王慶源慶生，作〈慶源宣義王丈以累舉得官為洪雅主簿雅洲戶掾遇吏民如家人人安樂之既謝事居眉之青神瑞草橋放懷自得有書來求紅帶既以遺之且作詩為戲請黃魯直秦少游各為賦一首為老人光華〉，秦觀和作〈和東坡紅鞓帶〉；元祐七年（1092）蘇軾在揚州得到兩顆石頭，作〈僕所藏仇池石希代之寶也王晉卿以小詩借觀意在於奪僕不敢不借然以此詩先之〉，秦觀作〈和子瞻雙石〉；元祐八年（1093），蘇軾與秦觀共事朝廷，元旦立春少游作〈元日立春三絕〉，東坡作〈次韻秦少游王仲至元日立春三首〉……等，這些生活點滴，構築兩人的交往詩，其中有令人動容的感傷，也有使人發笑的風趣。

第五章　蘇軾、秦觀交往詩的寫作風格

　　詩作風格的呈現，與詩人才氣息息相關，曹丕《典論·論文》云：「文以氣為主，氣之清濁有體，不可力強而致。」〔註1〕風格又有諸多樣貌，劉勰《文心雕龍·體性》將文學風格分為「典雅、遠奧、精約、顯附、繁縟、壯麗、新奇、輕靡」八類，認為「總其歸塗，則數窮八體」〔註2〕，讀者能藉由詩作風格來進一步了解詩人的心理狀態。古添洪《記號詩學》云：

　　　　我們閱讀一個「書篇」時，在某一個意義上，是一個時間的經驗，一個字接著一個字讀下去。但我們同時也知道，當我們去了解或經驗這「書篇」的記號世界時，就不再是那麼的一個時間經驗，而往往是一個重新的組合，一個近乎網狀的組合，裡面有著許多交接，許多平行與對照。同樣，當我們「閱讀」一幅畫時，在某一個意義裡，是一個空間的經驗，圖中各種東西的左右前後關係。〔註3〕

詩作中的「記號」指用字、色彩、聲韻、故實等細緻的媒介，「記號」

〔註1〕〔南朝梁〕蕭統編；〔唐〕李善注：《文選》卷五二（上海：上海古籍，1986年），頁2271。
〔註2〕〔南朝梁〕劉勰著；詹鍈義證：《文心雕龍義證》卷六，頁1014。
〔註3〕古添洪：《記號詩學》（臺北：東大，1991年4月），頁37。

給予許多足以洞悉詩人的線索，了解詩作背後指涉的意義或性格差異、交往關係……。本章比較蘇、秦交往詩用字的「顏色配置」、「韻情表達」和「典故應用」，藉此探討兩人交往詩藝術風格的異同。

第一節　顏色之配置

　　字詞顏色的取用與經營，帶給詩作不同的美感，詩人常透過顏色讓讀者有多樣的視覺氛圍。濃淡的呈現就像蘇軾所說「欲把西湖比西子，淡妝濃抹總相宜」〔註4〕，各有千秋，由詩人依據個人喜惡、才氣配置詩中圖像。詩的色彩學，就是力求以語言的描摹在人們的想像中構成視覺現象，就是以色彩抒寫作者的審美情感〔註5〕，詩與畫相輔相成，詩人以文字構築圖像，畫家用圖像描繪文字。蘇軾與秦觀的交往詩中利用顏色的配置，讓詩作有了不同的風景和心情，我們得以透過兩人用字顏色的差異，望見一幅幅景象，及窺探兩人的心境，傅抱石《中國的人物畫與山水畫》說過：

> 文藝作品是人們思想意識的反映。自然界中的一切形象與色彩，是沒有思想的，例如一棵樹或一朵花，本身沒有思想性，但畫畫的人是有思想性的，因此，無思想的對象經過畫家的眼和腦，也自然有了思想性了。〔註6〕

詩家也是如此，自然界的萬物本來就在，不因作者好惡而改變模樣，作者書寫的和讀者覽觀的都是其「思想」的反映，如蘇軾〈端午遍遊諸寺得禪字〉談「盆山不見日，草木自蒼然」、秦觀〈德清道中還寄子瞻〉說「水荇重深翠，烟山疊亂青」，讓同樣是青綠色的景象有了

〔註4〕〔宋〕蘇軾著：《蘇東坡全集》上冊卷四，〈飲湖上初晴後雨二首〉其二，頁79。

〔註5〕李元洛《歌鼓湘靈：楚詩詞藝術欣賞》引用《色彩論》的作者、美國的魯道夫・阿恩海姆所說：「嚴格地說，所有的視覺現象都是由色彩和明度造成的。規定形狀的界限來自眼睛對屬於不同的明度和顏色的面積進行區分的能力。」（臺北：東大，1990年），頁390。

〔註6〕傅抱石：《中國的人物畫與山水畫》（臺北：華正，1985年10月），頁3。

不同的情貌。

王國維《人間詞話》云：

> 詩人對自然人生，須入乎其內，又須出乎其外。入乎其內，
> 故能寫之。出乎其外，故能觀之。入乎其內，故有生氣。
> 出乎其外，故有高致。美成能入而不出。〔註7〕

詩人心思若過於細膩，所寫之詩便易瑣碎，然可見其觀察至微；情感
過於執著，所寫之詩便難有廣闊宏大之感，卻可見其深情。詩人當須
中立地遊走於萬事萬物，對宇宙人生「出入自如」。主張意義治療的
弗蘭克指出：

> 人是「有限」的，因此他的自由也受到限制。但是人並非
> 具有脫離情境的自由，而是面對各種情境時，他有採取立
> 場的自由。〔註8〕

詩人怎麼看待挫折、困境，往往可從詩作覓得跡象。本節擬就兩人交
往詩的用字顏色，探究色彩之於詩的涵義，並試著觀察兩人性格間的
差異。

一、青綠色系

　　藉由古書的記載可知青色、綠色，二者之間既相互關聯，亦有些
許的差異，如《荀子‧勸學》云：「青，取之於藍而青於藍。」〔註9〕
《說文解字》云：「藍，染青草也。」〔註10〕又云：「綠，帛青黃色也。」
段注：「綠色青黃也。」〔註11〕青色與藍色相近，青色染料自藍色提
煉而來，又青過於藍，王關仕《儀禮服飾考辨》云：「青由藍草所提
取，則其色深於藍」；綠色則為青色與黃色的混合，因此古代著綠色

〔註7〕王國維著；滕咸惠校注：《人間詞話新注》（臺北：里仁，1997年），
　　　　頁118。

〔註8〕弗蘭克著；趙可式、沈錦惠合譯：《活出意義來》（臺北：光啟，2012
　　　　年八版），頁155。

〔註9〕〔清〕王先謙撰；沈嘯寰、王星賢點校：《荀子集解》卷一，頁1。

〔註10〕〔漢〕許慎撰；〔清〕段玉裁注：《說文解字注》第一篇下，頁25。

〔註11〕〔漢〕許慎撰；〔清〕段玉裁注：《說文解字注》第十三篇上，頁649。

官服者，通常不是高官大位〔註12〕。張永言〈上古漢語的五色之名〉也說：「青，一般指藍綠，深青即為藍，淺青即為綠。」〔註13〕大抵而言，現代色彩原理，將青色和藍色視為相近的類似色，而綠色為混合色。根據色彩心理學，青綠色帶給人的感覺，有下列幾種說法：

> 林文昌《色彩計劃》：「色彩的興奮或沈靜之感，一般是與其色相有直接的關係。以十二色相而言，……青色則是最為沈靜的色。」〔註14〕

> 李槙泰《色彩辭典》：「青色系叫作寒色，青色恰如發散精力的補充，作為休養靜止之色，……（即）哲學的、宗教的色，其表徵……永久不死。」〔註15〕

> 賴瓊琦《設計的色彩心理》：「綠色是生長、安全的顏色。……黃砂無限的沙漠，綠洲便是生命的代名詞。嫩綠是新生的萌芽，展現無限生機。」〔註16〕

人們對於顏色的感覺各有所異，顏色在詩中的表現也因「詩境」而不同，兩人交往詩使用青綠色系的詩句，呈現了長青、堅毅、孤寂、閑適、清幽、虛幻、清介等多元的意象。

（一）堅毅

蘇軾和秦觀以青綠色表達「堅毅」意象、心理的詩句有：

> 珠樹三株詎可攀，玉海千尋真莫測。（秦觀〈別子瞻學士〉）

> 芝蘭不獨庭中秀，松柏仍當雪後青。（秦觀〈別子瞻學士〉）

〔註12〕《漢書・東方朔傳》曰：「董君綠幘傅韝，隨主前，伏殿下。」師古注曰：「綠幘，賤人之服也。」（〔漢〕班固撰：《漢書》卷六十五，頁 2855～2856）；《舊唐書・輿服志》云：「上元元年八月又制：『一品以下帶手巾、算袋，……六品服深綠，七品服淺綠。』」（〔後晉〕劉昫：《舊唐書》卷四十五（北京：中華，1975 年），頁 1952～1953。）

〔註13〕可參閱張永言：〈上古漢語的五色之名〉，《語文學論集》（北京：語文，1992 年），頁 100～135。

〔註14〕林文昌：《色彩計劃》（臺北：藝術，1911 年），頁 75。

〔註15〕李槙泰：《色彩辭典》（瀋陽：遼寧美術，1989 年），頁 262。

〔註16〕賴瓊琦：《設計的色彩心理》（臺北：視傳文化，1998 年），頁 178。

三株樹相傳為古代稀有的珍木，典出《山海經・海外南經》：「三株樹在厭火北，生赤水上。其為樹如柏，葉皆為珠。」〔註17〕後人常以此珍貴的形象盛譽有才學的人，秦觀用此讚美蘇洵、蘇軾、蘇轍父子。又《南史・衡陽元王道度傳》提到：「身處朱門，而情遊江海，形入紫闥，而意在青雲。」〔註18〕《論語・子罕》曾云：「歲寒，然後知松柏之後凋也。」〔註19〕無論是三株樹或松柏，都是青綠色，往往給人堅毅、長青之感，秦觀在與蘇軾告別時即以「珠樹三株詎可攀」、「松柏仍當雪後青」稱讚東坡。

（二）孤寂

蘇軾和秦觀以青綠色表達「孤寂」意象、心理的詩句有：

故人已去君未到，空吟河畔草青青。（蘇軾〈次韻秦觀秀才……將入京應舉〉）

離離雲抹山，宵宵天粘浪。（秦觀〈與子瞻參寥會松江得浪字〉）

水荇重深翠，烟山疊亂青。（秦觀〈德清道中還寄子瞻〉）

林書堯《色彩認識論》言及青色系心理特性有「沉重」、「悲觀」、「孤僻」、「憂鬱」等〔註20〕，古人曾以「青」暗寓一人的落寞、形影相弔的孤寂，如韋應物〈寺居獨夜寄崔主簿〉云：「坐使青燈曉，還傷夏衣薄」〔註21〕，陸游〈雨夜〉云：「幽人聽盡芭蕉雨，獨與青燈話此心」〔註22〕。同樣地，蘇軾在路過維揚時，就對秦觀作品留下深刻印

〔註17〕〔東晉〕郭璞注：《山海經》卷六（清康熙時期《項氏群玉書堂》本），〈海外南經〉，頁2。

〔註18〕〔唐〕李延壽撰：《南史》卷四十一（北京：中華，1975年），〈衡陽元王道度〉，頁1038。

〔註19〕〔清〕劉寶楠撰；高流水點校：《論語正義》卷十，頁357。

〔註20〕詳參林書堯：《色彩認識論》（臺北：三民，1991年再版），頁165～166。

〔註21〕中華書局編輯部點校：《全唐詩：增訂本》卷一八六，冊三，頁1917。

〔註22〕北京大學古文獻研究所編：《全宋詩》卷二二二〇，冊三十九，頁25456。

象，「故人已去君未到」講的是秦觀已先過維揚，而蘇軾才到，感嘆
兩人未能相遇，蘇軾只好自吟古詩，不僅吐露希望和秦觀相識的心
情，也懷有錯失賢能的孤寂。秦觀則接連以青綠色寫景，不論是愉快
出遊時，與友人分韻的「離離雲抹山，窅窅天粘浪」，或是蘇軾突遇
烏台詩案，秦觀思念他而寫的「水荇重深翠，烟山疊亂青」，詩人都
將景色偏向負面的情緒發展，黃永武《詩與美》曰：

> 溫雅的心情容易為優美的色調所吸引，憂鬱的情緒自願為暗
> 淡的色調所包圍，一切都是根據心理的活動來決定。〔註23〕

少游心思細膩、敏感，遇到挫折總是沮喪，描寫的景色層疊紛雜，凌
亂無序，以青綠色呈現他孤寂、不知所措的感觸。

（三）清介

蘇軾和秦觀以青綠色表達「清介」意象、心理的詩句有：

> 青衫半作霜葉枯，遇民如兒吏如奴。（蘇軾〈慶源宣義王
> 丈……為老人光華〉）

> 慈姥巖前自喚渡，青衣江畔人爭扶。（蘇軾〈慶源宣義王
> 丈……為老人光華〉）

> 若披青衫更矍鑠，上馬不用兒孫扶。（秦觀〈和東坡紅鞓帶〉）

古代以「顏色」象徵著此人的地位高低，有明確的差別，從官服顏色
也可判別職位卑賤，到了唐代貞觀年間，青色為八、九品的低階官服
〔註24〕，白居易〈琵琶行〉一句「江州司馬青衫濕」，既說明官位的
低下，也道出被貶的心情。「青」字表現的抽象概念如「雨過天青」
不單指青色天空，也蘊含「清」之意，如韓愈〈達崔羣書〉：「青天白
日，奴隸亦知其清明。」〔註25〕蘇、秦為王慶源祝壽，皆以「青衫」
或「青衣」稱之，兩人將王慶源的形象描寫為「遇民如兒吏如奴」、「青

〔註23〕黃永武：《詩與美》（臺北：洪範，1985 年），〈詩的色彩設計〉，頁
59。

〔註24〕詳參〔後晉〕劉昫：《舊唐書》卷四十五，〈輿服志〉，頁 1929～1960。

〔註25〕〔唐〕韓愈；馬其昶校注：《韓昌黎文集校注》卷三（上海：上海古
籍，1986 年），頁 188。

衣江畔人爭扶」、「上馬不用兒孫扶」，此時青衣雖是小官，但人民擁戴王君的狀況，早已超出實際官職賦予他的責任，百姓認為他親民，一聽到他任官便扶老攜幼迎接他，王君也沒讓百姓失望，總與人民為伍，為人民發聲，由此凸顯王君不慕榮利而樂善好施的「清介」形象。

（四）閑適

蘇軾和秦觀以青綠色表達「閑適」意象、心理的詩句有：

> 青鞋踏雨尋幽徑，朱火籠紗語上方。（秦觀〈次韻子瞻贈金山寶覺大師〉）

> 輟棹縱幽討，籃輿入青蒼。（秦觀〈同子瞻參寥游惠山三首〉）

> 層巒淡如洗，傑閣森欲翔。（秦觀〈同子瞻參寥游惠山三首〉）

> 林芳含雨滋，岫日隔林光。（秦觀〈同子瞻參寥游惠山三首〉）

> 上干青礉礉，下屬白磷磷。（秦觀〈同子瞻參寥游惠山三首〉）

> 微雨止還作，小窗幽更妍。盆山不見日，草木自蒼然。（蘇軾〈端午遍遊諸寺得禪字〉）

自然界的植物以青綠色為多，走進自然能讓人暫時迴避紛擾的塵世，感受寧靜與清幽。蘇軾的「盆山不見日，草木自蒼然」，寫出山林中一片綠意盎然，儘管日光隱匿，草木猶自蓬勃，綿綿細雨中，窗外的山景帶來清幽、閑適之感。秦觀詩中的愜意與閑適，多半與蘇軾有關，和友人同遊，染其愉悅的氛圍，相較於其他詩，觀察同樣細緻，但顏色明亮許多，形象也趨向輕快、正面，如高閣不是要垮了而是「森欲翔」、層巒不是深重陰晦而是「淡如洗」，盆山儘管不見天日，草木卻依然蒼翠……等。

（五）虛幻

蘇軾和秦觀以青綠色表達「虛幻」意象、心理的詩句有：

> 塵漬雨桐葉，霜飛風柳條。（蘇軾〈虛飄飄〉）

> 勢緩霜垂霙，聲乾葉下條。（秦觀〈和虛飄飄〉）

《山海經·大荒西經》：「西有王母之山、壑山、海山。有沃之國，沃

民是處。沃之野，鳳鳥之卵是食，甘露是飲。凡其所欲，其味盡存。爰有甘華、甘柤、白柳、視肉、三騅、璇瑰、瑤碧、白木、琅玕、白丹、青丹，多銀鐵。鸞鳥自歌，鳳鳥自舞，爰有百獸，相群是處，是謂沃之野。有三青鳥，赤首黑目，一名曰大鵹，一名少鵹，一名曰青鳥。」〔註26〕青鳥原為西王母之使者，後人沿用，青鳥成了信使，或虛幻、遙不可及的象徵，太白〈鳳凰曲〉便頻頻以青鳥傳信為隱喻：「青鸞不獨去，更有攜手人。」〔註27〕青鳥又被稱作「青鸞」、「青鶴」，晉代王嘉《拾遺記》：「有浮筠之簳，葉青莖紫，子大如珠，有青鸞集其上。」〔註28〕王嘉《拾遺記》中「葉青莖紫」指植物葉屬青色；青鸞之「青」可能指羽毛的顏色外，個人或以為該「青」色已從具體的顏色，變成抽象之形容，見李商隱〈無題〉：「蓬山此去無多路，青鳥殷勤為探看。」王嘉《拾遺記》云：「幽州之墟，羽山之北，有善鳴之禽，……名曰青鶴，其聲似鐘聲笙竽也。」〔註29〕蘇軾、秦觀描摹雪花，雪落在「柳條」、「葉下」，白銀世界裡間雜著青綠的植被，雪飛、雪降，讓詩境多了份虛幻、浪漫的想像。

二、紅色系

紅色是個極為醒目的顏色，生活中當我們需要警告、標註、批改、引人注意時總會選擇紅色，如老師批改考卷、學生標記重點、交通標誌「紅燈」停下等，李銘龍說：「由於紅色容易產生刺激使情緒昇高，所以具有強烈的動勢，象徵的意象也是和積極、有力、向上、具爆發力等意義有關。」〔註30〕又中華文化認為紅色是具有喜氣、象徵著祝福的符號，舉凡過節貼的春聯、紅包、新婚的裝扮，人們都喜歡以紅

〔註26〕〔東晉〕郭璞注：《山海經》卷十六，〈大荒西經〉，頁1～2。
〔註27〕中華書局編輯部點校：《全唐詩：增訂本》卷一六五，冊三，頁1712。
〔註28〕〔東晉〕王嘉：《拾遺記》卷十（臺北：藝文印書館，《百部叢書集成》本），頁2～3。
〔註29〕〔東晉〕王嘉：《拾遺記》卷一，頁8～9。
〔註30〕李銘龍：《應用色彩學》（臺北：藝風堂，1994年），頁18。

色表現興奮、溫暖、富貴、吉利的，賴瓊琦直說：「在我們的文化裡，紅色是吉利、喜慶的象徵，也常被當做是美的代名詞。」〔註31〕

在傳統經典中談的紅色，多有光明、炎熱、真誠、磊落、勇敢的情感，《尚書・康誥》云：「若保赤子，惟民其康乂。」〔註32〕又《荀子・王制》：「功名之所就，存亡安危之所墮，必將於愉殷赤心之所。」王先謙《荀子集解》說：「赤心者，本心不雜貳。」〔註33〕根據色彩心理學，紅色帶給人的感覺，尚有下列幾種說法：

林書堯《色彩認識論》：「（赤色系有）健康、圓滿、快樂、甜蜜的（心理特性）。」〔註34〕

賴瓊琦《設計的色彩心理》：「紅色歷來有豪華寵顯的意思，……從前，有官爵或豪富的門戶，才能使用紅色的的門，稱為朱戶。後漢時代朱色只有公主、貴人才能穿。」〔註35〕

賴瓊琦《設計的色彩心理》：「用『紅』當形容詞時，往往指女性、花或美麗喜悅的事。……女性居住的華麗樓房稱紅樓，年輕女性的房間稱紅閨。……紅妝是婦女的妝飾，紅淚是美人之淚。紅粉、紅顏均喻婦女艷麗的容貌。」〔註36〕

由上可知，顏色本身不會單具一種形象，詩人藉由書寫呈現不同的感官，呈現多樣的風貌，蘇軾與秦觀交往詩中，以紅色系表露「熱情」及「祝福」的意象。

（一）熱情

蘇軾和秦觀以紅色表達「熱情」意象、心理的詩句有：

〔註31〕賴瓊琦：《設計的色彩心理》，頁 130～131。

〔註32〕〔清〕孫星衍撰；陳抗、盛冬鈴點校：《尚書今古文注疏》卷十五，頁 364。

〔註33〕〔清〕王先謙撰；沈嘯寰、王星賢點校：《荀子集解》卷五，頁 171～172。

〔註34〕林書堯：《色彩認識論》，頁 162。

〔註35〕賴瓊琦：《設計的色彩心理》，頁 131。

〔註36〕賴瓊琦：《設計的色彩心理》，頁 131。

青鞋踏雨尋幽徑，朱火籠紗語上方。（秦觀〈次韻子瞻贈金山寶覺大師〉）

吳越溪山興未窮，又扶衰病過垂虹。（蘇軾〈與秦太虛參寥會於松江……分韻得風字二首〉）

舟師不會留連意，擬看斜陽萬頃紅。（蘇軾〈與秦太虛參寥會於松江……分韻得風字二首〉）

二子緣詩老更窮，人間無處吐長虹。（蘇軾〈與秦太虛參寥會於松江……分韻得風字二首〉）

知君欲寫長想憶，更送銀盤尾鬣紅。（蘇軾〈與秦太虛參寥會於松江……分韻得風字二首〉）

松江浩無旁，垂虹跨其上。（秦觀〈與子瞻參寥會松江得浪字〉）

露凝殘點見紅日，星曳餘光橫碧霄。（蘇軾〈虛飄飄〉）

紅色系在兩人交往詩中，常被用來寫景，而景多表現了他們熱烈、興奮的一面，還隱含著希望及光明，「虹」是自然現象，本身有「雨後天青」、「柳暗花明又一村」的光明之感，「虹」又同音於「紅」，詩人在此可能運用諧音雙關，將「虹」與「紅」聯想，於是蘇軾「又扶衰病過垂虹」、「人間無處吐長虹」；秦觀「垂虹跨其上」，藉此向生命喊話，鼓舞、帶動了出遊的美好氣氛。同樣的，蘇軾「露凝殘點見紅日」也帶有逆境中乍遇希望的心理，秦觀則將「朱火籠紗」轉化為引路人，幽暗中有赤火照耀、點亮，給人尋寶、勇敢、熱情不畏懼的嚮往。

（二）祝福

蘇軾和秦觀以紅色表達「祝福」意象、心理的詩句有：

邑中之黔相指似，白鬚紅帶老不癯。（蘇軾〈慶源宣義王丈……為老人光華〉）

想見紅圍照白髮，頹然醉臥文君壚。（秦觀〈和東坡紅鞓帶〉）

侍臣鵠立通明殿，一朵紅雲捧玉皇。（蘇軾〈上元侍飲樓上三首呈同列〉）

端門魏闕鬱崢嶸，燈火成山輦路平。（秦觀〈次韻東坡上元扈從三絕〉）

蘇軾祝賀叔丈王慶源任官，當時叔丈向蘇軾討紅絲帶，蘇軾便邀請秦觀、黃庭堅一同唱和贈詩，此處「紅帶」、「紅圍」有吉祥、喜氣之感，以紅色瑞氣齊聲祝賀親長。而「一朵紅雲捧玉皇」、「燈火成山輦路平」同樣表現於「祝慶」，蘇軾和秦觀都以誇飾筆法展現佳節的歡欣與熱烈，上元節舉國同歡，皇帝在眾人擁簇間絢麗登場，為節慶揭開序幕，華燈掛滿廳堂、街道，充分帶出上元節的熱鬧，與詩人想給予的祝福。

三、金黃色系

金黃色與紅色都是屬於醒目的色彩，兩者呈現的意象不甚相同，紅色通常用來警示，具有攻擊性；金黃色則象徵著權威，具有說服力。《隋書・禮儀志》云：「後周設司服之官，掌皇帝十二服，……祀皇地祇、中央上帝，則黃衣黃冕。」〔註37〕周錫保《中國古代服飾史》直指：「初隋文帝，聽朝之服，以赭黃文綾袍。至唐高祖，以赭黃袍巾帶為常服。又天子袍衫稍用赤黃，遂禁臣民服。」〔註38〕賴瓊琦也說：「古時候，黃色和青、白、朱、黑都是正色，黃色是中央色。黃袍的意思指的就是帝服。『黃袍加身』是宋太祖被擁立為皇帝的典故。規定普通一般人不准穿黃色衣服的是由唐高祖開始的。當時頒佈禁令『士庶不得服黃色』。」〔註39〕從中國古代的禮制服色中，可看出黃色專屬於皇權，嚴禁庶民隨意穿搭。

除此之外，金黃色讓人想到「黃金」，它保值、具有生命力、珍貴且不凡，《荀子・勸學》說「鍥而不舍，金石可鏤」〔註40〕，言及學習應有恆心，努力不懈，那麼銅器也能被穿透；後人又衍生出持續

〔註37〕〔唐〕魏徵；令狐德棻撰：《隋書》卷十一（北京：中華，1982年），頁244。

〔註38〕周錫保：《中國古代服飾史》（臺北：南天，1989年），頁187。

〔註39〕賴瓊琦：《設計的色彩心理》，頁165。

〔註40〕〔清〕王先謙撰；沈嘯寰、王星賢點校：《荀子集解》卷一，頁8。

不間斷的學習，即使是堅硬的黃金亦可鏤穿，強調其有恆與堅毅。金黃色大抵給予人的感覺及特性，歸納有以下幾種見解：

賴瓊琦《設計的色彩心理》：「（黃色）像太陽一樣耀眼明亮，活潑、醒目。黃色讓人感到充滿希望。」〔註41〕

李銘龍《應用色彩學》：「（黃的色彩意象有）野心、充滿力量、精力充沛。」〔註42〕

林書堯《色彩認識論》：「（黃色系有）明朗而善良的心理。梵谷（Van Gogh）的畫面如向日葵、麥田等等，用黃色的地方很多，給人的印象是心地明朗而性善的人。」〔註43〕

兩人交往詩中使用的金黃色系，表達的不外乎是權威、不凡、具有生命力的意象。

（一）權威、不凡

蘇軾和秦觀以金黃色表達「權威、不凡」意象、心理的詩句有：

竭來長安城，摩挲金銅狄。（秦觀〈贈蹇法師翊之〉）

方從馬明生，西去鍊金液。（秦觀〈贈蹇法師翊之〉）

金華紫煙客，來作牧羊兒。（秦觀〈次韻奉酬丹元先生〉）

赭黃繳底望龍章，不斷惟聞蠟炬香。（秦觀〈次韻東坡上元扈從三絕〉）

在此我們可以觀察到，秦觀喜歡用金黃色系誇讚他人，也凸顯自己嚮往不凡的渴望，葛洪《抱朴子內篇・金丹》說：「金液入口，則其身皆金色」〔註44〕人們欲求成仙、長生不死，因此煉丹、服藥，傾慕道士，認為道師境界高遠，其拋棄世俗的情操，是凡人難以企及的，金界、金液、金華、金銅狄，以「金」襯托可望而不可及的超凡意象。「赭黃繳底望龍章」則指上元節時，皇帝著黃服象徵無上的

〔註41〕賴瓊琦：《設計的色彩心理》，頁164。
〔註42〕李銘龍：《應用色彩學》，頁22。
〔註43〕林書堯：《色彩認識論》，頁161～162。
〔註44〕王明：《抱朴子內篇校釋：增訂本》卷四（北京：中華，1996年），頁83。

權威與地位。

（二）生命力

蘇軾和秦觀以金黃色表達「生命力」意象、心理的詩句有：

> 新詩說盡萬物情，硬黃小字臨黃庭。（蘇軾〈次韻秦觀秀
> 才……將入京應舉〉）
>
> 露凝殘點見紅日，星曳餘光橫碧霄。（蘇軾〈虛飄飄〉）
>
> 憐我鬢蒼浪，黃埃眩蟲絲。（秦觀〈次韻奉酬丹元先生〉）
>
> 黃塵冥冥日月換，中有盈虛亦何算。（秦觀〈別子瞻學士〉）

蘇軾欣賞秦觀的才學，說他詩作及臨摹的書法字都各有特色，「硬黃」
是種紙的名稱，以黃櫱和蠟塗染，質堅韌、瑩徹，便於法帖墨蹟的響
拓雙鉤，加上色黃利於久藏而多用以抄寫佛經。王右軍曾有「黃庭換
鵝」之典故，蘇軾詩中特別以「硬黃」紙質，描述秦觀摹寫《黃庭經》
之字，除以此稱讚秦觀寫字與王右軍不相上下外，也象徵秦觀作品將
流傳千古，展露生命力，增強秦觀入京應舉的信心。

再看「星曳餘光橫碧霄」，星星雖小卻十分明亮，能在暗空中閃
耀光芒，蘇軾彷彿以「星曳餘光」來暗喻自己儘管身分卑微，卻能夠
活出生命的強度、亮度，呼應了金黃色帶有的生命力之感，以此強調
個人積極進取的人生觀。然而，秦觀的金黃色，除上述表達他嚮往不
凡的態度外，在此隱含的生命力，卻也是比較消極的，「黃黃埃」、「黃
塵」描摹他眼底的世界，如同滾滾黃沙般混亂、令人不安，而自己正
處在這方田地裡，更讓人心慌。傅偉勳在《批判的繼承與創造的發展》
介紹弗蘭克意義治療心理學時說：

> 在生死交關的極限境況，維繫生存的真正要素不是體力上
> 的強弱，而是精神力量的充足與否。他發現到，身體原來
> 強韌的獄囚由於內在精神的頹落，無力抵制死神的威脅；
> 反之，平常軀體看來弱不禁風的獄囚，因具高度的精神力
> 量（譬如堅固的宗教信仰或無我的人類愛），反能面對死亡
> 勇敢地生存下去。這些具有高度精神力量的獄囚對於生死

的真諦有其深刻的體認與實存的抉擇。〔註45〕

從蘇軾與秦觀的交往詩，甚或其他詩作中可以知道，蘇軾在面對生死交關時，即使當下恐懼、徬徨，但他能以豁達的心境越過困境，秦觀卻沒那麼幸運與順遂，他常陷溺於憂思、沒信心、抑鬱的心魔中難以自拔。

第二節　韻情之表達

　　古人作詩強調押韻，對押韻的規則十分講究，押韻的字必須韻母相同或相近，且不允許同一字重複押韻，並可利用前後複沓的效果，製造相互呼應、貫串的音效，加上韻腳能使詩歌琅琅上口，易於記憶，章學誠《文史通義・詩教》曰：「演疇皇極，訓詁之韻者也，所以便諷誦，志不忘也。……後世雜藝百家，誦拾名數，率用五言七字，演為歌謠，咸以取便記誦，皆無當於詩人之義也。」〔註46〕

　　後來的讀者可以從唱和詩裡得見幾項訊息，如詩人交遊的情感與扶持、詩人群體的創作藝術表現，藉此窺探作品優劣與風格，加上唱和詩與史傳資料相輔相成，透過唱和詩的傳達，對所和者、所和時間、所和地點、所和事件、所和處境等皆可有初步認識，周益忠云：

> 蓋「和韻」者，既為讀者，又為作者，既須悟對方之心，復得表達一己之意，以契對方之音，非只默契也，實求伯牙如鍾期之聽，鍾期亦如伯牙之善音。〔註47〕

蘇軾與秦觀利用交往詩傳遞情感、分享生活，相互和韻，以此體會詩人間對待手足友朋的同理情誼，也能從詩中挖掘諸多事物，鞏本棟云：

〔註45〕傅偉勳：《批判的繼承與創造的發展》（臺北：東大，1986 年 6 月），頁 174。

〔註46〕章學誠：《文史通義・詩教》（臺北：鼎文，1977 年），頁 21。

〔註47〕周益忠：〈作為美感經驗之知音相契——談宋代論詩詩〉，收錄於《文學與美學研討會論文集》（淡大中文所主編，臺北：文史哲，1990 年），頁 171。

唱和作為一種特殊的創作方式，雖然它比較易於引導人們
離開現實生活，陷入應酬、遊戲的泥淖，但是，它更是成
為作家之間詩歌聯繫的重要方式，成為詩人們爭奇鬥勝、
競相創作出高水平詩歌的重要方式。〔註48〕

唱和詩屬交往詩的一環，蘇、秦間的交往，便是透過唱和、贈酬詩來
維繫情感，並在宦海浮沉中，彼此鞏固共同立場，使個人言論擴大延
伸成堅定的勢力。蓋琦紆說「蘇門文士自相交至辭世，藉唱和維繫他
們的終生情誼，表現聲氣相通、情志相應的精神，可謂『有性有情』。」
〔註49〕

　　本節即針對詩歌「韻」所表露的情感，來探究五十三首蘇、秦交
往詩，考察兩人在作詩時對韻的選擇有何喜好，又如何運用「韻」來
達「情」。本文依據余照《增廣詩韻集成》〔註50〕一書查找用韻情形，
此書依照聲調差異分為上平聲十五韻、下平聲十五韻、上聲二十九
韻、去聲三十韻、入聲十七韻共四類，合計一百零六韻。詩人在揀選
韻母作為詩作基底時，會喜歡選擇韻字較多的進行創作，一為方便，
一韻字較多，能表現的情感也較充沛，然詩人若想逞才鬥智的話，則
好用險韻以顯露才能。〔註51〕

　　詩歌韻情的表達，前人論述頗多，韻部帶有的情感大同小異，宋
人周濟云：

東真韻寬平，支先韻細膩，魚歌韻纏綿，蕭尤韻感慨。陽
聲字多則沉頓，陰聲字多則激昂；重陽間一陰則柔而不靡，
重陰間一陽則高而不危。〔註52〕

〔註48〕鞏本棟：《唱和詩詞研究：以唐宋為中心》，頁125。
〔註49〕蓋琦紆：〈論蘇門唱和詩在宋代詩歌史上的價值〉，頁14。
〔註50〕〔清〕余照編：《增廣詩韻集成》（臺南：大孚，1994年），頁1～3。
〔註51〕張夢機《古典詩的形式結構》依韻部中的韻字多寡分寬、中、窄、
　　　　險四韻：「寬韻：支、先、陽、庚、尤、東、真、虞；中韻：元、寒、
　　　　贏、蕭、侵、冬、灰、齊、歌、麻、豪；窄韻：微、文、刪、青、
　　　　蒸、覃、鹽；險韻：江、佳、肴、咸」（臺北：駱駝，1997年），頁
　　　　54。
〔註52〕唐圭璋：《詞話叢編》（北京：中華，1996年），頁1645。

意思是「東真韻」、「支先韻」、「魚歌韻」、「蕭尤韻」，各自表現出「寬平」、「細膩」、「纏綿」、「感慨」的聲音感覺。不能「草草亂用」，用韻與抒情必須兩兩相相映。今人王易云：

> 東董寬洪，江講爽朗，支紙縝密，魚語幽咽，佳蟹開展，真軫凝重，元阮清新，蕭滌飄灑，歌哿端莊，麻馬放縱，庚梗振厲，尤有盤旋，侵寢沉靜，覃感蕭瑟，屋沃突兀，覺藥活潑，質術急驟，勿月跳脫，合盍頓落，此韻部之別也。此雖未必切定，然韻近者情亦相近，其大較可審辨得之。〔註53〕

謝雲飛則認為：

> 我們欣賞或製作詩、詞、歌、賦等各類韻文中的韻語，也可歸納成如下類目，而這一些類目中的韻語，我們完全可以從字音中去揣摩全詩用韻的情感和思緒了。
>
> 一、凡「佳、咍」韻的韻語都有悲哀的情感，是因這兩韻的發音，開口較大，所以適用於含有發洩意味的作品。
>
> 二、凡「微、灰」韻的韻語都含有氣餒抑鬱的情思。
>
> 三、凡「蕭、肴、豪」韻的韻語都含有輕佻、妖嬈之意。
>
> 四、凡「尤、侯」韻的韻語都似乎含有著千般愁怨，無法申訴的意味，最適用於憂愁的詩。
>
> 五、凡「寒、桓」韻的韻語都含有黯然神傷，偷彈雙淚的情愫，最適用於獨自傷情的詩。
>
> 六、凡「真、文、魂」韻的韻語都含有苦悶、深沉、怨恨的情調。
>
> 七、凡「庚、青、蒸」韻的韻語都含有淡淡的哀愁，似乎又需有相當理智的抉擇，淡淡的哀愁又不失理性。
>
> 八、凡「魚、虞、模」韻的韻語都含有日暮途窮，極端失意的情感。
>
> 以上所舉八類，大致都是依各韻字音的特質而定其含意

〔註53〕王易：《詞曲史》下冊第六（臺北：廣文，1960年），〈構律〉，頁238。

的……。〔註54〕

考察蘇軾與秦觀的交往詩，讀者可就兩人使用的韻腳，看出詩人想傳遞的情感，以下分就兩人「唱和、次韻之作」及「贈答、分韻之作」，見其流露之情之別。

一、兩人唱和、次韻

　　兩人彼此唱和及次韻的交往詩中，用到上平聲七虞、十灰、十一真、十二文、十三元；下平聲二蕭、七陽、八庚、九青、十一尤；上聲十九皓；去聲十五翰；入聲一屋、二沃。兩人唱和、次韻詩運用的體裁、韻部及用韻情形，整理如下表：

表一：蘇軾、秦觀唱和、次韻詩用韻情形

編號	作者	詩題	體裁	韻部	兩人用韻情形
1	東坡	〈次韻秦觀秀才見贈秦與孫莘老李公擇甚熟將入京應舉〉	七古	下平聲十一尤 入聲十三職 下平聲九青 上平聲十一真 去聲十五翰	東坡次韻少游
	少游	〈別子瞻學士〉	七古	下平聲十一尤 入聲十三職 下平聲九青 上平聲十一真 去聲十五翰	
2	東坡	〈余去金山五年而復至次舊詩贈寶覺長老〉	七律	下平聲七陽	少游次韻東坡
	少游	〈次韻子瞻贈金山寶覺大師〉	七律	下平聲七陽	

〔註54〕謝雲飛：《文學與音律》（臺北：東大，1978 年），〈韻語的選用和欣賞〉，頁 61～63。

3	東坡	〈遊惠山并敘〉	五古	下平聲七陽 上平聲十一真	少游次韻東坡
	少游	〈同子瞻參寥游惠山三首〉	五古	下平聲七陽 上平聲十一真	
4	東坡	〈次韻秦太虛見戲耳聾〉	七古	上平聲一東 去聲十卦	東坡次韻少游
	少游	原詩佚			
5	東坡	〈和秦太虛梅花〉	七古	上聲十九皓	東坡次韻少游
	少游	〈和黃法曹憶建溪梅花〉	七古	上聲十九皓	
6	東坡	〈次韻藤元發許仲塗秦少游〉	七律	上平聲十一真	東坡次韻少游
	少游	原詩佚			
7	東坡	〈慶源宣義王丈以累舉得官為洪雅主簿雅洲戶掾遇吏民如家人人安樂之既謝事居眉之青神瑞草橋放懷自得有書來求紅帶既以遺之且作詩為戲請黃魯直秦少游各為賦一首為老人光華〉	七古	上平聲七虞	少游次韻東坡
	少游	〈和東坡紅鞓帶〉	七古	上平聲七虞	
8	東坡	〈虛飄飄〉	古詩	下平聲二蕭	兩人次韻
	少游	〈和虛飄飄〉	古詩	下平聲二蕭	
9	東坡	〈僕所藏仇池石希代之寶也王晉卿以小詩借觀意在於奪僕不敢不借然以此詩先之〉	五古	入聲一屋 入聲二沃	少游次韻東坡
	少游	〈和子瞻雙石〉	五古	入聲一屋 入聲二沃	
10	東坡	〈次韻秦少游王仲至元日立春三首〉	七絕	上平聲十灰 上平聲一東 上平聲十四寒	東坡次韻少游

	少游	〈元日立春三絕〉	七絕	上平聲十灰 上平聲一東 上平聲十四寒	
11	東坡	〈上元侍飲樓上三首呈同列〉	七絕	下平聲七陽 下平聲八庚 上平聲十二文	少游次韻東坡
	少游	〈次韻東坡上元扈從三絕〉	七絕	下平聲七陽 下平聲八庚 上平聲十二文	
12	東坡	〈雪浪石〉	七古	上平聲十三元	兩人次韻
	少游	〈雪浪石〉	七古	上平聲十三元	

少游元豐元年（1078）初見東坡，當年少游三十歲，年輕氣盛，將入京應舉，途中謁見東坡，兩人相談甚歡，臨別作七言古詩——〈別子瞻學士〉，詩有二十四句，少游先後用下平聲十一尤，韻腳有「求」、「憂」、「侯」、「州」；入聲十三職，韻腳有「力」、「域」、「測」；下平聲九青，韻腳有「庭」、「青」；上平聲十一真，韻腳有「真」、「人」、「新」；去聲十五翰，韻腳有「換」、「算」、「漫」韻，少游百般不願與初遇的東坡告別，但有要事在前，不得不辭行，相聚的時光短暫，臨別前作詩贈之，運用下平聲十一尤、上平聲十一真，都帶有憂愁之感，陳少松說：

> 真文侵等韻——此類各字的韻母 en 或 in 或 uen 或 ün。這些韻母的韻腹有的是窄元音如（如 i 或 ü），發音時舌尖與上顎的距離較小，有的雖是寬元音如（e），但收音時舌尖上移抵住上齒齦，發前鼻音 n，故總的看發音開口度較小；氣息由鼻腔徐徐流出，與「東冬」韻相比，聲音響度要小些，給人平穩、沉靜的感覺；適宜表達深沉、憂傷、憐憫等情思。〔註55〕

真侵文韻不僅用於表達哀愁，亦有沉靜之感，如東坡〈上元侍飲樓上

〔註55〕陳少松：《古詩詞文吟誦研究》（北京：社會科學，1997 年），頁 229。

三首呈同列〉其三運用上平聲十二文，此詩為上元節呈給朝廷之作，以文韻表達對國家百姓的祝福，祈求節慶能為蒼生帶來吉祥與靜好，該詩其一與其二分別用到下平聲七陽與八庚，表達節慶到來的喜悅，情感是歡愉的，陳少松分析：

> 陽江等韻──此類韻各字的韻母為 iang 或 ang。口腔開度大，收尾音 ng 時鼻腔產生共鳴，整個字音給人以洪亮、渾厚的感覺；適宜表達豪放、激動、昂揚等感情。〔註56〕

元豐二年（1079），兩人同覽山水，走訪諸寺，東坡作〈余去金山五年而復至次舊詩贈寶覺長老〉、〈遊惠山并敘〉，少游次韻也用陽韻，韻腳有「涼」、「香」、「忙」、「方」、「茫」。旅遊的心情總是放鬆、喜悅的，陽韻的昂揚，正好與之綰合。

　　詩人間的唱和、次韻，以「相和」形式來「附和」，互動中有應援、肯定、扶持之感。《論語・子路》云：「君子和而不同，小人同而不和。」〔註57〕《周易・乾卦》：云「同聲相應，同氣相求。」〔註58〕在先秦老莊思想中，「和」是宇宙萬物生成的法則〔註59〕，且「與人和者，謂之人樂；與天和者，謂之天樂」〔註60〕，便是人與自然相和的最佳狀態，「致中和」亦是個人道德修養的至高原則。《呂氏春秋・大樂》云：

> 音樂之所由來者遠矣，生於度量，本於太一。太一出兩儀，兩儀出陰陽。陰陽變化，一上一下，合而成章。渾渾沌沌，離則復合，合則復離，是謂天常。天地車輪，終則復始，極則復反，莫不咸當。日月星辰，或疾或徐，日月不同，

〔註56〕陳少松：《古詩詞文吟誦研究》，頁 233。
〔註57〕〔清〕劉寶楠撰；高流水點校：《論語正義》卷十六，頁 545。
〔註58〕〔清〕李道評撰；潘雨廷點校：《周易集解纂疏》卷一，頁 51。
〔註59〕《老子》云：「道生一，一生二，二生三，三生萬物……萬物負陰而抱陽，沖氣以為和。」（朱謙之撰：《老子校釋》第四十二章（北京：中華，2000 年），頁 174～175。）《莊子・田子方》云：「至陰肅肅，至陽赫赫，肅肅出乎天，赫赫發乎地，兩者交通成和，而物生焉。」（〔清〕郭慶藩：《莊子集釋》外篇，頁 311。）
〔註60〕〔清〕郭慶藩：《莊子集釋》外篇，頁 206。

以盡其行。四時代興，或暑或寒，或短或長，或柔或剛。
萬物所出，造於太一，化於陰陽。萌芽始震，凝寒以形。
形體有處，莫不有聲。聲出於和，和出於適。和適先王定
樂，由此而生。天下太平，萬物安寧，皆化其上，樂乃可
成。……凡樂，天地之和，陰陽之調也。〔註61〕

古人作詩強調相和，除了音律上的動聽，也受到東方「和諧」觀的
影響，希望透過詩歌的吟誦，既能傳情達意，也能呼應傳統文化中
的美德。

二、兩人贈答、分韻

　　兩人彼此贈答及分韻的交往詩中，用到上平聲一東；下平聲一
先、十二侵；上聲四紙、十賄；去聲二十三漾。韻腳的功用，絕不僅
止於歌詠和諧而已，韻腳的音樂性功用，即為輔助情境，使其完整呈
現。〔註62〕兩人贈答、分韻詩運用的體裁、韻部及用韻情形，整理如
下表：

表二：蘇軾、秦觀贈答、分韻詩用韻情形

編號	作者	詩題	體裁	韻部	兩人用韻情形
1	東坡	〈與秦太虛參寥會於松江而關彥長徐安中適至分韻得風字二首〉	七律	上平聲一東	兩人分韻
	少游	〈與子瞻參寥會松江得浪字〉	五古	去聲二十三漾	
2	東坡	〈端午遍遊諸寺得禪字〉	五古	下平聲一先	兩人分韻
	少游	〈同子瞻端午日遊諸寺分韻賦得深字〉	五古	下平聲十二侵	
3	少游	〈德清道中還寄子瞻〉	五排	下平聲九青	少游贈東坡

〔註61〕〔戰國〕呂不韋著；陳奇猷校釋：《呂氏春秋新校釋》卷五（上海：
　　　　上海古籍，2001 年），頁 258～259。
〔註62〕詳參許清雲：《近體詩創作理論》（臺北：洪葉，1997 年），頁 80。

4	少游	〈雪上感懷〉	七絕	下平聲十一尤	少游贈東坡
5	東坡	〈送金山鄉僧歸蜀開堂〉	五古	上聲四紙	兩人同贈僧人
	少游	〈送僧歸遂州〉	五古	上聲十賄	
6	東坡	〈秦少游夢發殯而葬之者云是劉發之枢是歲發首薦秦以詩賀之劉涇亦作因次其韻〉	七古	上聲七麌上聲六語去聲七遇	兩人同贈友人
	少游	〈紀夢答劉全美〉	七古	上聲四紙	
7	東坡	〈送蹇道士歸廬山〉	七古	上平聲十五刪上聲四紙下平聲十一尤	兩人同贈道士
	少游	〈贈蹇法師翊之〉	五古	入聲十二錫入聲十一陌	
8	東坡	〈次秦少游韻贈姚安世〉	七律	上平聲十四寒	兩人同贈道士
	少游	〈次韻奉酬丹元先生〉	五古	上平聲四支	
9	少游	〈贈蘇子瞻〉	五排	下平聲一先	少游贈東坡
10	少游	〈自作挽詞〉	五古	上平聲四支	少游贈東坡

元祐七年（1092），東坡和少游同任職於京城，認識江湖上著名的道士丹元先生，皆有詩贈之，少游以上平聲四支作〈次韻奉酬丹元先生〉，韻腳有「兒」、「詩」、「詞」、「絲」、「漪」、「鬐」、「眉」、「吹」，東坡則改以上平聲十四寒作〈次秦少游韻贈姚安世〉，韻腳有「難」、「壇」、「冠」、「看」、「丹」，兩人詩中都讚揚丹元先生的放浪自適，不受俗塵侵擾的精神。

少游以讀起來細膩、綿密、哀婉的支韻贈別，他的性格較為柔情、敏感，即將贈別友人，心情自是憂愁，以支韻作詩，既向丹元先生的娓娓表達仰慕，也流露他的不捨，除贈別友人，少游在〈自作挽詞〉也以支韻凸顯詩的悲愴與淒涼。反觀蘇東坡，他的個性較為豁達、爽

朗，雖次少游韻，卻一改少游壓抑、細緻的口吻，轉以寒韻書寫，能結交聞名的道友，想必是愉快的，即使別離也無須過於憂傷。陳少松針對「支韻」與「寒韻」分有論述：

> 支微齊等韻，此類韻各字的韻母多為舌尖母音—i（ɿ）、—i（ʅ）或舌面元音 i，少數是 ei 或 uei。這類韻母發音時，沒有鼻腔共鳴，口腔開口度小，氣息從很窄或較窄的通道中細細地流出，這樣發出的音給人以細聲細氣的感覺；適宜表達隱微的心曲和細膩的情思。〔註63〕

> 先寒刪覃鹽咸等韻，周濟認為，「先」韻和「支」韻一樣，都給人以細膩的感覺，筆者的感覺有異。「先」等韻各字的韻母為 ian 或 an 或 uan 或 üan。這些韻母的韻腹是 a，寬元音，發音時開口度大，加上鼻音收尾，有口腔和鼻腔的共鳴，整個字音比較響亮，給人以悠揚、穩重的感覺；適宜表達奔放、深厚等感情。〔註64〕

觀察兩人的詩歌用韻，雖然共同贈詩給丹元先生，但兩人呈現的情感也有差異，少游以細緻柔情，東坡以豪邁健朗，透過韻情，不僅能讓詩歌情感更加鮮明，也勾勒出兩人性格的不同。

　　唯分析「先韻」，周濟和陳少松的說法歧異，個人認為當詩人想要透過「用韻」來傳達情感時，因個人感受的不同，也會有不同的感覺，若能了解詩人寫作背景、創作動機或用途、彼此贈答原因等，將可更深入地剖析該詩用韻的情感表現。如東坡〈端午遍遊諸寺得禪字〉和少游〈贈蘇子瞻〉都用了先韻，前者作於元豐二年（1079），韻腳有「連」、「筵」、「妍」、「然」、「千」、「天」、「便」、「煙」、「眠」、「禪」，時逢端午，兩人共遊江南，興致一來便分韻作詩，一面遊賞一面也不忘切磋練筆，氣氛歡愉，情感奔放、悠揚；後者作於元符三年（1100），韻腳有「先」、「賢」、「千」、「天」、「憐」、「年」、「遷」、「傳」、「川」、「篇」，此時兩人既共同經歷過館閣的榮升，也遇過大規模的流放，

〔註63〕陳少松：《古詩詞文吟誦研究》，頁230。

〔註64〕陳少松：《古詩詞文吟誦研究》，頁230。

政治鬥爭下，兩人都已筋疲力盡，秦觀尤其放不下，〈贈蘇子瞻〉中，他為蘇軾打抱不平，「纍絏終非罪，江湖祇自憐。饑寒常併日，疾病更連年」，氣息微弱，如怨、如泣，隱微地訴說著心中的不滿。

東坡〈與秦太虛參寥會於松江而關彥長徐安中適至分韻得風字二首〉則選用東韻，韻腳有「窮」、「虹」、「風」、「同」、「紅」，松江上一行人同遊，面對河山之景，詩中表現宏大狀闊之感。〔註65〕少游以尤韻作〈雪上感懷〉，韻腳有「洲」、「游」、「秋」，針對尤韻，陳少松云：

> 尤韻，此韻各字的韻母是 iou 或 ou。發音時口腔開度和聲音的變化與「蕭豪」韻近似，但韻腹 o 比 a、韻尾 u 比 o 開口度都要小些，氣息和聲音出來時給人以滾滾不盡的感覺；適宜表現闊遠的境界和深沉感慨等感情。〔註66〕

時因東坡遭遇讒害，旋即入獄，少游感慨變化之大，「七年三過白蘋洲，長與諸豪載酒游。舊事欲尋無處問，雨荷風蓼不勝秋」，以尤韻表達深長的憂思。

分析東坡與少游的交往詩，可就兩人詩歌用韻，觀察到師徒二人風格的不同，陳茂仁云：

> 詩之應用韻如能與詩之內容、意境兩相配合，於觀覽吟詠之際，必能更領受詩人所涵賦詩作之聲情美感，以此，擇韻於詩人而言有其重大意義，因之讀者由詩作之用韻，可以體會作者創作時之情思，而歸納作者詩作用韻之多寡，正可以窺見作者寫詩風格之傾向。〔註67〕

〔註65〕陳少松說：「東冬等韻，此類韻各字韻母是 ong 或 iong 或 eng 或 ueng。這是寬元音，即發音時舌頭與上顎距離寬大，氣息從鼻腔徐徐流出，由於口腔和鼻音的共鳴，發出的聲響較大整個字音給人寬平、渾厚、鎮靜的感覺，適合表現莊嚴的神態、渾厚的情感和宏壯的氣慨。」，詳參《古詩詞文吟誦研究》，頁 229。
〔註66〕陳少松：《古詩詞文吟誦研究》，頁 232。
〔註67〕陳茂仁：〈實業詩人鄭福圳詩作探析〉，收於《大彰化地區當代漢詩論文集》，2011 年 6 月，頁 173。

少游愛用細聲細語的真、支、尤等韻，東坡則好用讀起來聲音宏肆，情感雄邁的陽、江、寒等韻，這樣用韻的選擇，也看出兩人心性的差異，師友倆共同歷經政敵的抹黑、貶職的宦遊，東坡心胸廣，較能接受現況，然少游心思縝密，往往陷溺於往事，而有難以排解的憤懣。

第三節　典故之應用

古詩有其格律、字數等限制，詩人需在短短數句中表情達意，因此「用典」成了創作時常見的手法，康正果說：「一個故事，一句妙語，甚至一個用語，一旦成為有關某一題材的文學典範，它就被後世的作者當作『故實』反覆傳播。」〔註68〕「故實」即是「典故」，歷經久遠的傳承，某些詞語或故事被流傳下來，詩人取現成的材料鎔鑄於作品中，透過「典故」不僅能展現詩人的才能，更使作品具有古意，如東坡博學多聞，作詩常鎔鑄經傳子史於詩中，後人編詩話即稱「坡公熟於莊、列諸子及漢、魏、晉、唐諸史，故隨所遇輒有典故，以供其援引……」〔註69〕、「蘇子瞻胸有洪爐，金銀鉛錫皆歸鎔鑄……」〔註70〕、清人謝章鋌引彭金粟所言，說秦觀用典「熟事能生，舊事能新」〔註71〕。

典故要用得恰到好處，詩人必須知曉個人想傳達的情感與典故內容是否吻合，甚至有共鳴，以情意為主，典故為輔，摯虞《文章流別論》嘗云：「古詩之賦，以情義為主，以事類為佐。」〔註72〕劉勰《文

〔註68〕康正果：《重審風月鑑——性與中國古典文學》（臺北：麥田，1996年），頁130～131。

〔註69〕〔清〕趙翼：《甌北詩話》卷五，收於郭紹虞編；富壽蓀校：《清詩話續編》（上海：上海古籍，1983年），頁1198。

〔註70〕〔清〕沈德潛：《說詩晬語》卷下，收於〔清〕王夫之等撰：《清詩話》（上海：上海古籍，1999年），頁544。

〔註71〕〔清〕謝章鋌：《賭棋山莊詞話》卷一，收於唐圭璋編：《詞話叢編》（北京：中華，1996年），頁3327。

〔註72〕〔明〕賀復徵：《文章辨體彙選》卷四二〇，〔晉〕摯虞〈文章流別論〉，頁3。

心雕龍・事類》提及：「事類者，蓋文章之外，據事以類義，援古以證今者也。」〔註73〕若運用得宜，便能利用含蓄的書寫引發讀者聯想，並增強詩作的表現力，層層鋪排、遞進，將情感渲染，若引用失當，不免減損了詩意。

一、儒家之經世濟民

　　孔子是儒家的創始者，《論語》影響著歷朝歷代的文人思想，從「半部《論語》治天下」就可見儒家對社會發展、人倫道德等的重要。蘇軾〈孔子論〉展現了他對至聖的崇慕，論孔子「以羈旅之臣，得政朞月，而能舉治世之禮，以律亡國之臣，墜名都，出藏甲，而三桓不疑其害己。」可見孔子的誠信及威望得以令君王臣服，並支持其施政，在短短一個月中就使國家安頓，難怪蘇軾稱「孔子之聖，見於行事，至此為無疑也」〔註74〕，對孔夫子表達敬仰之情。秦觀也深具經世濟民、關心國事的胸襟，陳師道〈秦少游字序〉言及少游的愛國理想：

> 往吾少時如杜牧之強志盛氣，好大而見奇，讀兵家書，乃與意合，謂功譽可立致，而天下無難事。願今二虜有可勝之勢，願效至計，以行天誅，回幽夏之故墟，弔唐晉之遺人。〔註75〕

上文可見秦觀作品一再流露對征戰的信心，振奮士氣的情感滿溢其詞，如〈郭子儀單騎見虜賦〉「雖鋒無鏌鋣之銳，而勢有泰山之壓」讚譽郭將領的氣勢，予其信心及肯定，〈寄曾逢原〉「丹青儻不渝，與子同裳衣」，〔註76〕該詩典故出自《詩經・無衣》：「豈曰無衣，與子同裳。王于興師，脩我甲兵，與子偕行！」〔註77〕藉此表達欲與曾孝

〔註73〕〔南朝梁〕劉勰著；詹鍈義證：《文心雕龍義證》卷八，頁1407。
〔註74〕〔宋〕蘇軾撰；孔凡禮點校：《蘇軾文集》卷五，〈論孔子〉，頁150。
〔註75〕〔宋〕陳師道：《後山集》卷十一（臺北：臺灣商務，景印文淵閣《四庫全書》本，1983年），〈秦少游字序〉，頁3～4。
〔註76〕分別見於徐培均：《淮海集箋注》卷一，頁23及44。
〔註77〕〔漢〕毛亨傳；〔漢〕鄭玄箋；〔唐〕孔穎達疏：《毛詩正義》卷六，《十三經注疏》本，頁506。

序同一陣線，希望收復失地。

　　宋代中葉，詩文革新運動興起，文人的社會責任感加深，為文逐漸發抒對國事衰頹、民生困頓的擔憂，一面努力維護邦交國間的和諧，一面試圖改善生靈塗炭的窘境，「先天下之憂而憂，後天下之樂而樂」的精神於朝中蔓延〔註78〕，身為讀書分子，蘇軾與秦觀自不例外，兩人在年少時都對功名躊躇滿志，相信自己能為天下貢獻心力，替百姓謀福造祉。嘗見蘇軾〈沁園春・赴密州早行馬上寄子由〉：

> 當時共客長安。似二陸初來俱少年。有筆頭千字，胸中萬卷，致君堯舜，此事何難。用舍由時，行藏在我，袖手何妨閑處看。身長健，但優遊卒歲，且鬥尊前。〔註79〕

二陸指陸機與陸雲，兩人皆為賢良，文才高尚，用以比喻己與子由。子瞻自杭赴密時寄予子由，約於熙寧七年十月，主人翁三十九歲，回憶初赴京城趕考的年少壯志，對自己充滿自信、胸有成竹的心態，彷彿科考如場遊戲，「此事何難」？這樣意氣風發的少年，耳濡目染儒家經世濟民的觀念，「用之則行，舍之則藏」，以此視為個體存在的價值，並欲為此大展身手，為國家奉獻一己之力。

　　蘇軾任官期間，視民如己出，他曾言「視民如視其身，待其至愚者如其至賢者，是謂至誠。」並認為「君子之所以大過人者，非以其智慧知之，彊能行之也。以其功興而民勞，與之同勞，功成而民樂，與之同樂，如是而已矣。」〔註80〕詩人也做到了，居處高位的他不僅實地走訪鄉下，勤於掘發百姓們的生活困境，也勇於上奏諫議，想方

〔註78〕張毅《宋代文學思想史》評述宋仁宗主政時期的文學思想：「經世致用思潮成為文學創作和文學理論的主旋律。它促使作家面向社會現實的重大問題，自覺地用文學創作為當時的政治改革服務，根據現實的需要變革文風，儒家的道統學說受到普遍的推崇，文學觀念帶有復古宗經的色彩。」（北京：中華書局，1995年），頁53。
〔註79〕〔宋〕蘇軾撰；薛瑞生箋證：《東坡詞編年箋證》，卷一，頁132。
〔註80〕〔宋〕蘇軾撰；孔凡禮點校：《蘇軾文集》卷二，〈既醉備五福論〉，頁50～51。

設法幫助窮苦的人民，試圖改善窘狀。如其〈乞不給散青苗錢斛狀〉、〈論積欠六事並乞檢會應詔所論四事一處行下狀〉〔註81〕等文，道出新法對人們的施壓，造成民不聊生，百姓紛紛逃亡避事、懼於農忙的慘狀，願君主能正視民生問題，考慮政法的實行，在在表現了蘇軾的勤政愛民。〔註82〕後人陸游〈跋東坡帖〉也盛讚東坡：「公不以一身禍福，易其憂國之心。千載之下，生氣凜然。」〔註83〕

　　蘇軾與秦觀認為國勢要富強，除動兵征討國土外，內部穩定的朝政也十分重要，身為知識份子，蘇軾曾用儒家典故諷諫時政，見其〈遊惠山〉詩其二云：

　　薄雲不遮山，疎雨不濕人。蕭蕭松徑滑，策策芒鞋新。
　　嘉我二三子，皎然無淄磷。勝遊豈殊昔，清句仍絕塵。
　　弔古泣舊史，疾讒歌小旻。哀哉扶風子，難與巢許鄰。
　　〔註84〕

蘇軾及好友們共遊惠山時，寫景、寫情也寫人，其中「弔古泣舊史，疾讒歌小旻。」事典出自《詩經‧小旻》，《毛詩序》說：「〈小旻〉，大夫刺幽王也。」鄭箋說：「當為刺厲王。」朱熹《詩集傳》不明講

〔註81〕〈乞不給散青苗錢斛狀〉記：「右臣伏見熙寧以來，行青苗、免役二法，至今二十餘年，法日益弊，民日益貧，刑日益煩，盜日益熾，田日益賤，穀帛日益輕，細數其害，有不可勝言者。」（〔宋〕蘇軾撰；孔凡禮點校：《蘇軾文集》卷二七，頁784）〈論積欠六事並乞檢會應詔所論四事一處行下狀〉言：「臣每屏去吏卒，親入村落，訪問父老，皆有憂色。云：『豐年不如凶年。天災流，民雖乏食，縮衣節口，猶可以生。若豐年舉催積欠，胥徒在門，枷棒在身，則人戶求死不得。』」（〔宋〕蘇軾撰；孔凡禮點校：《蘇軾文集》卷三十四，頁959）。

〔註82〕蘇軾〈徐州謝獎諭表〉云：「奔走服勤，人臣之常事；襃稱力勉，學者之至榮。」為國奔勞、有利於家國社會乃詩人之願，得以授之獎諭，可見州縣百姓對蘇軾的肯定。（〔宋〕蘇軾撰；孔凡禮點校：《蘇軾文集》卷二十三，頁652。）

〔註83〕〔宋〕陸游撰；王雲五主編：《放翁題跋》卷四（臺北：臺灣商務，1966年），〈東坡帖〉，頁28。

〔註84〕〔宋〕蘇軾著；〔清〕馮應榴輯注：《蘇軾詩集合注》卷十八，頁912～915。

諷刺何王，只說「大夫以王惑於邪謀，不能斷以從善而作此詩。」〔註85〕藉由〈小旻〉中諷諫君王之意，一面哀悼古代賢良遭到遺棄，君王卻不加明察，一面可能融入了自身遭讒言誣陷，而未被朝廷重用，不禁興發感嘆。

　　除諷諫君王外，兩人交往詩也常舉儒家人物來讚揚或鼓勵他人，蘇軾〈次韻秦觀秀才見贈秦與孫莘老李公擇甚熟將入京應舉〉，其中四句云：「江湖放浪久全真，忽然一鳴驚倒人。縱橫所值無不可，知君不怕新書新。」〔註86〕詩中前兩句，典故出自於《史記‧滑稽列傳》載云：

> 齊威王之時喜隱，好為淫樂長夜之飲，沉湎不治，委政卿大夫。百官荒亂，諸侯並侵，國且危亡，在於旦暮，左右莫敢諫。淳于髡說之以隱曰：「國中有大鳥，止王之庭，三年不蜚又不鳴，王知此鳥何也？」王曰：「此鳥不飛則已，一飛沖天；不鳴則已，一鳴驚人。」於是乃朝諸縣令長七十二人，賞一人，誅一人，奮兵而出。諸侯振驚，皆還齊侵地。威行三十六年。〔註87〕

淳于髡以機智的問話點醒齊威王，又不讓他失其顏面，齊威王雖淫靡數年，後來卻能威行三十六年，「一鳴驚人」便用以形容人突有傑出的表現，令眾人刮目相看。蘇軾以此鼓勵將上京趕考的秦觀。再看秦觀〈和東坡紅鞓帶〉其中四句曰：「君不見相如容貌窮不枯，卓氏恥之分百奴。一朝奉指使笻筰，駟馬赤車從萬夫。」〔註88〕《史記‧司馬相如列傳》載云：

> 相如之臨邛，從車騎，雍容閑雅甚都；及飲卓氏，弄琴，

〔註85〕〔漢〕毛亨傳；〔漢〕鄭玄箋；〔唐〕孔穎達疏：《毛詩正義》卷十二，《十三經注疏》本，頁862。
〔註86〕〔宋〕蘇軾著；〔清〕馮應榴輯注：《蘇軾詩集合注》卷十六，頁804～806。
〔註87〕〔漢〕司馬遷撰：《史記》卷一二六（北京：中華，1963年），冊十，頁3197。
〔註88〕徐培均：《淮海集箋注》卷五，頁176。

文君竊從戶窺之，心悅而好之，恐不得當也。既罷，相如
乃使人重賜文君侍者通殷勤。文君夜亡奔相如，相如乃與
馳歸成都。家居徒四壁立。卓王孫大怒曰：「女至不材，我
不忍殺，不分一錢也。」……〔註89〕

上文可見司馬相如一開始不被看好，後來卻任為朝中重臣，身世與慶
源君相似，秦觀取此事典來祝賀慶源君。

　　秦觀因求官之路坎坷漫長，科考連年挫敗，元豐八年甫任職朝
廷，上任後又遭黨禍所害，難伸其志，加上性格細膩軟弱，儘管對
國家百姓有改革理想，也未敢輕舉妄動，所能發揮的也就較蘇軾少
了許多。但這並不影響蘇、秦兩人情誼，秦觀在文中誇下「天下無
難事」的豪語，與蘇軾所言之「此事何難」實有默契，同具經世濟
民的自信與使命，縱然未能事事順心如願，然而契合的思想理路，
使兩人一生無論官場、日常，皆得以相互瞭解，彼此關心，為生活
帶來安慰。

二、道家之逍遙自適

　　秦觀早年雖懷抱壯志，對國家安危感到憂心，然並不汲營於名
利，若非生計所需，恐怕年輕氣盛的秦觀，是不願出來任官的，程杰
云：

秦觀終生信奉的是由道家老莊哲學規定的獨立自足的人格
理想和絕對自由的精神境界。秦觀早年那豪放的生活和慷
慨的意氣，就是這種自由精神的某種實現。〔註90〕

秦觀在〈春日雜興十首〉其二即表露「繆挾江海志，恥為升斗謀」〔註
91〕，化用莊周典故清楚道出他厭倦為功名奔波忙碌，自比「江海人」

〔註89〕〔漢〕司馬遷撰：《史記》卷一一七，冊九，頁3000。
〔註90〕程杰〈關於秦觀生平、思想的瑣屑〉：「秦觀終生信奉的是由道家老
莊哲學規定的獨立自足的人格理想和絕對自由的精神境界。秦觀早
年那豪放的生活和慷慨的意氣，就是這種自由精神的某種實現。」（南
京：《南京師大學報》第二期，1986年，頁72。）
〔註91〕徐培均：《淮海集箋注》卷三，頁95。

願「無為而已矣」。〔註92〕蘇軾〈與劉宜翁使君書〉也自訴：「軾齠齓好道，本不欲婚宦，為父兄所強，一落世網，不能自逭。然未嘗一念忘此心也。」〔註93〕閱覽群書的東坡，從小便喜好道家學說，雖在家人強迫下仍步入塵世，然道家精神已深其筋骨、貫於一生。

　　從秦觀〈逆旅集序〉中可見他的作品無所不包，凡「周孔之遺言」、「浮屠老子」、「卜醫夢幻」、「神仙鬼物之說」，皆能深入淺出地表現在詩作之中，且云「萬物歷歷，同歸一隙；眾言喧喧，歸於一源。」〔註94〕對宇宙事物的瞭解，詩人以為出自一隙、一源，這與道家「道通為一」的思想如出一轍，自「道」觀萬物，則萬物無不相通為一體，又少游〈魏景傳〉云：

> 嗚呼！自大道隱，學者各師異習，尟得其本真。於是趨滅而不知生者，為佛氏之緣覺；趨生而不知滅者，為道家之神仙。二者不同，其蔽一也。然比夫生而行，死而伏，冥然日用而不知者，固有間矣。〔註95〕

魏景為「淮海高郵之隱君子也」，秦觀主述其一生從道教方士為師，低調神秘而後未見，以此引出詩人對老、莊道家學說的推崇，所謂「生而行，死而伏，冥然日用而不知者」，係脫胎自《莊子》：「古之真人，不知說生，不知惡死；其出不訢，其入不距；翛然而往，翛然而來而已矣」〔註96〕一段，道家真人已與萬物冥一，實超脫生死，在道中來去自如，逍遙無為。秦觀認為「趨滅而不知生者」與「趨生而不知滅者」的佛家與道教〔註97〕，皆不及道家學說來的寬闊，得以涵容整體，

〔註92〕《莊子·刻意》言：「就藪澤，處閑曠，釣魚閑處，無為而已矣。此江海之士、避世之人，閑暇者之所好也。」（〔清〕郭慶藩：《莊子集釋》外篇，頁237。）

〔註93〕〔宋〕蘇軾撰；孔凡禮點校：《蘇軾文集》卷四十九，頁1415。

〔註94〕徐培均：《淮海集箋注》卷三十九，頁1258。

〔註95〕徐培均：《淮海集箋注》卷二十五，頁826。

〔註96〕〔清〕郭慶藩：《莊子集釋》，〈大宗師〉，頁103～104。

〔註97〕本文「道家之神仙」實指「道教」，道家與道教有所區別，前為老、莊學說思想，後乃方士之術，蘇軾〈上清儲祥宮碑〉曾辨二者云：「道家者流，本出於黃帝、老子，其道以清淨無為為宗，以虛明應物為

生滅皆談。

蘇軾〈超然臺記〉與秦觀呼應，充分表現他與萬物冥一、不具成心的人生觀：

> 凡物皆有可觀。苟有可觀，皆有可樂，非必怪奇瑋麗者也。餔糟啜醨，皆可以醉，果蔬草木，皆可以飽。推此類也，吾安往而不樂。……彼遊於物之內，而不遊於物之外。物非有大小也，自其內而觀之，未有不高且大者也。彼挾其高大以臨我，則我常眩亂反覆，如隙中之觀鬥，又烏知勝負之所在。是以美惡橫生，而憂樂出焉。可不大哀乎。〔註98〕

天地之大，萬物之雜，常人多對事物有所評判與挑剔，蘇軾則不然，貶謫歲月磨練他隨和平靜的態度，造就他對萬物的肯定，無論餔糟啜醨、果蔬草木皆為東坡所納，一句「吾安往而不樂」足見詩人雍容大度的胸襟、開朗樂觀的性格，蘇公更直指遊於物內之偏狹，若只見事物一面，而未能觀其全貌，則個體鮮明、紛爭橫生，《莊子・德充符》說「自其異者視之，肝膽楚越也；自其同者視之，萬物皆一也。」〔註99〕這樣「隨遇而安」的道家人生觀，便是帶領詩人忘卻仇恨、超越苦難的智慧。蘇軾起落無常的宦海生涯，在《莊子》中獲得許多撫慰。張瑋儀《宋代詩歌之養生與療心》云：

> 對於生命之體會，服膺道家意旨，順於時變、無所早計。實地運用莊子安時處順，則哀樂不能入的順化之意，故能無計得失、窮達之別，對於生命起伏能夠「過而弗悔，當而不自得。」故可謂，蘇軾遷謫歷程中，得以縱浪大化、

用，以慈儉不爭為行，合乎《周易》『何思何慮』、《論語》『仁者靜壽』之說如是而已。自秦漢以來，始用方士言，乃有飛仙變化之術，《黃庭》、《大洞》之法，太上、天真、木公、金母之號，延康、赤明、龍漢、開皇之紀，天皇、太一、紫微、北極之祀，下至於丹藥奇技、符籙小數，皆歸於道家，學者不能必其有無，然臣嘗竊論之：黃帝、老子之道，本也；方士之言，末也，修其本而末自應。」（〔宋〕蘇軾著：《蘇東坡全集》上冊卷十五，頁625。）

〔註98〕〔宋〕蘇軾著：《蘇東坡全集》上冊卷三十二，頁385～386。
〔註99〕〔清〕郭慶藩：《莊子集釋》內篇，頁86～87。

坦然無懼，實應歸功於道家思想的安頓精神。〔註100〕

道家思想之於蘇軾與秦觀，一方面令兩人神往，一方面又難以落實在生活中，儘管如此，兩人對道家思想的傾慕與崇尚，常表現在致贈朋友的交往詩裡。見蘇軾〈送塞道士歸廬山〉云：

> 物之有知蓋恃息，孰居無事使出入？心無天游室不空，六
> 鑿相攘婦爭席。
> 法師逃人入廬山，山中無人自往還。往者一空還者失，此
> 身正在無還間。
> 綿綿不絕微風裏，內外丹成一彈指。人間俛仰三千秋，騎
> 鶴歸來與子游。〔註101〕

詩中化用《莊子·外物》中的一段話，其說云：

> 目徹為明，耳徹為聰，鼻徹為顫，口徹為甘，心徹為知，
> 知徹為德。凡道不欲壅，壅則哽，哽而不止則跈，跈則眾
> 害生。物之有知者恃息，其不殷，非天之罪。天之穿之，
> 日夜無降，人則顧塞其寶。胞有重閬，心有天遊。室無空
> 虛，則婦姑勃豀；心無天遊，則六鑿相攘。大林丘山之善
> 於人也，亦神者不勝。〔註102〕

蘇軾化用《莊子·外物》中的「物之有知者恃息，其不殷，非天之罪」、「心無天遊，則六鑿相攘」，說明人心當有廣袤的空間，任其自在遨遊。人皆由天然的氣組成，因後天的七情六慾而遺忘了本心。蘇軾引此故實，既表達對塞道士的景仰，認為塞道士已放下了「名物」；超越了「六鑿」，也流露個人傾慕道家與世無爭，自在守本的精神。

再看秦觀〈和東坡紅鞓帶〉，其中兩句寫到：

> 一朝忽解印綬去，恥將詩禮攘裙襦。〔註103〕

〔註100〕張瑋儀：《宋代詩歌之養生與療心》，頁117。
〔註101〕〔宋〕蘇軾著；〔清〕馮應榴輯注：《蘇軾詩集合注》卷三十，頁
　　　　1510～1511。
〔註102〕〔清〕郭慶藩：《莊子集釋》雜篇，頁404～405。
〔註103〕徐培均：《淮海集箋注》卷五，頁176。

這首詩是要祝賀蘇軾叔丈，秦觀和蘇軾〈慶源宣義王丈以累舉得官為洪雅主簿雅洲戶掾遇吏民如家人人安樂之既謝事居眉之青神瑞草橋放懷自得有書來求紅帶既以遺之且作詩為戲請黃魯直秦少游各為賦一首為老人光華〉所作，〈和東坡紅鞓帶〉同樣化用了《莊子・外物》，其云：

> 儒以詩、禮發冢。大儒臚傳曰：「東方作矣，事之何若？」小儒曰：「未解裙襦，口中有珠。」「詩固有之曰：『青青之麥，生於陵陂。生不布施，死何含珠為？』接其鬢，壓其顪，而以金椎控其頤，徐別其頰，無傷口中珠！」〔註104〕

《莊子・外物》中的將儒者比擬為盜墓者，儘管是盜墓也要以《詩》、《禮》唱和，道貌岸然的行徑，令人不齒。秦觀「恥將詩禮攘裙襦」，用來讚賞慶源君「恥」與朝中的拘拘小儒為伍，更進一步點出他清廉正直的形象。秦觀〈紀夢答劉全美〉中「九萬扶搖從此始」也化用了《莊子・逍遙遊》：「鵬之徙於南冥也，水擊三千里，搏扶搖而上者九萬里。」〔註105〕

兩人交往詩中，表達了崇尚道家逍遙自由的精神，秦觀在〈答傅彬老簡〉曾評論蘇軾的道家思想，他認為：

> 蘇氏之道，最深於性命自得之際；其次則器足以任重，識足以致遠。至於議論文章，乃其與世周旋，至粗者也。
> 〔註106〕

秦觀眼中的蘇軾，最重道家之性命自得，以掘發生命本質為主，其後才是儒家「任重而道遠」的入仕思想、文人所應為家國付出的責任，議論文章就僅是應付官場的工具罷了，對蘇軾而言最為庸俗、最無須在意的。秦觀與蘇軾相識二十餘年，時間並未使兩人疏離，反而更加珍惜彼此，秦公從蘇公學習，精闢闡述老師思想，足見兩人不謀而合的默契，與情感何以深遠流長的原因了。

〔註104〕〔清〕郭慶藩：《莊子集釋》雜篇，頁400。
〔註105〕〔清〕郭慶藩：《莊子集釋》內篇，頁3。
〔註106〕徐培均：《淮海集箋注》卷二十七，頁981。

三、道教之神仙練氣

　　道教自東漢末年興起後，經魏晉南北朝與唐代發展，至宋代更得到高度的重視，宋代君王以道教神仙之說鞏固其王位，以宗教之言收服百姓，太祖、太宗尤喜道士，真宗朝更有偽造天書之說。〔註 107〕北宋君王崇道風氣促使道教蓬勃，文人士大夫亦受此影響，紛紛研習道術、覽讀道書，文學作品中也多有關於道教方士的術語、典故，玄妙的仙人傳說也常入詩人筆下，蘇軾與秦觀詩中便常引神仙道人來稱頌好友，讚其高尚、不落俗塵的身世。北宋道教最根本的改變，是從唐代葛洪以降服食丹藥的外丹術，轉為向內修持的內丹術，主要書籍有《黃庭經》、張伯端〈悟真篇〉等，內容強調人身便是小天體，配合大自然的時序來調和體內之陰陽，善言精、氣、神，以此為養生煉氣的修持內容。

　　兩人運用「道教」之典故，不外乎神仙與道術，如蘇軾〈次秦少游韻贈姚安世〉云「肯把參同較同異，小窗相對為研丹」，取用《神仙傳・魏伯陽》故實說：

> 魏伯陽，吳人也。高門之子，而性好道術，不肯仕宦，閑居養性，時人莫知其所從來，謂之治民養身而已，入山作神丹，將三弟子，知兩弟子心不盡誠，……伯陽乃復問諸弟子曰：「作丹恐不成，今成而與犬食，犬又死，恐是未得神明之意，服之恐復如犬，為之奈何？」弟子曰：「先生當服之否？」伯陽曰：「吾背違世路，委家入山，不得仙道，吾亦恥歸，死之與生，吾當服之耳。」伯陽便服丹，丹入口即死。弟子相顧，謂曰：「所以作丹者，欲求長生耳，而服之即死，當奈此何？」惟一弟子曰：「師非凡人也，服丹而死，得無有意耶？」又服之，入口復死。餘二弟子乃相謂曰：「作丹求長生耳，今服丹即死，當用此何

〔註107〕〔宋〕李燾：《續資治通鑑長編》卷六八記有：「適見皇城司奏，左承天門屋之南角，有黃帛曳於鴟吻之上，朕潛令中使往視之，迴奏云：『其帛長二丈許』，緘一物如書卷，纏以青縷三周，封處隱隱有字。朕細思之，蓋神人所謂天降之書也。」（頁 1）。

為？若不服此，自可得數十年在世間活也。」遂不服，乃
共出山，欲為伯陽及死弟子求棺木殯具。二人去後，伯陽
即起，將所服丹內弟子及白犬口中，須臾皆起。將服丹弟
子姓虞，及白犬而去，逢入山伐薪人，作手書與鄉里人，
寄謝二弟子。弟子見書，始大懊惱。伯陽作《參同契》，
五相類，凡二卷，其說似解《周易》，其實假借爻象，以
論作丹之意，而世之儒者不知神丹之事，多作陰陽注之，
殊失其旨矣。〔註108〕

上文可見魏伯陽煉丹的決心與勇氣，服藥後不但起死回生，又作有道
教經典《參同契》，影響後世深遠。蘇軾在〈次秦少游韻贈姚安世〉
中又云「問羊獨怪初平在，牧豕應同德曜看」，秦觀〈次韻奉酬丹元
先生〉也說「金華紫煙客，來作牧羊兒」，兩人同時引用《神仙傳‧
皇初平》，其故實云：

皇初平。丹溪人，年十五，家使牧羊，有道士見其良謹，
將至金華山石室之中，四十餘年，翛然不復念家。其兄初
起，尋索初平，歷年不得。後見市中有一道士，善易而問
之曰：「吾弟，牧羊失之四十餘年，不知存亡之在，願君與
占之。」道士曰：「昔見金華山中有一皇初平，非君弟
乎？」……語畢，兄問初平曰：「羊何在？」答曰：「近在
山東。」初起往視之，杳無所見，但有白石壘壘，復謂弟
曰：「山東無羊也。」初平曰：「羊在耳，兄自不見。」兄
與初平偕往尋之。初平言：「叱叱羊起。」於是白石皆起成
羊數萬頭。兄曰：「弟獨得神仙之道如此，可學否？」弟曰：
「唯好道，則得爾。」初起於是便捨妻子留，就初平。共
服松脂茯苓，至五萬日，坐在立亡，日中無影，顏有童子
之色。乃俱還鄉里，親族死方略盡，乃復還去。〔註109〕

文中可見黃初平「叱石成羊」的法術，哥哥黃初起後來也隨他修練，

〔註108〕〔晉〕葛洪：《神仙傳》卷二（臺北：藝文印書館，《百部叢書集成》
　　　　本），〈魏伯陽〉，頁2。
〔註109〕〔晉〕葛洪：《神仙傳》卷一，〈皇初平〉，頁6～7。

初起、初平後來紛紛成仙。蘇軾與秦觀取此典故致贈姚安世，讚其道術高妙，也以此送別友人。

再看秦觀〈別子瞻學士〉中「據龜食蛤暫相從，請結後期游汗漫」，引用到《神仙傳・若士》云：

> 若士者，古之神仙也。莫知其姓名。……燕人盧敖者，以秦時遊乎北海，經乎太陰，入乎玄闕，至於蒙穀之山，而見若士焉。其為人也，深目而玄準，鳶肩而脩頸，豐上而殺下，欣欣然方迎風而舞。顧見盧敖，因遁逃乎碑下，盧仍而視之，方踡龜殼而食蟹蛤。盧敖乃與之語曰：「唯以敖焉背羣離黨，窮觀六合之外，幼而好遊，長而不逾，周行四極。唯北極之未窺，今觀夫子於此，殆可與敖為友乎？」若士淡然而笑曰：「……然子處矣，吾與汗漫期於九垓之上，不可以久駐。」乃舉臂竦身，遂入雲中。盧敖仰而視之不見，乃止，恍惚若有所喪也，敖曰：「吾比夫子也，尤黃鵠之與壤蟲也。終日行不離咫尺，而自以為遠，不亦悲夫。」〔註110〕

秦觀以若士、盧敖的典故，表達自己想要寄於蘇軾門下，雖然自己的學養、為人都不比蘇軾，但「請結後期游汗漫」，希望日後蘇軾能多加提拔。又秦觀〈別子瞻學士〉「珠樹三株詎可攀，玉海千尋真莫測」，引《山海經・海外南經》說：「三珠樹在厭火北，生赤水上，其為樹如柏，葉皆為珠。」〔註111〕唐代王氏三兄弟均有才名，杜易簡稱之為三珠樹〔註112〕，秦觀用以稱讚蘇軾兄弟。

除了神仙典故，道教養生練氣之術，蘇軾與秦觀也多有提及。蘇軾〈養生訣上張安道〉自白：

> 近年頗留意養生。讀書，延問方士多矣，其法百數，擇其簡易可行者，間或為之，輒有奇驗。今此閑放益究其妙，乃知神仙長生非虛語爾。其效初不甚覺，但積累百餘日，

〔註110〕〔晉〕葛洪：《神仙傳》卷一，〈若士〉，頁1～2。
〔註111〕〔東晉〕郭璞注：《山海經》卷六，〈海外南經〉，頁2。
〔註112〕參〔宋〕歐陽脩、宋祁撰：《新唐書》卷二〇一，〈王勃傳〉，頁5739。

　　　　功用不可量。比之服藥其力百倍。〔註113〕

從一開始對道教神仙之語半信半疑，後來由於自己開始注重養身，才
確信道教內丹養生的方法，功效是循序漸進非一日可幾的，經由持續
累積的修持，感受體內精神的流轉與飽滿，要比服用丹藥等外丹術來
的見效、可靠。

　　蘇軾自從親信養生之術後，以其熱情的性格，大力推薦身邊親友
嘗試，在他謫居黃州時，便曾寄簡秦觀，叮囑詩人試用道教醫術，勤
於養生：

　　　吾儕漸衰，不可復作少年調度，當速用道書方士之言，厚
　　　自養錬。謫居無事，頗窺其一二。已借得本州天慶觀道堂
　　　三間，冬至後，當入此室，四十九日乃出，自非廢放，安
　　　得就此。〔註114〕

元豐三年，蘇軾四十五歲，自感「吾儕漸衰，不可復作少年調度」，
因烏台詩案被謫至湖北黃州，首次被貶，「始謫黃州，舉目無親」的
狀況下，詩人或閉門研讀，或親近道觀、佛廟。這段時日對道教頗有
深究，不僅與秦觀分享自己要親試方術，閉關四十九日才出，也邀請
他一同進行，時秦觀科舉落第，居家中高郵，在其〈與蘇公先生簡〉
其四「前得所賜書，承用道家方士之言，自冬至後，屏去人事，室居
四十九日乃出。」〔註115〕可知秦觀遵奉師言，兩人同在冬至後依循
道教方士之言修煉身心，彼此書簡往返，交流習用方術的生活，談論
相同興趣，各自為身處異地與科舉不中的兩人，增添一股暖意，深知
遙遠的一隅，仍有同好相互惦記著。

　　道教學術上，兩人除了養生醫術的交流外，也共同擁有許多道士
好友，如眉山人陳太初、吳郡人姚丹元、成都人蹇翊之等。詩人與道
士往來密切，對道士懷有崇敬、欽羨之心，多有作品贈之，如秦觀先

〔註113〕〔宋〕蘇軾撰；孔凡禮點校：《蘇軾文集》卷七十三，頁 2335。
〔註114〕〔宋〕蘇軾撰；孔凡禮點校：《蘇軾文集》卷五十二，〈答秦太虛七
　　　　首〉其四，頁 1535。
〔註115〕徐培均：《淮海集箋注》卷三十，頁 984。

與姚丹元相識，作〈次韻奉酬丹元先生〉稱其「真遊無疆界，浩蕩天風吹」〔註116〕，後蘇軾才透過王鞏與其相交，也次韻秦觀詩以贈；又蘇軾與陳太初相識甚久，自小同師道士張易簡，〈陳太初尸解〉記其超越名利生死的形象，一身生不帶來、死不帶去的清風道骨〔註117〕，秦觀則有〈送陳太初道錄〉云云。

　　秦觀《淮海集》中也不乏關於道教醫術的專論，如〈十二經相合義說〉為醫學論文，針對《黃帝內經》之「十二經脈」提出介紹並深究，鑽研的結果，不禁令詩人感嘆「陰陽之為道博而要，小而大。」《黃帝內經》的廣大與精微「今之所謂學醫者，惡足以語此哉？」佩服先賢所遺傳下來的智慧。〔註118〕〈醫者〉描寫道教醫士鄒放對道書中人體的研究，「主承客禦勝復存，是為萬物疾病原」疾病源於人體主客體器官無法調和〔註119〕，身體便容易患病。

　　透過蘇軾、秦觀的作品及古書對兩人的相關記載、評論，得知兩人對儒釋道思想的接納，為相容並進，不偏廢一方，除此之外，對道教醫術亦多有研究，如同周偉民、唐玲玲稱蘇軾「他的學問駁雜廣博，對各派學說兼收並蓄，各種思潮都對他的思想有所衝擊，這就形成蘇軾思想的複雜和多元。」〔註120〕秦觀亦然，兩人豐富的學養，不僅可用以經世，處理繁忙事務，也可透過廣博知識傳遞養身益處，照顧自身也協助友人，且兩人對學術的喜好相近，詮釋、應用的方法雷同，「從現代心理學的角度而言，相似(similarity)是影響人際吸引的一個因素。」〔註121〕身為文人飽覽群書並學以致用乃基本素養，對學術的理解也就自然影響人與人之間的交流，蘇軾與秦觀有相契的學術思

〔註116〕徐培均：《淮海集箋注》卷五，頁160。
〔註117〕〔宋〕蘇軾撰；孔凡禮點校：《蘇軾文集》卷七十二，頁2322。
〔註118〕徐培均：《淮海集箋注》卷二十五，頁843。
〔註119〕徐培均：《淮海集箋注》卷二，頁63。
〔註120〕周偉民、唐玲玲合著：《蘇軾思想研究》（臺北：文史哲，1996年），頁198。
〔註121〕張春興：《現代心理學──現代人研究自身問題的科學》（臺北：東華，1992年重修版），頁439。

想，不僅令兩人友誼淵遠流長，也因此牽動著兩人在現實宦海中的生存。

四、佛家之戒律自持

禪師慧能〈定慧品〉云：「於諸境上，心不染，曰無念。於自念上，常離諸境，不於境上生心」〔註122〕不住於念，即是「離境」。「無念」不是思慮斷絕、行屍走肉，而是一種「不依境起，不逐境轉」，要有自在本心，純淨的本心如面鏡子，萬物來映照現形，萬物去則歸於清淨，不起分別判斷的妄念，而如如不動，保有自性。

兩人交往詩多取佛家「詞典」，以佛教專用的術語烘托語境，如蘇軾〈端午遍遊諸寺得禪字〉云「忽登最高塔，眼界窮大千。卞峯照城郭，震澤浮雲天。」引自《阿彌陀經》中的「恆河沙數諸佛。各於其國，出廣長舌相，徧覆三千大千世界，說誠實言。汝等眾生，當信是。稱讚不可思議功德，一切諸佛所護念經。」〔註123〕；秦觀〈次韻子瞻贈金山寶覺大師〉云「雲峯一變隔炎涼，猶喜重來飯積香。」取《維摩詰所說經香積佛品》曰：「有國名眾香，佛號香積，今現在。其國香氣比於十方諸佛世界人天之香。……於是香積如來以眾香鉢盛滿香飯與化菩薩，……是化菩薩以滿鉢香飯與維摩詰。」〔註124〕；秦觀〈送僧歸遂州〉云「寶師本巴蜀，浪迹遊淮海。定水湛虛明，戒珠炯圓彩。」引《妙法蓮華經‧序品》：「又見具戒，威儀無缺，淨如寶珠，以求佛道。」、「精進持淨戒，猶如獲明珠。」〔註125〕

宋代文人與禪僧往來密切，思想行為追求「禪趣」，自然澹泊的

〔註122〕釋法海撰；丁福保箋註：《六祖壇經箋註》（臺北：文津，1998年），頁146。
〔註123〕〔明〕蕅益大師要解；〔清〕圓瑛法師講義：《阿彌陀經要解講義》（臺中：青蓮，1997年），頁342。
〔註124〕〔東晉〕僧肇註；(姚秦)鳩摩羅什譯：《維摩詰所說經註》卷七（臺北：新文豐，1993年），頁269。
〔註125〕普行法師著：《法華經易解》（臺北：大乘精舍印經會，2011年），頁54、76。

生活也成了士大夫們追求的型態。蘇軾一生追奉佛老，自然也深契禪宗思想，子由〈亡兄子瞻端明墓誌銘〉便稱蘇軾「後讀釋氏書，深悟實相。」〔註126〕

　　蘇公閱覽群書，身經百事，拜讀佛學不僅賦予他更寬闊的生命視野，於文學創作上也頗得妙悟，嘗將詩、禪結合，構築他別具禪趣的詩意，見其〈卓錫泉銘並敘〉：

> 六祖初住曹溪，卓錫泉湧，清涼滑甘，贍足大眾，逮今數百年矣。或時小竭，則眾汲於山下。今長老辯公住山四歲，泉日湧溢，聞之嗟異。為作銘曰：「祖師無心，心外無學。有來扣者，雲湧泉落。問何從來，初無所從。若有從處，來則有窮。」〔註127〕

表面為卓錫泉作銘，旨卻言禪道之「無念無心」。以泉水之湧竭、禪僧之悟境深淺，道出禪學奧妙之處，乃在於心無塵埃，心指最初始之自性，「自性」便是生命的本質，「自性迷則眾生，自性覺則成佛」，因此「若有從處，來則有窮」，心有一迷——「從處」的話，就已失焦，遂不能無為無窮，心必須澄淨、無雜念，就能自然而然地使「雲湧泉落」，佛性自會彰顯，若心中充滿疑惑、妄念叢生，則泉水有窮，時而小竭。蘇軾「意在旨外」的禪趣融入詩作，既可觀宋代士大夫創作善於融禪入詩，也得見蘇軾對禪學的領會與妙用。

　　再觀其〈送參寥師〉數句：

> 欲令詩語妙，無厭空且靜。靜故了羣動，空故納萬境。閱世走人間，觀身臥雲嶺。鹹酸雜眾好，中有至味永。詩法不相妨，此語當更請。〔註128〕

談詩法與禪法的結合運用，詩語若想臻至禪一「妙」字，則不應排斥禪宗重要的本質「空」和功夫「靜」，「靜」得以觀照萬物之紛亂變化，

〔註126〕　〔宋〕蘇轍：《欒城集》後集卷二二，（臺北：臺灣商務，1983年，景印文淵閣《四庫全書》本），頁17。
〔註127〕　〔宋〕蘇軾撰；孔凡禮點校：《蘇軾文集》卷十九，頁566。
〔註128〕　〔宋〕蘇軾著；〔清〕馮應榴輯注：《蘇軾詩集合注》卷十七，頁863～864。

「空」能夠包容萬物之種種情境。人生處境彷若禪法，敞開心胸、廣涵萬物，則人間「中有至味永」，無處不逍遙，並認為詩法與禪法不會相互干擾。禪思經由詩人精鍊的語言表達，更能顯露意味深長的妙趣。

　　秦觀從小便與佛道接觸，自道「余家既世崇佛氏」〔註129〕，年輕時即代他人作功德疏與開堂疏數篇，為文「善用禪宗當家語，嘻笑成文，文之瀟洒者。」〔註130〕如〈高郵長老開堂疏〉可見「當頭棒喝」、「不快漆桶」、「無孔鐵鎚」等警惕眾生癡迷、意志分散的佛家用語〔註131〕；〈神宗皇帝晏駕功德疏〉有「大圓鑒中」、「無生之忍」、「不退之輪」等專注其一、自性不滅的禪家典故〔註132〕，詩人日常生活遍布禪法，思想、作品與禪道習習相關，抱有佛緣。熙寧九年更有作品〈陪李公擇觀金地佛牙〉，稱世人皆因追名逐利而使鬢鬚斑白，庸碌一生，恍不知人生如夢，還不如瞭解佛家真諦。〔註133〕

　　秦觀對禪道詮釋頗為經典，其〈心說〉云：

> 心本無說，說之非心也。雖本無說，而不得不有說。默而神之，與道全之；說而明之，與道散之。其全為體，即體而有用；其散為用，即用而有體。體用並游於不窮而俱止於無所極者，其唯心而已矣。而世之君子迷己於物，沉真於偽，而莫之見焉，此〈心說〉之所以作也。〔註134〕

文中企圖說明詩人所認為的「心」為何物，內容融禪、道哲理，旨欲

〔註129〕徐培均：《淮海集箋注》卷三十八，〈五百羅漢圖記〉，頁1217。

〔註130〕《淮海集》段斐君本，徐渭評〈高郵長老開堂疏〉之語。

〔註131〕徐培均：《淮海集箋注》卷三十二，頁1065～1066。

〔註132〕徐培均：《淮海集箋注》卷三十二，頁1064～1065。

〔註133〕秦觀〈陪李公擇觀金地佛牙〉約作於熙寧九年：「因悲人生信如夢，浪逐聲勢霜鬢鬚。一源清淨誰復無，枉入諸趣更崎嶇。願因今日詣真際，古松白日常蕭疏。」佛牙乃指佛的舍利子。「枉入諸趣更崎嶇」言佛家之因緣輪迴，諸趣指生命以非人的形式存在，如小昆蟲等動物時，生活將更加辛苦。（徐培均：《淮海集箋注》後集卷二，頁1391～1392）。

〔註134〕徐培均：《淮海集箋注》卷二十五，頁833。

告誡當世文人君子，不要沉迷於自己一套的觀念裡，以為知曉禪道、彷若可自稱神人，實則鑽牛角尖、不知變通，錯誤地運用禪道建立個人學說，以致於無法見到最純然澄淨之心。以層層遞進的問答，抽絲剝繭引出心「即體即用」，其處中立，不極端偏失，且欲會本心之真，須是自然無為地「見」，如同禪宗注重的「見性」。

　　綜上所述，時代的思想自然影響了文學內涵，不同於唐詩，宋人作詩多將具有哲理、生活化的典故融入，周裕鍇說：

> 典故作為一種藝術符號受到宋人的青睞，決非偶然，它濃縮著豐富的歷史文化內涵，是傳統文化精神承傳的重要紐帶。崇尚用事，既與宋人重視人文資源、詩學傳統的意識密切相關，也與宋人自覺立異於唐詩、超越唐詩的心態分不開。〔註135〕

各家思想並非統一單調，往往具備多種面向，如遵奉以儒學為核心的理學，便有程朱與陸王之分，蘇軾也曾因與程頤價值觀迥異而彼此不睦，但他與秦觀之間存有默契，對學術思想的解讀深具共識，本節藉由蘇軾與秦觀交往詩的典故應用，看見了兩人相近的思想與價值觀，以此延續了兩人長遠的友誼。

小結

　　本章探討兩人交往詩之藝術特色，首先將兩人用字顏色分為青綠色、紅色及金黃色，青綠色有堅毅感，如秦觀在與蘇軾告別時以「珠樹三株詎可攀」、「松柏仍當雪後青」（秦觀〈別子瞻學士〉）稱讚東坡；有孤寂感，如蘇軾突遇烏台詩案，秦觀思念他而寫的「水荇重深翠，烟山疊亂青」（秦觀〈德清道中還寄子瞻〉）；有清貴感，如蘇、秦為王慶源祝壽，皆以「青衫」或「青衣」稱之，兩人將王慶源的形象描寫為「遇民如兒吏如奴」、「青衣江畔人爭扶」（蘇軾〈慶源宣義王丈……為老人光華〉）、「上馬不用兒孫扶」（秦觀〈和東坡

〔註135〕周裕鍇：《宋代詩學通論》（成都：巴蜀書社，1997年），頁528。

紅鞓帶〉），此時青衣雖是小官，但人民擁戴王君的狀況，早已超出實際官職賦予他的責任，凸顯王君不慕榮利而樂善好施的「清貴」形象；有閑適感，如蘇軾在山中「清風偶與山阿曲，明月聊隨屋角方」（蘇軾〈余去金山五年而復至次舊詩贈寶覺長老〉）、「敲火發山泉，烹茶避林樾」（蘇軾〈遊惠山并敘〉）煮茶聊天，坐看明月升起，身旁有好友、美景，難得閑適、放鬆的時光；有虛幻感，蘇軾〈虛飄飄〉、秦觀〈和虛飄飄〉描摹雪花，雪落在「柳條」、「葉下」，白銀世界裡間雜著青綠的植披，雪飛、雪降，讓詩境多了份虛幻、浪漫的想像。

　　紅色是個極為醒目的顏色，生活中當我們需要警告、標註、批改、引人注意時總會選擇紅色。又中華文化認為紅色是具有喜氣、象徵著祝福的符號，舉凡過節貼的春聯、紅包、新婚的裝扮，人們都喜歡以紅色表現興奮、溫暖、富貴、吉利的。而紅色系在兩人交往詩中，常被用來寫景，而景多表現了他們熱烈、興奮的一面，還隱含著希望及光明，如「二子緣詩老更窮，人間無處吐長虹」（蘇軾〈與秦太虛參寥會於松江……分韻得風字二首〉）、「松江浩無旁，垂虹跨其上」（秦觀〈與子瞻參寥會松江得浪字〉），而兩人交往詩中使用的金黃色系，表達的不外乎是權威、不凡、具有生命力的意象，如「露凝殘點見紅日，星曳餘光橫碧霄」（蘇軾〈虛飄飄〉）以星星的微不足道，卻能閃耀於夜空，強調個人積極進取的人生觀、「憐我鬢蒼浪，黃埃眩蟲絲」（秦觀〈次韻奉酬丹元先生〉）、以黃黃埃、黃塵吐露自己處在令人心慌的環境裡。

　　接著用韻方面，葉家桐《中國詩律學》云：
　　漢字的四個聲調不僅具有強烈的音樂感，而且各自具有不同的感情色彩。古人在創作實踐中，正是由不自覺到自覺地運用漢字聲調的這些特點來增強詩的音樂感，表達各種不同的思想感情。〔註136〕

〔註136〕葉家桐：《中國詩律學》（臺北：文津，1998 年），頁 315。

如元豐二年（1079），兩人同覽山水，走訪諸寺，東坡作〈余去金山
五年而復至次舊詩贈寶覺長老〉、〈遊惠山并敘〉用陽韻，少游以同韻
次之，旅遊的心情總是放鬆、喜悅的，陽韻的昂揚，正好與之綰合，
另外兩人同贈詩作給道士姚安世，秦觀以讀之較細膩、哀婉的支韻書
寫，蘇軾雖次韻，卻改以較奔放、深厚的寒韻書寫，勾勒出兩人性格
的不同。有趣的是，最後從詞語典故的應用，個人進一步看見兩人雷
同的思想，表現於儒家、道家、道教和佛家的思想中，兩人對學術的
喜好相近，詮釋、應用的方法雷同，「從現代心理學的角度而言，相
似(similarity)是影響人際吸引的一個因素。」〔註137〕蘇軾、秦觀既相
像又相異，他們在類似的思想裡交往，而保有個體性格的差異，正因
為這樣的親暱與尊重，讓兩個不一樣的生命，能延續他們的互動與情
感。

〔註137〕張春興：《現代心理學——現代人研究自身問題的科學》，頁 439。

第六章　結　論

一、研究成果

　　唐詩和宋詩總被拿來比較，我們可以說唐詩和宋詩各有各的個性、風格、韻味，但難以評判誰優於誰，然而談到詩歌，宋詩的光環往往被唐詩壓下，其實宋詩也有許多值得人探究的地方，透過宋詩能更了解當時文人的交往、政黨發展的背景、思想脈絡的延續等。本文聚焦宋代最為人所知的詩者——蘇軾，觀察他和好友（徒弟）秦觀間的互動，以兩人之間的「交往詩」（共歸納有 53 首）為研究主題。

　　人與人的交往面向千姿百態，有的若合一契、情誼長存，有的不得不維持表面和諧……。宋詩口語化、生活化，詩作常被用來與好友聯繫、切磋，彼此間的唱和、贈答、次韻等便成了宋詩的另一番風景，「交往詩」應運而生。

　　第二章交往詩述略，先廓清本文對「交往詩」的界定，個人認為「交往詩」乃是人們在生活所觸及的某種領域中、某種關係中，彼此互動、相互交流而興發出來的一種文學體式，只要具交往性質者，本文都將納入探討範圍，接著概述交往詩重要類別——唱和詩、贈答詩、聯句詩、次韻詩，再探討上述「交往詩」的形成和流變，發現交往詩的形貌自先秦皋陶與舜的「賡歌」，經漢魏六朝贈答、公宴之詩，至東晉陶淵明、釋慧遠、劉程之等「唱和詩」，後至唐代元和體詩人

的唱和、聯句詩體，儘管累經變化，文人仍然喜歡創作它。

　　第三章兩人交往詩創作背景及分期，先接續上一章探討交往詩的流變，第一節介紹北宋西崑、歐梅蘇再到蘇門文人集團的往來唱和，概述他們寫作時所關心的面向，由大範圍聚焦小範圍；第二節論述北宋文人創作交往詩的背景，蘇軾與秦觀正生活於這樣的環境，因著宋代「禮遇賢士」的風氣，讓文人免於為生計奔波勞碌，有更多時間從事文藝活動，加上朝廷朋黨氛圍，文人成群立言在所難免，詩歌成了文人交往、表意的媒介；第三節還原兩人交往全貌，從相識、相勉、相惜、相護、相慰、到相辭，一路上兩人互相扶持，共同度過了科舉的失意、烏臺詩案的驚恐、升官的快適、追貶的惆悵、生死的永別，見到兩人友誼的強度與韌性。

　　第四章分析兩人交往詩的內容，分為師友之鼓勵、久別之思念、生活之樂趣、慕道之情懷，如元豐元年（1078）秦觀將上京赴考，蘇軾作〈次韻秦觀秀才見贈秦與孫莘老李公擇甚熟將入京應舉〉鼓勵秦觀；元豐二年（1079）蘇軾因烏臺詩案入獄，秦觀作〈德清道中還寄子瞻〉思念蘇軾；元豐七年（1084）蘇軾和秦觀分別作〈送金山鄉僧歸蜀開堂〉、〈送僧歸遂州〉共同送別山僧圓寶；元祐七年（1092）蘇軾在揚州得到兩顆石頭，作〈僕所藏仇池石希代之寶也王晉卿以小詩借觀意在於奪僕不敢不借然以此詩先之〉，秦觀作〈和子瞻雙石〉……等，這些生活點滴，構築兩人的交往詩，其中有令人動容的感傷，也有使人發笑的風趣。

　　第五章探討兩人交往詩之藝術特色，以用字顏色的配置、詞語典故的應用、韻情的表達為分析對象，曹丕說「文以氣為主」，從用字顏色與韻情方面，不僅讀出兩人創作「風格」的不同，也引用意義治療的說法望見兩人「性格」的差異，如金黃色系的字，蘇軾〈虛飄飄〉：「露凝殘點見紅日，星曳餘光橫碧霄」以星星的微不足道，卻能閃耀於夜空，強調個人積極進取的人生觀，秦觀〈次韻奉酬丹元先生〉：「憐我鬢蒼浪，黃埃眩蟲絲」、〈別子瞻學士〉：「黃塵冥冥日月換，中有盈

虛亦何算」以黃埃、黃塵吐露自己處在令人心慌的環境裡。用韻方面，如兩人同贈詩作給道士姚安世，秦觀以讀之較細膩、哀婉的支韻書寫，蘇軾雖次韻，卻改以較奔放、深厚的寒韻書寫，勾勒出兩人性格的不同。有趣的是，從詞語典故的應用進一步看見兩人雷同的思想，表現於儒家、道家、道教和佛家的價值體系中，蘇軾、秦觀既相像又相異，他們在類似的思想裡交往，而保有個體性格的差異，正因為這樣的親暱與尊重，讓兩個不一樣的生命，能延續他們的互動與情感，這也是本文研究詩歌創作之餘，另一獲得的啟發。

二、未來展望

　　本文先設定「交往詩」為探究核心，再揀選對象來論述。研究過程中發現對「交往」提出想法的文章並不多，或許是前人對唱和、贈答、次韻詩作的刻板印象，多認為在歌功頌德、說好聽話，呈現的情感較為表面，因此研究價值不高，但若試著去還原交往的軌跡，其實可以發現人性中或珍貴或鄙陋的多種面向，也能對詩作有進一步的省思。書寫至此，本文還有許多不足之處，有待後續深入的研究。

　　本文僅就「東坡最善少游」來探討蘇軾與秦觀，但在蘇門集團中，仍有許多著名詩人，如人稱「蘇門六學士」的其他五位成員：黃庭堅、張耒、晁補之、陳師道、李廌，無論是蘇門集團或集團中某幾位詩人的交往詩研究，都值得一探究竟，看他們之間的仕途、生活、生死、思想……，看人與人的往來，如何藉由詩作表達，詩作又表達了些什麼，如此一來，既可覽賞他們的交往歷程，也能比較兩人的境遇、性格、才氣或詮釋等。

　　另外，聚焦「交往詩」的心理層面、文化現象、歷史沿革等大範圍的研究，不一定要停留在宋代，可向外延伸，如藉由某些詩人的比較研究，或某群文人集團（如六朝建安集團）的詩歌遊戲，來探討他們之間的性格差異，可引用心理學理論（如意義治療）來分析詩人交往詩中的療癒或諧謔互動，也可觀察這些詩作背後的文化現象，何以

產生這樣的酬贈、唱和，而現象背後又透露出什麼樣的社會互動或生命啟示等，或是針對人類交往史學、教育學等進行專題研究。

參考書目

一、蘇軾、秦觀相關專著

1. 《蘇東坡全集》〔宋〕蘇軾著，北京：中國，1986 年。

2. 《蘇軾文集》〔宋〕蘇軾著；孔凡禮點校，北京：中華，1996 年。

3. 《東坡詞編年箋證》〔宋〕蘇軾著；薛瑞生箋證，西安：三秦，1998 年。

4. 《蘇軾詩集合注》〔宋〕蘇軾著；〔清〕馮應榴輯注，上海：上海古籍，2001 年。

5. 《淮海集箋注》〔宋〕秦觀著；徐培均箋注，上海：上海古籍，2010 年。

6. 《淮海居士長短句箋注》〔宋〕秦觀著；徐培均箋注，上海：上海古籍，2011 年。

7. 孔凡禮撰：《蘇軾年譜》（北京：中華，1998 年）。

8. 王水照：《蘇軾論稿》（臺北：萬卷樓，1994 年）。

9. 四川大學中文系唐宋文學研究室：《蘇軾資料彙編》（北京：中華，1994 年）。

10. 周義敢、周雷合著：《秦觀資料彙編》（北京：中華，2001 年）。

11. 林怡君：《秦觀詞的女性敘寫研究》（新北：花木蘭文化，2012 年）。

12. 林素玲：《蘇軾黃州與嶺南時期詩歌審美意識研究・上冊／下冊》（新北：花木蘭文化，2016 年）。

13. 林語堂：《蘇東坡傳記》（臺北：風雲時代，2007 年）。

14. 洪亮：《放逐與回歸──蘇東坡及其同時代人》（南昌：百花洲文藝，

1993 年）。

15. 唐玲玲、周偉民：《蘇軾思想研究》（臺北：文史哲，1996 年）。

16. 徐培均：《秦少游年譜長編》（北京：中華，2002 年）。

17. 達亮：《蘇東坡與佛教》（臺北：文津，2010 年）。

18. 鄭倖朱：《蘇軾「以賦為詩」研究》（臺北：文津，1998 年）。

二、古籍（略依四部分類）

（一）經部

1. 《周易集解纂疏》〔清〕李道評撰；潘雨廷點校，北京：中華，1994 年。

2. 《尚書今古文注疏》〔清〕孫星衍撰；陳抗、盛冬鈴點校，北京：中華，1986 年。

3. 《毛詩正義》〔漢〕毛亨傳；〔漢〕鄭玄箋；〔唐〕孔穎達疏《十三經注疏》本，北京：北京大學，2000 年。

4. 《禮記訓纂》〔清〕朱彬撰；饒欽農點校，北京：中華，1996 年。

5. 《春秋左傳詁》〔清〕洪亮吉撰；李解民點校，北京：中華，1987 年。

6. 《春秋公羊傳注疏》〔漢〕何休解詁；〔唐〕徐彥疏《十三經注疏》本，北京：北京大學，2000 年。

7. 《論語正義》〔清〕劉寶楠撰；高流水點校，北京：中華，1990 年。

8. 《孟子》〔漢〕趙岐等注，北京：中華，1998 年。

9. 《說文解字注》〔漢〕許慎撰；〔清〕段玉裁注，上海：上海古籍，1981 年。

10. 《重修玉篇》〔南朝梁〕顧野王撰；〔唐〕孫強增補；〔宋〕陳彭年、丘雍重修，臺北：臺灣商務，景印文淵閣四庫全書本，1983 年。

11. 《新校宋本廣韻》〔宋〕陳彭年等著，臺北：洪葉，2007 年二版。

（二）史部

1. 《史記》〔漢〕司馬遷，北京：中華，1963 年。

2. 《漢書》〔漢〕班固，北京：中華，1962 年。

3. 《舊唐書》〔後晉〕劉昫，北京：中華，1975 年。

4. 《晉書》〔唐〕房玄齡，北京：中華，1974 年。

5. 《南史》〔唐〕李延壽，北京：中華，1975 年。

6. 《隋書》〔唐〕魏徵；令狐德棻，北京：中華，1982 年。

7. 《新唐書》〔宋〕歐陽脩、宋祁，北京：中華，1975 年。

8. 《宋史》〔元〕脫脫，北京：中華，1977 年。

9. 《續資治通鑑長編》〔宋〕李燾，臺北：臺灣商務，景印文淵閣《四庫全書》本，1986 年。

10. 《宋史紀事本末》〔明〕陳邦瞻編，北京：中華，1977 年。

11. 《資治通鑑後編》〔清〕徐乾學編，臺北：臺灣商務，景印文淵閣《四庫全書》本，1984 年。

12. 《國語》上海師範大學古籍整理組校點，上海：上海古籍，1978 年。

13. 《宋大詔集令》〔宋〕宋綬；宋敏求同編，臺北：鼎文，1972 年。

14. 《宋朝事實》〔宋〕李攸撰，錄自《中國歷史地理文獻輯刊》，上海：上海交通大學，2009 年。

15. 《高郵州志》〔清〕楊宜崙修；夏之蓉等纂，臺北：成文，收於《中國方志叢書》，1970 年。

16. 《姑蘇志》〔明〕王鏊撰，臺北：臺灣商務，景印文淵閣《四庫全書》本，1984 年。

17. 《直齋書錄解題》〔宋〕陳振孫撰，北京：中華，《叢書集成初編》本，1985 年。

（三）子部

1. 《荀子集解》〔清〕王先謙撰；沈嘯寰、王星賢點校，北京：中華，1988 年。

2. 《老子校釋》朱謙之撰，北京：中華，2000 年。

3. 《莊子集釋》〔清〕郭慶藩，臺北：世界書局，2015 年。

4. 《呂氏春秋新校釋》〔戰國〕呂不韋著；陳奇猷校釋，上海：上海古籍，2001 年。

5. 《淮南鴻烈集解》〔漢〕劉安撰；〔漢〕高誘注、劉文典集解，北京：中華，1989 年。

6. 《阿彌陀經要解講義》〔明〕蕅益大師要解；〔清〕圓瑛法師講義，臺中：青蓮，1997 年。

7. 《維摩詰所說經註》〔東晉〕僧肇註;（姚秦）鳩摩羅什譯，臺北：新文豐，1993 年。

8. 《拾遺記》〔東晉〕王嘉，臺北：藝文印書館，《百部叢書集成》本。

9. 《神仙傳》〔晉〕葛洪，臺北：藝文印書館，《百部叢書集成》本。

10. 《冷齋夜話》〔宋〕釋惠洪著;黃進德批注，南京：鳳凰，2009 年。

11. 《避暑錄話》〔宋〕葉夢得撰;王雲五主編，臺北：臺灣商務，1966 年。

12. 《龍川略志》〔宋〕蘇轍，北京：中華，收於《唐宋史料筆記叢刊》，1982 年。

13. 《曲洧舊聞》〔宋〕朱弁撰、〔清〕鮑廷博校刊、嚴一萍選輯，臺北：藝文，1966 年。

14. 《考古編》〔宋〕程大昌撰，臺北：臺灣商務，景印文淵閣《四庫全書》本，1983 年。

15. 《紺珠集》〔宋〕朱勝非，臺北：臺灣商務，景印文淵閣《四庫全書》本，1986 年。

16. 《邵氏聞見後錄》〔宋〕邵博撰;劉德權、李劍雄點校，北京：中華書局，1997 年。

17. 《陔餘叢考》〔清〕趙翼，北京：中華，1963 年。

18. 《穆天子傳》〔戰國〕佚名，北京：北京出版社，2000 年。

19. 《山海經》〔東晉〕郭璞注，清康熙時期《項氏群玉書堂》本。

20. 《藝文類聚》〔唐〕歐陽詢撰;汪紹楹校，上海：上海古籍，1982 年新一版。

（四）集部

1. 《白居易集箋校》〔唐〕白居易著;朱金城箋校，上海：上海古籍，1988 年。

2. 《韓昌黎文集校注》〔唐〕韓愈;馬其昶校注，上海：上海古籍，1986 年。

3. 《張司業集》〔唐〕張籍，臺北：臺灣商務，景印文淵閣《四庫全書》本，1985 年。

4. 《孟東野詩集》〔唐〕孟郊撰;〔宋〕宋敏求編，臺北：臺灣商務，景印文淵閣《四庫全書》本，1983 年。

5. 《溫國文正司馬公文集》〔宋〕司馬光撰，臺灣：臺灣商務，《四部叢刊初編》本，1975 年。

6. 《臨川先生文集》〔宋〕王安石，臺北：臺灣商務，《四部叢刊》本，1975 年。

7. 《蘇舜欽集》〔宋〕蘇舜欽，臺北：河洛，1976 年。

8. 《宛陵集》〔宋〕梅堯臣撰，臺北：臺灣商務，景印文淵閣《四庫全書》本，1985 年。

9. 《黃庭堅詩集注》〔宋〕黃庭堅撰，北京：中華，2003 年。

10. 《張耒集》〔宋〕張耒，北京：中華書局，1990 年。

11. 《後山集》〔宋〕陳師道，臺北：臺灣商務，景印文淵閣《四庫全書》本，1983 年。

12. 《小畜集》〔宋〕王禹偁，臺北：臺灣商務，景印文淵閣《四庫全書》本，1985 年。

13. 《渭南文集》〔宋〕陸游，臺北：世界，《陸放翁全集》本，1990 年。

14. 《石門文字禪》〔宋〕釋惠洪撰；釋覺慈編，臺北：臺灣商務，景印文淵閣《四庫全書》本，1983 年。

15. 《西崑酬唱集注》〔宋〕楊億等著；王仲犖注，上海：上海書店，2001 年。

16. 《武夷新集》〔宋〕楊億，臺北：臺灣商務，景印文淵閣《四庫全書》本，1987 年。

17. 《歐陽脩全集》〔宋〕歐陽脩著，臺北：世界，1991 年第五版。

18. 《放翁題跋》〔宋〕陸游撰；王雲五主編，臺北：臺灣商務，1966 年。

19. 《欒城集》〔宋〕蘇轍，臺北：臺灣商務，景印文淵閣《四庫全書》本，1983 年。

20. 《元遺山詩集》〔金〕元好問，臺北：清流，1976 年。

21. 《元好問全集》〔金〕元好問著；姚奠中主編，太原：山西人民，1990 年。

22. 《章氏遺書》〔清〕章學誠，臺北：漢聲，1973 年。

23. 《文選》〔南朝梁〕蕭統編；〔唐〕李善注，上海：上海古籍，1986 年。

24. 《花菴詞選》〔宋〕黃昇編，臺北：臺灣商務，景印文淵閣《四庫全書》本，1984 年。

25. 《集註分類東坡詩》〔宋〕王十朋，臺北：臺灣商務，《四部叢刊》本，1975 年。

26. 《坡門酬唱集》〔宋〕邵浩，臺北：臺灣商務，景印文淵閣《四庫全書》本，1986 年。

27. 《文章辨體彙選》〔明〕賀復徵編，臺北：臺灣商務，景印文淵閣《四庫全書》本，1984 年。

28. 《古詩源》〔清〕沈德潛，臺北：臺灣，1987 年四版。

29. 《全唐文》〔清〕董誥編，北京：中華，1983 年。

30. 《全唐詩：增訂本》中華書局編輯部點校，北京：中華，1999 年。

31. 《全上古三代秦漢三國六朝文》嚴可鈞校輯，北京：中華書局，1999 年。

32. 《先秦漢魏晉南北朝詩》逯欽立輯校，北京：中華，1983 年。

33. 《全宋詩》北京大學古文獻研究所編，北京：北京大學，1998 年。

34. 《文心雕龍義證》〔南朝梁〕劉勰著；詹鍈義證，上海：上海古籍，1989 年。

35. 《六一詩話》〔宋〕歐陽脩撰，南京：鳳凰，2009 年。

36. 《滄浪詩話》〔宋〕嚴羽，臺北：金楓，1986 年。

37. 《中山詩話》〔宋〕劉攽，臺北：臺灣商務，景印文淵閣《四庫全書》本，1985 年。

38. 《詩體明辯》〔明〕徐師曾編纂；〔明〕沈芬、沈騏箋註，臺北：廣文書局，1972 年。

39. 《詩藪》〔明〕胡應麟，上海：上海古籍，1958 年。

40. 《宋詩紀事》〔清〕厲鶚著，上海：上海古籍，2008 年。

41. 《宋詩紀事補遺》〔清〕陸心源，臺北：中華，1971 年。

42. 《甌北詩話》〔清〕趙翼，臺灣：廣文書局，1991 年再版。

43. 《春秋詩話》〔清〕勞德輿，臺北：廣文，1971 年。

44. 《清詩話》〔清〕王夫之等撰，上海：上海古籍，1999 年。

45. 《增廣詩韻集成》〔清〕余照編，臺南：大孚，1994 年。

46. 《清詩話續編》〔清〕郭紹虞編；富壽蓀校，上海：上海古籍，1983 年。

三、今人專著（依作者姓氏筆劃排序）

1. 丁仲祜編訂：《續歷代詩話》（臺北：藝文書局，1974 年）。

2. 中華書局編輯部點校：《全唐詩：增訂本》（北京：中華，1999 年）。

3. 方祖燊：《漢詩研究》（臺北：正中書局，1969 年）。

4. 毛振華：《左傳賦詩研究》（上海：上海古籍，2011 年）。

5. 王力：《同源字典》（北京：中華，2014 年）。

6. 王水照主編：《宋代文學通論》（開封：河南大學，1997 年）。

7. 王邦雄：《中國哲學論集》（臺北：學生書局，2004 年）。

8. 王明：《抱朴子內篇校釋：增訂本》（北京：中華，1996 年）。

9. 王易：《詞曲史》（臺北：廣文，1960 年）。

10. 王國維著；滕咸惠校注：《人間詞話新注》（臺北：里仁，1997 年）。

11. 北京大學古文獻研究所編：《全宋詩》（北京：北京大學，1998 年）。

12. 古添洪：《記號詩學》（臺北：東大，1991 年 4 月），頁 37。

13. 古遠清：《詩歌分類學》（高雄：復文圖書，1991 年）。

14. 弗蘭克著；趙可式、沈錦慧合譯：《活出意義來》（臺北：光啟，2012 年八版）。

15. 石訓、朱保書主編：《中國宋代文化》（鄭州：河南人民，2000 年）。

16. 朱謙之撰：《老子校釋》（北京：中華，2000 年）。

17. 江明惇：《漢族民歌概論》（上海：上海音樂，1999 年）。

18. 江雅玲：《文選贈答詩流變史》（臺北：文津，1999 年）。

19. 衣若芬：《赤壁漫遊與西園雅集──蘇軾研究論集》（北京：線裝書局，2001 年）。

20. 吳汝煜主編：《唐五代人交往詩索引》（上海：上海古籍，1993 年）。

21. 宋大能：《民間歌曲概論》（北京：人民音樂，1979 年）。

22. 李元洛：《歌鼓湘靈：楚詩詞藝術欣賞》（臺北：東大，1990 年）。

23. 李春青：《宋學與宋代文學觀念》（北京：北京師範大學，2001 年）。

24. 李槙泰：《色彩辭典》（瀋陽：遼寧美術，1989 年）。

25. 李銘龍：《應用色彩學》（臺北：藝風堂，1994 年）。

26. 汪懷君：《人倫傳統與交往倫理》（濟南：山東大學，2007 年）。

27. 阮忠：《唐宋詩風流別史》（武漢：武漢出版社，1997 年）。

28. 周益忠：《西崑研究論集》（臺北：臺灣學生書局，1999 年）。

29. 周裕鍇：《文字禪與宋代詩學》（北京：高等教育，1998 年）。

30. 周裕鍇：《宋代詩學通論》（成都：巴蜀書社，1997 年）。

31. 周錫保：《中國古代服飾史》（臺北：南天，1989 年）。

32. 季廣茂：《隱喻視野中的詩性傳統》（北京：高等教育，1998 年）。

33. 林文昌：《色彩計劃》（臺北：藝術，1911 年）。

34. 林宜陵：《北宋詩歌論政研究》（臺北：文津，2003 年）。

35. 林書堯：《色彩認識論》（臺北：三民，1991 年再版）。

36. 林湘華：《禪宗與宋代詩學理論》（臺北：文津，2002 年）。

37. 胡應麟：《詩藪》（上海：上海古籍，1958 年）。

38. 唐圭璋：《詞話叢編》（北京：中華書局，1996 年）。

39. 唐娟娟：《唐代唱和詩研究》（上海：復旦大學，2014 年）。

40. 耿昇譯：《中國社會史》（江蘇：江蘇人民，1998 年）。

41. 袁行霈：《中國詩歌藝術研究》（北京：北京大學，1987 年）。

42. 康正果：《重審風月鑑──性與中國古典文學》（臺北：麥田，1996 年）。

43. 張永言：《語文學論集》（北京：語文，1992 年）。

44. 張春興：《現代心理學──現代人研究自身問題的科學》（上海：上海人民，2009 年三版）。

45. 張高評：《印刷傳媒與宋詩特色》（臺北：里仁，2008 年）。

46. 張高評：《宋詩之新變與代雄》（臺北：洪業，1995 年）。

47. 張瑋儀：《宋代詩歌之養生與療心》（臺南：南一，2015 年）。

48. 張毅：《宋代文學思想史》（北京：中華書局，1995 年）。

49. 許清雲：《近體詩創作理論》（臺北：洪葉，1997 年）。

50. 陳少松：《古詩詞文吟誦研究》（北京：社會科學，1997 年）。

51. 陳寅恪：《陳寅恪先生文集》（臺北：里仁，1981～1985 年）。

52. 陳鍾琇：《唐代和詩研究》（臺北：秀威資訊，2008 年）。

53. 傅抱石：《中國的人物畫與山水畫》（臺北：華正，1985 年 10 月）。

54. 傅偉勳：《批判的繼承與創造的發展》（臺北：東大，1986 年 6 月）。

55. 喬治・湯姆遜：《論詩歌源流》（北京：作家，1955 年）。

56. 普行法師著：《法華經易解》（臺北：大乘精舍印經會，2011 年），頁 54、76。

57. 程千帆、吳新雷：《兩宋文學史》（高雄：麗文，1993 年）。

58. 逯欽立輯校：《先秦漢魏晉南北朝詩》（北京：中華，1983 年）。

59. 黃永武：《詩與美》（臺北：洪範，1985 年）。

60. 黃玫娟：《晏幾道與秦觀詞之比較研究》（新北：花木蘭，2012 年）。

61. 黃美玲：《歐、梅、蘇與宋詩的形成》（臺北：文津，1998 年）。

62. 黃鳴奮：《藝術交往論》（臺北：淑馨出版社，1993 年）。

63. 黃麗容：《李白詩色彩學》（臺北：文津，2007 年）。

64. 葉桂桐：《中國詩律學》（臺北：文津，1998 年）。

65. 熊海英：《北宋文人集會與詩歌》（北京：中華，2008 年）。

66. 褚斌杰：《中國古代文體概論》（北京：北京大學，1990 年）。

67. 趙以武：《唱和詩研究》（蘭州：甘肅文化，1997 年）。

68. 趙永紀：《詩論：審美感悟與理性把握的融合》（廣西：廣西師範大學，1999 年）。

69. 鞏本棟：《唱和詩詞研究——以唐宋為中心》（北京：中華書局，2013 年）。

70. 魯迅：《魯迅全集》（北京：人民文學，1981 年）。

71. 黎翔鳳撰；梁運華整理：《管子校注》（北京：中華，2004 年）。

72. 賴瓊琦：《設計的色彩心理》（臺北：視傳文化，1998 年）。

73. 錢鍾書：《管錐編》（臺北：書林，1996 年）。

74. 錢鍾書：《談藝錄》（臺北：書林，1999 年）。

75. 繆鉞：《詩詞散論》（上海：上海古籍，1982 年）。

76. 謝雲飛：《文學與音律》（臺北：東大，1978 年）。

77. 嚴可鈞校輯：《全上古三代秦漢三國六朝文》（北京：中華書局，1999 年）。

78. 釋法海撰；丁福保箋註：《六祖壇經箋註》（臺北：文津，1998 年）。

79. 〔日〕吉川幸次郎著；鄭清茂譯：《宋詩概說》（臺北：聯經，2012 三版）。

80. 〔日〕宮崎市定著；張學鋒、馬雲超譯：《宮崎市定亞洲史論考》（上海：上海古籍，2017 年）。

81. 〔法〕呂西安、戈德曼著，段毅、牛宏寶譯：《文學社會學方法論》（北京：工人，1989 年）。

四、學位論文（依出版日期排序）

1. 杜卉仙：〈蘇黃唱和詩研究〉（新北：東吳大學中國文學系碩論，1996 年）。

2. 廖志超：〈蘇軾蘇轍兄弟唱和詩研究〉（臺北：師範大學國文學系碩論，1997 年）。

3. 劉菁芳:〈聯句詩研究〉(臺中:逢甲大學中國文學研究所碩論,1998年)。

4. 劉雅芳:〈蘇軾黃庭堅之交遊及其唱和詩研究〉(臺北:臺灣師範大學國文研究所碩論,2000年)。

5. 蔡愛芳:〈二蘇及「蘇門四學士」唱和詩研究〉(南京:南京師範大學中國古代文學碩論,2003年)。

6. 祝乃花:〈唐代友朋交往詩初探〉(上海:華東師範大學中國古代文學碩論,2004年)。

7. 徐宇春:〈蘇軾唱和詩研究〉(陝西師範大學中國古代文學博論,2006年)。

8. 李艷傑:〈二蘇唱和次韻詩研究〉(河南:鄭州大學中國古代文學碩論,2007年)。

9. 張欣然:〈蘇軾與秦觀交遊述略〉(長春:吉林大學中國古代文學碩論,2007年)。

10. 張瑀琳:〈游與友:魏晉名士的交往行動〉(臺南:成功大學中文系碩論,2008年)。

11. 高邢生:〈黃庭堅次韻詩研究〉(河北:河北師範大學中國古代文學碩論,2010年)。

12. 鍾曉峰:〈詩藝的對話與影響:元和詩人交往詩研究〉(花蓮:東華大學中國語文學系博論,2010年)。

13. 游文玲:〈元白交往詩探析〉(臺中:東海大學中文所碩論,2013年)

14. 呂雪梅:〈晁補之唱和詩研究〉(重慶:西南大學中國古代文學碩論,2015年)。

五、單篇論文 (依出版日期排序)

1. 程杰〈關於秦觀生平、思想的瑣見〉,《南京師大學報》第二期,1986年,頁72。

2. 周益忠:〈作為美感經驗之知音相契——談宋代論詩詩〉,收於《文學與美學研討會論文集》(淡大中文所主編,臺北:文史哲,1990年),頁171。

3. 李建崑:〈韓愈詩形式之分析〉,《興大中文學報》,1992年第五期,頁262。

4. 洪順隆:〈六朝異類戀愛小說芻論〉,《文化大學中文學報》,1993年2月創刊號,頁26。

5. 崔銘：〈試論「蘇子瞻於四學士中最善少遊」〉，《唐都學刊》，2002年第二期，頁84～88。

6. 崔銘：〈蘇軾與「蘇門四學士」的相識與相知〉，收於《文史知識》（2002年第十期），頁47～52。

7. 蓋琦紓：〈論蘇門唱和詩在宋代詩歌史上的價值〉，《中國古典文學研究》，2003年6月卷九，頁14。

8. 馬東瑤：〈詩意的交流——論蘇門文人集團的唱酬之作〉，《文學前沿》，2004年第八期，頁209～222。

9. 戴朝福：〈《論語‧鄉黨篇》闡義（六）〉，《鵝湖月刊》2004年第三四九期。

10. 馬東瑤：〈蘇門酬唱與宋調的發展〉，《文學遺產》，2005年第一期，頁104。

11. 王妍：〈詩的起源與《詩》的源起〉，《學習與探索》，2005年第二期，頁108。

12. 孫福軒：〈科舉試賦：由才性之辨到朋黨之爭——以唐宋兩代為中心的考察〉，《浙江大學學報》（第三十八卷第三期，2008年），頁153。

13. 尚永亮、錢建狀：〈貶謫文化在北宋的演進及其文學影響——以元祐貶謫文人羣體為論述中心〉，收於《中華文史論叢》第九十九期，2010年3月，頁192。

14. 呼雙虎：〈唱和之中競詩才——蘇軾、黃庭堅、秦觀之間的一首唱和詩管窺〉，《赤峰學院學報》，2010年第十一期，頁76～78。

15. 李顯根：〈蘇軾與秦觀相知相契探因〉，《求索》，2010年第十一期，頁200～202。

16. 陳茂仁：〈實業詩人鄭福圳詩作探析〉，收於《大彰化地區當代漢詩論文集》，2011年6月，頁173。

17. 喻世華：〈君子之交，和而不同——論蘇軾與秦觀的交誼〉，《南京郵電大學學報（社會科學版）》，2012年第三期，頁83～89。

18. 黃昕瑤：〈魏晉名士的友誼觀——友情與友道研究〉，收於《中國學術思想研究輯刊》十四編第十六冊（新北：花木蘭文化，2012年）。

19. 孔令晶：〈蘇軾與「蘇門四學士」貶謫時期的唱和詩詞〉，《芒種》，2014年第四四八期，頁146～147。

附錄一、蘇軾、秦觀交往繫年及相關作品一覽表

時間	事跡	蘇軾作品	秦觀作品
熙寧七年 （1074）	蘇軾與秦觀第一次神交（未見面）。時蘇軾杭州通判任滿赴密州，秦觀居高郵家中。	至莘老處，方知壁語乃秦觀所作，大驚。	知蘇軾將復過維揚，遂「作坡筆語題壁」，盼攫取蘇軾目光。
元豐元年 （1078）	蘇軾時任徐州知州，秦觀將入京應舉，至徐州謁見先生，並攜李公擇之書。	〈次韻秦觀秀才見贈秦與孫莘老李公擇甚熟將入京應舉〉	作〈別子瞻學士〉送別。
	秦觀秋試落榜，蘇軾作詩安慰。	作〈次韻參寥師寄秦太虛三絕句時秦君舉進士不得〉安慰。	
	秦觀落第，退居高郵，閱讀書寫，與蘇軾時有詩文交往。	回〈太虛以黃樓賦見寄作詩為謝〉盛讚。	寄〈黃樓賦〉并〈與蘇公先生簡〉其二。
		十月五日，跋秦觀〈湯泉賦〉。	
		十二月十二日，蘇軾再簡〈答秦太虛七首〉其一，慰問秦觀落第。	秦觀回〈與蘇公先生簡〉其一。

元豐二年（1079）	正月秦觀作簡寄蘇軾。		〈與蘇公先生簡〉其三。
	春季，蘇軾徐州任滿，由徐州移知湖州，秦觀正欲如越省親，遂與參寥同乘坡船南下，途中覽訪無錫、松江、湖州、河山等地，師友酬唱賡和，交往詩作多。	經高郵，會道潛與秦觀，後停留金山二日，作詩〈余去金山五年而復至次舊詩贈寶覺長老〉。	秦觀次韻〈次韻子瞻贈金山寶覺大師〉。
		同遊惠山，作〈遊惠山并敘〉。覽唐處士王武陵、竇群和朱宿所賦詩，三人皆有次韻。	和作〈同子瞻賦遊惠山三首〉。
		同覽松江，作〈與秦太虛參寥會於松江而關彥長徐安中適至分韻得風字二首〉，時關景仁、徐安中前來相迓。	作〈與子瞻參寥會松江得浪字〉。
		端午同遊飛英諸寺，作〈端午遍遊諸寺得禪字〉。	作〈同子瞻端午日遊諸寺分韻賦得深字〉。
		作〈次韻秦太虛見戲耳聾〉。	不存。
		與秦觀等人相聚城南泛舟，賦詩〈泛舟城南會者五人分韻賦詩得人皆苦炎字四首〉。	不存。
	五月梅雨時節，秦觀告別蘇軾與同行友人，隻身省大父承議公與叔父秦定於會稽。	贈〈答秦太虛七首〉其三。	
			赴越途中，作〈德清道中還寄子瞻〉予東坡。
		評秦觀詞〈滿庭芳〉。	

	八月二十八日，蘇軾因「烏台詩案」被捕，判決快速，即刻遭貶，任黃州團練副使。秦觀聽聞，立返湖州打聽，確知屬實後，悲痛萬分。		賦〈雪上感懷〉思念東坡。
		〈與參寥子二十一首〉其五，提及少游〈題名〉。	中秋後一日，秦觀夜遊龍井，作〈龍井題名記〉。
元豐三年（1080）	蘇軾貶黃州，寓居定慧寺，為其首次的貶謫生涯，時秦觀居高郵家中。		作〈與蘇黃州簡〉。
		於元豐七年和作〈和秦太虛梅花〉。	作〈和黃法曹憶建溪梅花〉。
		跋秦觀〈龍井題名記〉，為〈秦太虛題名記〉。	
元豐四年（1081）	蘇軾仍貶黃州，秦觀於秋季赴京，二次應舉。		作〈與蘇公先生簡〉其四。
元豐五年（1082）	蘇軾居黃州，秦觀二次失試，回居高郵，途中經廬山等地。	據秦瀛《淮海先生年譜》，蘇軾於官舍作〈吊鑄鍾文〉	
元豐七年（1084）	正月，神宗命蘇軾赴汝洲團練副使，於四月離黃北上，七月蘇軾兒子蘇遯病亡，遂上表求常州居住。八月，秦觀會東坡於金山。	初春和秦觀梅花詩，名〈和秦太虛梅花〉。	
		五月十九，於慧日院大雨中作〈跋太虛、辯才盧山題名〉。	
		八月作〈次韻藤元發許仲塗秦少游〉。時與藤、許、秦會於金山。又作〈送金山鄉僧歸蜀開堂〉。	亦作〈送僧歸遂州〉。
	八月下旬，秦觀辭別蘇軾，自金山返回高郵。九月，東坡向王荊公推薦秦觀。十月，蘇軾至	以簡向王安石推薦秦觀，荊公作〈答蘇子瞻薦秦觀書〉回蘇軾。	

	高郵會秦觀，傳二人與孫莘老、王定國群聚高郵文游臺。冬至日，秦觀追送蘇軾渡淮。	蘇軾次韻〈秦少游夢發殯而葬之者云是劉發之柩是歲發首薦秦以詩賀之劉涇亦作因次其韻〉。	秋，秦觀作〈紀夢答劉全美〉，蘇軾、劉巨濟皆有次韻。
		十一月十三日，蘇軾泛舟揚州竹西，作〈秦少游真贊〉並書簡予秦觀。	秦觀以小像寄蘇公索贊，今不存。
		淮上，蘇軾賦〈虞美人〉（波聲拍枕長淮曉）別秦觀。	
元豐八年（1085）	三月，神宗崩，哲宗即位，高太后垂簾聽政。六月蘇軾獲知登州，十月抵登州就任五日，復被招回京任吏部侍郎。秦觀則登進士第，除定海主簿，未赴任，尋調蔡州教授。		蘇軾知登州，秦觀作〈賀蘇禮部啟〉贈之。
元祐元年（1086）	是年朝廷重用舊黨。蘇軾三月任中書舍人，九月升翰林學士，知制誥。秦觀仍任蔡州教授。		三月，蘇軾為中書舍人，秦觀作〈賀中書蘇舍人啟〉祝賀。又在〈答傅彬老簡〉中論蘇氏兄弟。
		九月，蘇軾升翰林學士，知制誥，秦觀常與之交往，笑謔秦觀「小人樊須也」。	
元祐二年（1087）	蘇軾任翰林學士，知制誥。秦觀任蔡州教授。	四月復制科，蘇軾與鮮于侁等人以「賢良方正」薦舉秦觀入朝。	

		蘇軾譏笑秦觀「十三箇字只說得一箇人騎馬樓前過。」	秦觀作〈水龍吟〉（小樓連苑橫空）贈妓婁琬，作〈南歌子〉（玉漏迢迢盡）贈陶心兒。
	六月，兩人於駙馬都尉王晉卿西園雅集，與會者十有六人，為文壇一大盛事。		秦觀於紹聖元年（1094），有〈望海潮〉（梅英疏淡）追憶此次盛會。
	八月起洛、蜀黨爭激烈，賈易、朱光庭、趙挺之等洛黨人士群攻蘇軾。		秦觀作〈朋黨論〉上下篇，為蜀黨辯護。
元祐三年（1088）	蘇軾於京師任翰林學士，知制誥，並權知貢舉，後因黨爭激烈，接連上章請求外任。秦觀雖被召回京師，卻為小人害，旋歸蔡州。	蘇軾上奏〈乞郡劄子〉，為秦觀等蘇門弟子辯護。	
		作〈慶源宣義王丈以累舉得官為洪雅主簿雅州戶掾遇吏民如家人人安樂之既謝事居眉之青神瑞草橋放懷自得有書來求紅帶既以遺之且作詩為戲請黃魯直秦少游各為賦一首為老人光華〉、〈虛飄飄〉、〈送蹇道士歸廬山〉。	唱和蘇軾，作〈和東坡紅鞓帶〉及〈和虛飄飄〉。且作〈贈蹇法師翊之〉。
元祐四年（1089）	蘇軾三月獲准出知杭州，七月到達杭州知州任上。秦觀則除太學博士，二十六日後，罷新除為校正祕書書籍。		秦觀弟少章從東坡為學於杭州。（黃庭堅有〈送少章從翰林蘇公餘杭〉詩）。
	十一月，客有傳朝議，欲以子瞻使高麗。	蘇軾作有〈論高麗進奉狀〉。	秦觀作〈客有傳朝議欲以子瞻使高麗大臣有惜去者白罷之作詩以紀其事〉記此事，與孫覺同賦之。

元祐六年（1091）	七月，秦觀由祕書省校對黃本書籍遷為正字，不久因受賈易、趙君錫彈劾，被罷正字，回校對黃本書籍。蘇軾則知杭州三月，被詔回京任翰林學士，後於八月抵潁州知州任上。	蘇軾上章〈辨賈易彈奏待罪劄子〉自劾，並為秦觀辯護。	
		賦〈南歌子〉（雲鬢裁新綠）答之。	作〈南歌子〉（靄靄凝春態）贈蘇軾侍妾朝雲。
元祐七年（1092）	秦觀在京，於三月被朝廷詔賜館閣花酒，並遊金明池、瓊林苑等地，又會於國夫人花園。		秦觀遊金明池，賦〈西城宴集〉詩兩首。
	蘇軾於春天改知揚州，九月被召回汴京，參與郊祀大典，任進官端明殿學士、翰林侍讀學士與禮部尚書之職。	獲雙石，作〈僕所藏仇池石希代之寶也王晉卿以小詩借觀意在於奪僕不敢不借然以此詩先之〉詩。	秦觀和作〈和子瞻雙石〉。
		蘇軾作〈次秦少游韻贈姚安世〉。	秦觀作〈次韻奉酬丹元先生〉。
元祐八年（1093）	六月，蘇軾獲知定州，秦觀復擢為正字。八月，秦觀任史院編修官。九月高太后棄世，哲宗親政，蘇軾於九月二十日出知定州。	蘇軾和作〈次韻秦少游王仲至元日立春三首〉。	元日立春，秦觀作〈元日立春三絕〉。
		蘇軾作〈上元侍飲樓上三首呈同列〉	秦觀作〈次韻東坡上元扈從三絕〉。
		十一月，蘇軾於定州郡齋後圃得雪浪石，作〈雪浪石〉詩。	秦觀和作〈雪浪石〉。藤希靖次韻，蘇轍、李之儀、參寥子、張耒、晁補之皆有和作。
紹聖元年（1094）	哲宗親政，時唱紹述，元祐黨人遭大規模流放。蘇軾謫命五改，從最初英州至惠州定案。秦觀則因坐黨籍，改館	劉拯稱秦觀「影附於軾」，而「褫觀職任」。	

	閣校勘，出為杭州通判，後又遭劉拯彈奏，落館閣校勘，監處州酒稅。		
紹聖二年（1095）	蘇軾在惠州，秦觀謫居處州。	元符二年蘇軾和作秦觀〈千秋歲〉（島外天邊）。	秦觀於處州作〈千秋歲〉。
		〈與參寥子二十一首〉中提及秦觀貶謫。	
		十二月，蘇軾在〈與黃魯直書〉其四中提及秦觀，謂「少游謫居甚自得」。是時黃庭堅在黔州。	
		十二月，蘇軾在〈與黃魯直書〉其四中提及秦觀，謂「少游謫居甚自得」。是時黃庭堅在黔州。	
紹聖三年（1096）	秦觀遭人構陷，以謁告寫佛書為罪，削秩徙郴州。蘇軾則在惠州，四月始造白鶴新居，又遷於嘉祐寺。		
紹聖四年（1097）	二月，朝廷又大規模追貶元祐黨人。蘇軾被責授瓊州別駕、儋州安置。秦觀被編管橫州。		
元符元年（1098）	秦觀移至橫州，九月自橫州謫雷州。蘇軾仍謫居儋州。	《冷齋夜話》載「東坡愛其句，恨不得其腔，當有知者。」	至橫州，寓居浮槎館，作〈醉鄉春〉（喚起一聲人悄）於祝姓柱上。
元符二年（1099）	秦觀編管雷州，與在海南島的蘇軾隔海相望，時有書信來往。	蘇軾和作秦觀詞〈千秋歲〉。	紹聖二年秦觀曾作〈千秋歲〉，蘇門多人和之。
元符三年（1100）	正月，哲宗崩，徽宗即位，向太后大赦天下。二月，蘇軾因恩移廉州，秦觀移英州（未	四月，得秦觀書，回〈與秦太虛書〉（近累得書教）其六及其七。	

	赴）。四月，以生皇子恩詔，授蘇軾舒州團練副使永州居住，秦觀則別駕移衡州。	六月，與秦觀會於海康。	秦觀作〈江城子〉（南來飛燕北歸鴻）述重聚之慨。又作詩〈贈蘇子瞻〉。
		蘇軾書其後，作〈書秦少游挽詞後〉。	六月，秦觀出示〈自作挽詞〉。
	八月十二日，秦觀卒於藤州光華亭，年五十四。	九月十日，蘇軾至光華亭。	少游卒
		十一月十五日，蘇軾為少游致奠，並作〈范元長書〉談及秦觀之喪。	
		後與李端叔、錢濟明、李方叔諸公書信，復悼念秦觀。	
靖國元年（1101）	七月二十八日，蘇軾卒於常州，年六十六。	三月二十一日，跋秦觀〈好事近〉（春路雨添花）詞，作〈書秦少游詞後〉	秦觀卒
		五月至金陵，作〈答李廌書〉，復痛悼秦觀之死。	

附錄二、蘇軾、秦觀交往詩

秦觀

〈別子瞻學士〉

人生異趣各有求，繫風捕影祇懷憂。我獨不願萬戶侯，惟願一識蘇徐州。徐州英偉非人力，世有高名擅區域。珠樹三株詎可攀，玉海千尋真莫測。一昨秋風動遠情，便憶鱸魚訪洞庭。芝蘭不獨庭中秀，松柏仍當雪後青。故人持節過鄉縣，教以東來償所願。天上麒麟昔漫聞，河東鸑鷟今纔見。不將俗物礙天真，北斗已南能幾人。八塼學士風標遠，五馬使君恩意新。黃塵冥冥日月換，中有盈虛亦何算。攄龜食蛤暫相從，請結後期游汗漫。〔註1〕

蘇軾

〈次韻秦觀秀才見贈秦與孫莘老李公擇甚熟將入京應舉〉

夜光明月非所投，逢年遇合百無憂。將軍百戰竟不侯，伯郎一斗得涼州。翹關負重君無力，十年不入紛華域。故人坐上見君文，謂是古人吁莫測。新詩說盡萬物情，硬黃小字臨黃庭。故人已去君未到，空吟河畔草青青。誰謂他鄉各異縣，天遣君來破吾願。一聞君語識君心，短李髯孫眼中見。江湖放浪久全真，忽然一鳴驚倒人。縱橫所值無不

〔註1〕《淮海集箋注》卷四，頁135。

-185-

可，知君不怕新書新。千金敝帚那堪換，我亦淹留豈長算。山中既未決同歸，我聊爾耳君其漫。〔註2〕

蘇軾
〈次韻參寥師寄秦太虛三絕句時秦君舉進士不得〉

秦郎文字固超然，漢武憑虛意欲仙。底事秋來不得解，定中試與問諸天。一尾追風抹萬蹄，崑崙玄圃謂朝隮。回看世上無伯樂，卻道鹽車勝月題。得喪秋毫久已冥，不須聞此氣崢嶸。何妨卻伴參寥子，無數新詩咳唾成。〔註3〕

蘇軾
〈太虛以黃樓賦見寄作詩為謝〉

我坐黃樓上，欲作黃樓詩。忽得故人書，中有黃樓詞。黃樓高十丈，下建五丈旗。楚山以為城，泗水以為池。我詩無傑句，萬景驕莫隨。夫子獨何妙，雨雹散雷椎。雄辭雜今古，中有屈宋姿。南山多磐石，清滑如流脂。朱蠟為摹刻，細妙分毫釐。佳處未易識，當有來者知。〔註4〕

蘇軾
〈余去金山五年而復至次舊詩贈寶覺長老〉

誰能斗酒博西涼，但愛齋廚法豉香。舊事真成一夢過，高談為洗五年忙。清風偶與山阿曲，明月聊隨屋角方。稽首願師憐久客，直將歸路指茫茫。〔註5〕

〔註2〕《蘇軾詩集合注》卷十六，頁804～806。
〔註3〕《蘇軾詩集合注》卷十七，頁858～859。
〔註4〕《蘇軾詩集合注》卷十七，頁841～842。
〔註5〕《蘇軾詩集合注》卷十八，頁911。

秦觀
〈次韻子瞻贈金山寶覺大師〉

雲峯一變隔炎涼，猶喜重來飯積香。宿鳥水干迎曉鬧，亂帆天際受風忙。青鞋踏雨尋幽徑，朱火籠紗語上方。珍重故人敦妙契，自憐身世兩微茫。〔註6〕

蘇軾
〈遊惠山并敘・其一〉

余昔為錢塘倅，往來無錫，未嘗不至惠山。即去五年，復為湖州，與高郵秦太虛、杭僧參寥同至，覽唐處士王武陵、寶臺、朱宿所賦詩，愛其語清簡，蕭然有出塵之姿，追用其韻，各賦三首。

夢裏五年過，覺來雙鬢蒼。還將塵土足，一步漪瀾堂。俯窺松桂影，仰見鴻鶴翔。炯然肝肺間，已作冰玉光。虛明中有色，清淨自生香。還從世俗去，永與世俗忘。

蘇軾
〈遊惠山并敘・其二〉

薄雲不遮山，疏雨不濕人。蕭蕭松徑滑，策策芒鞋新。嘉我二三子，皎然無淄磷。勝遊豈殊昔，清句仍絕塵。弔古泣舊史，疾讒歌小旻。哀哉扶風子，難與巢許隣。

蘇軾
〈遊惠山并敘・其二〉

敲火發山泉，烹茶避林樾。明窗傾紫盞，色味兩奇絕。吾生眠食耳，一飽萬想滅。頗笑玉川子，飢弄三百月。豈如山中人，睡起山花發。一甌誰與共，門外無來轍。〔註7〕

〔註6〕《淮海集箋注》卷八，頁336。
〔註7〕《蘇軾詩集合注》卷十八，頁912～915。

秦觀
〈同子瞻參寥游惠山三首‧其一〉

輈棹縱幽討，籃輿入青蒼。圓頂相邀迓，旃檀燎深堂。層巒淡如洗，傑閣森欲翔。林芳含雨滋，岫日隔林光。涓涓續清溜，靡靡傳幽香。俯仰佳覽眺，悠哉身世忘。

秦觀
〈同子瞻參寥游惠山三首‧其二〉

使君厭機械，所典惟散人。顧慙蒹葭陋，繆倚瓊枝新。上干青礚礚，下屬白磷磷。洞天不知老，金界無棲塵。緬彼人間世，烏蟾閡青旻。詎得躋三隱，山阿相與鄰？

秦觀
〈同子瞻參寥游惠山三首‧其三〉

樓觀相複重，邈然閟深樾。九龍吐清泠，瀄汩曾未絕。罍缶馳千里，真珠猶不滅。況復從茶仙，茲焉試葵月。岸巾塵想消，散策佳興發。何以慰遨嬉？操觚繼前轍。〔註8〕

蘇軾
〈與秦太虛參寥會於松江而關彥長徐安中適至分韻得風字二首‧其一〉

吳越溪山興未窮，又扶衰病過垂虹。浮天自古東南水，送客今朝西北風。絕境自忘千里遠，勝游難復五人同。舟師不會留連意，擬看斜陽萬頃紅。

〔註8〕《淮海集箋注》卷四，頁127。

蘇軾
〈與秦太虛參寥會於松江而關彥長徐安中適至分韻得風字二首‧其二〉

二子緣詩老更窮，人間無處吐長虹。平生睡足連江雨，盡日舟橫擘岸風。人笑年來三黜慣，天教我輩一尊同。知君欲寫長想憶，更送銀盤尾鬣紅。〔註9〕

秦觀
〈與子瞻參寥會松江得浪字〉

松江浩無旁，垂虹跨其上。漫然銜洞庭，領略非一狀。怳如陣平野，萬馬攢穹帳。離離雲抹山，窅窅天粘浪。煙中漁唱起，鳥外征帆颺。愈知宇宙寬，斗覺東南壯。太史主文盟，諸豪盡詩將。超搖外形檢，語笑供頡頏。嫋娟棄追逐，撥剌亦從放。獨留三百缸，聊用沃軒曠。

〔註10〕

蘇軾
〈端午遍遊諸寺得禪字〉

肩輿任所適，遇勝輒流連。焚香引幽步，酌茗開靜筵。微雨止還作，小窗幽更妍。盆山不見日，草木自蒼然。忽登最高塔，眼界窮大千。卞峯照城郭，震澤浮雲天。深沉既可喜，曠蕩亦所便。幽尋未云畢，墟落生晚煙。歸來記所歷，耿耿清不眠。道人亦未寢，孤燈同夜禪。

〔註11〕

秦觀
〈同子瞻端午日遊諸寺分韻賦得深字〉

太史抱孤韵，暢懷在登臨。別乘載鄒枚，佳辰事幽尋。參差水石瘦，

〔註 9 〕《蘇軾詩集合注》卷十八，頁 917～918。
〔註10〕《淮海集箋注》卷六，頁 255。
〔註11〕《蘇軾詩集合注》卷十八，頁 920～921。

窅窱房櫳深。清磬發疎箔，妙香橫素襟。復登窣堵波，環回矚嶔崟。雙溪貫城郭，暝色帶孤禽。涼飀動爽籟，薄雨生微陰。塵想澹清漣，牢愁洗芳斟。揮筵訂往古，援毫示來今。愧無刻燭敏，續此金玉音。

〔註 12〕

蘇軾
〈次韻秦太虛見戲耳聾〉

君不見詩人借車無可載，留得一錢何足賴。晚年更似杜陵翁，右臂雖存耳先聵。人將蟻動作牛鬪，我覺風雷真一噫。聞塵掃盡根性空，不須更枕清流派。大朴初散失渾沌，六鑿相攘更勝敗。眼花亂墜酒生風，口業不停詩有債。君知五蘊皆是賊，人生一病今先差。但恐此心終未了，不見不聞還是礙。今君疑我特佯聾，故作嘲詩窮嶮怪。須防額癢出三耳，莫放筆端風雨快。〔註 13〕

秦觀
〈德清道中還寄子瞻〉

投曉理竿栿，溪行耳目醒。蟲魚各蕭散，雲日共晶熒。水荇重深翠，烟山疊亂青。路迴逢短榜，崖斷點孤翎。叢薄開羅帳，淪漪寫鏡屏。疎籬窺窅窱，支港泛笭箵。遠潊依微見，哀猱斷續聽。夢長天杳杳，人遠樹冥冥。旅思搖風旆，歸期數月蓂。何時燃蜜炬，復聽閣前鈴？

〔註 14〕

秦觀
〈雪上感懷〉

七年三過白蘋洲，長與諸豪載酒游。舊事欲尋無處問，雨荷風蓼不勝秋。〔註 15〕

〔註 12〕《淮海集箋注》卷三，頁 120。
〔註 13〕《蘇軾詩集合注》卷十八，頁 919～920。
〔註 14〕《淮海集箋注》卷七，頁 258。
〔註 15〕《淮海集箋注・後集》卷四，頁 1466。

秦觀
〈和黃法曹憶建溪梅花〉

海陵參軍不枯槁,醉憶梅花愁絕倒。為憐一樹傍寒溪,花水多情自相惱。清淚斑斑知有恨,恨春相逢苦不早。甘心結子待君來,洗雨梳風為誰好?誰云廣平心似鐵,不惜珠璣與揮掃。月沒參橫畫角哀,暗香銷盡令人老。天分四時不相貸,孤芳轉盼同衰草。要須健步遠移歸,亂插繁華向晴昊。〔註16〕

蘇軾
〈和秦太虛梅花〉

西湖處士骨應槁,只有此詩君壓倒。東坡先生心已灰,為愛君詩被花惱。多情立馬待黃昏,殘雪消遲月出早。江頭千樹春欲闇,竹外一枝斜更好。孤山山下醉眠處,點綴裙腰紛不掃。萬里春隨逐客來,十年花送佳人老。去年花開我已病,今年對花還草草。不知風雨捲春歸,收拾餘香還畀昊。〔註17〕

蘇軾
〈次韻藤元發許仲塗秦少游〉

二公詩格老彌新,醉後狂吟許野人。坐看青丘吞澤芥,自慚黃潦薦溪蘋。兩邦旌纛光相照,十畝鋤犁手自親。何似秦郎妙天下,明年獻頌請東巡。〔註18〕

秦觀
〈送僧歸遂州〉

寶師本巴蜀,浪迹遊淮海。定水湛虛明,戒珠炯圓彩。飄零鄉縣異,晼晚星霜改。明發又西征,孤帆破烟靄。〔註19〕

〔註16〕《淮海集箋注》卷四,頁138～139。
〔註17〕《蘇軾詩集合注》卷二十二,頁1137～1138。
〔註18〕《蘇軾詩集合注》卷二十四,頁1207～1208。
〔註19〕《淮海集箋注》卷二,頁46～47。

蘇軾

〈送金山鄉僧歸蜀開堂〉

撞鐘浮玉山，迎我三千指。眾中聞謦欬，未語知鄉里。我非箇中人，何以默識子。振衣忽歸去，隻影千山裏。涪江與中冷，共此一味水。冰盤薦琥珀，何似糖霜美。〔註20〕

秦觀

〈紀夢答劉全美〉

歲逢困敦斗申指，辰次庚辰漏傳子。夢出城闉登古原，草木縈天帶流水。千夫荷鍤開久殯，前有一人狀瓌偉。素冠長跪烝酒殽，云是劉郎字全美。馬鳴車響斷還續，人境晦明秋色裏。既寤茫然失所遭，河轉星翻汗如洗。世傳夢凶常得吉，神物戲人良有旨。全美聲名海縣聞，閉久當開乃其理。娟娟二十四橋月，月下吹簫聊爾耳。洗眼看君先一鳴，九萬扶搖從此始。〔註21〕

蘇軾

〈秦少游夢發殯而葬之者云是劉發之柩是歲發首薦秦以詩賀之 劉涇亦作因次其韻〉

君看三代士執雉，本以殺身為小補。居官死職戰死綏，夢尸得官真古語。五行勝己斯為官，官如草木吾如土。仕而未祿猶賓客，待以純臣蓋非古。餓焉曰獻稱寡君，豈比公卿相爾汝。世衰道微士失己，得喪悲歡反其故。草袍蘆簟相嫵媚，飲酒嬉游事羣聚。曲江船舫月燈毬，是謂舞殯而歌墓。看花走馬到東野，餘子紛紛何足數。二生年少兩豪逸，詩酒不知軒冕苦。故令將仕夢發棺，勸子勿為官所腐。塗車芻靈皆假設，著眼細看君勿誤。時來聊復一飛鳴，進隱不須煩伍舉。〔註22〕

〔註20〕《蘇軾詩集合注》卷二十四，頁 1208～1209。
〔註21〕《淮海集箋注》卷二，頁 67～68。
〔註22〕《蘇軾詩集合注》卷二十四，頁 1212～1214。

秦觀

〈和東坡紅鞓帶〉

君不見相如容貌窮不枯，卓氏恥之分百奴。一朝奉指使節筇，駟馬赤車從萬夫。仲元君平更高妙，寄食耕卜霜眉鬚。兩川人物古不乏，數子風流今可無？參軍少年飽經術，期作侍中司御壺。若披青衫更矍鑠，上馬不用兒孫扶。一朝忽解印綬去，恥將詩禮攘裙襦。懸知百年事已定，却笑列仙形甚臞。東阡北陌西風入，瑞草橋邊人叫呼。想見紅圍照白髮，頹然醉臥文君壚。〔註23〕

蘇軾

〈慶源宣義王丈以累舉得官為洪雅主簿雅洲戶掾遇吏民如家人人安樂之既謝事居眉之青神瑞草橋放懷自得有書來求紅帶既以遺之且作詩為戲請黃魯直秦少游各為賦一首為老人光華〉

青衫半作霜葉枯，遇民如兒吏如奴。吏民莫作官長看，我是識字耕田夫。妻啼兒號刺史怒，時有野人來挽鬚。拂衣自注下下考，芋魁飯豆吾豈無。歸來瑞草橋邊路，獨遊還佩平生壺。慈姥巖前自喚渡，青衣江畔人爭扶。今年鹽市數州集，中有遺民懷袴襦。邑中之黔相指似，白髯紅帶老不癯。我欲西歸卜鄰舍，隔牆拊掌容歌呼。不學山王乘駟馬，回頭空指黃公壚。〔註24〕

蘇軾

〈虛飄飄〉

虛飄飄，畫簷蛛結網，銀漢鵲成橋。塵漬雨桐葉，霜飛風柳條。露凝殘點見紅日，星曳餘光橫碧霄。虛飄飄，比浮名利猶堅牢。〔註25〕

〔註23〕《淮海集箋注》卷五，頁176。
〔註24〕《蘇軾詩集合注》卷三十，頁1492～1494。
〔註25〕《蘇軾詩集合注》卷三十，頁1498。

秦觀

〈和虛飄飄〉

虛飄飄，虛飄飄。風寒飄絮浪，春暖履冰橋。勢緩霜垂霰，聲乾葉下條。雨中漚點沒流水，風裏綵雲鋪遠霄。虛飄飄，比時光影猶堅牢。〔註26〕

秦觀

〈贈蹇法師翊之〉

天都九經緯，人物如紡績。豈無仙聖遊？但未見袞識。蹇師蜀方士，鬼物充服役。竭來長安城，摩挲金銅狄。大蛇死已論，葛陂囚且釋。是事何足云，聊爾恤艱厄。方從馬明生，西去鍊金液。丹成得度世，造化為莫逆。予亦江海人，名宦偶牽迫。投劾去未能，見師三歎息。〔註27〕

蘇軾

〈送蹇道士歸廬山〉

物之有知蓋恃息，孰居無事使出入？心無天游室不空，六鑿相攘婦爭席。法師逃人入廬山，山中無人自往還。往者一空還者失，此身正在無還間。綿綿不絕微風裏，內外丹成一彈指。人間俛仰三千秋，騎鶴歸來與子游。〔註28〕

蘇軾

〈僕所藏仇池石希代之寶也王晉卿以小詩借觀意在於奪僕不敢不借然以此詩先之〉

海石來珠宮，秀色如蛾綠。坡陀尺寸間，宛轉陵巒足。連娟二華頂，空洞三茅腹。初疑仇池化，又恐瀛州蹙。殷勤嶠南使，餽餉揚州牧。

〔註26〕《淮海集箋注》卷三，頁114。
〔註27〕《淮海集箋注》卷五，頁150。
〔註28〕《蘇軾詩集合注》卷三十，頁1510～1511。

得之喜無寐，與汝交不瀆。盛以高麗盆，藉以文登玉。幽光先五夜，
冷氣壓三伏。老人生如寄，茅舍久未卜。一夫幸可致，千里常相逐。
風流貴公子，竊議武當谷。見山應已厭，何事奪所欲。欲留嗟趙弱，
寧許負秦曲。傳觀慎勿許，間道歸應速。〔註29〕

秦觀
〈和子瞻雙石〉

天鑱海濱石，鬱若龜毛綠。信為小仇池，氣象宛然足。連巖下空洞，
鼎張彭亨腹。雙峯照清漣，春眉鏡中蹙。疑經女媧鍊，或入金華牧。
鑪熏充雲氣，研滴當川瀆。尤物足移人，不必珠與玉。道傍初無異，
漢將疑虎伏。支機亦何據？但出君平卜。奇礌入華林，傾都自追逐。
我願作陳那，令吼震山谷。一拳既在夢，二駒空所欲。大士捨寶陀，
仙人遺句曲。惟詩落人間，如傳置郵速。〔註30〕

秦觀
〈次韻奉酬丹元先生〉

金華紫煙客，來作牧羊兒。至言初無文，尋繹自成詩。二景入妙解，
元氣含煙詞。憐我鬣蒼浪，黃埃眩蟲絲。勸解冠上緌，一濯含風漪。
攝身列缺外，倒躡蜿蜒蟹。維斗錯明珠，望舒耿修眉。真遊無疆界，
浩蕩天風吹。〔註31〕

蘇軾
〈次秦少游韻贈姚安世〉

帝城如海欲尋難，肯捨漁舟到杏壇。剝啄扣君容膝戶，巍峩笑我切雲
冠。問羊獨怪初平在，牧豕應同德曜看。肯把參同較同異，小窗相對
為研丹。〔註32〕

〔註29〕《蘇軾詩集合注》卷三十六，頁1837～1838。
〔註30〕《淮海集箋注》卷六，頁226～227。
〔註31〕《淮海集箋注》卷五，頁160。
〔註32〕《蘇軾詩集合注》卷三十六，頁1849。

秦觀
〈元日立春三絕・其一〉

此度春非草草回，美人休著剪刀催。直須殘臘十分盡，始共新年一併來。

秦觀
〈元日立春三絕・其二〉

發春獻歲偶然同，新曆觀天最有功。頭上兩般幡勝影，一時飛入酒杯中。

秦觀
〈元日立春三絕・其三〉

攝提東直斗杓寒，驟覺中原氣象寬。天為兩宮同號令，不教春歲各開端。〔註33〕

蘇軾
〈次韻秦少游王仲至元日立春三首・其一〉

省事天公厭兩回，新年春日併相催。殷勤更下山陰雪，要與梅花作伴來。

蘇軾
〈次韻秦少游王仲至元日立春三首・其二〉

己卯嘉辰壽阿同，願渠無過亦無功。明年春日江湖上，回首觚稜一夢中。

蘇軾
〈次韻秦少游王仲至元日立春三首・其三〉

詞鋒雖作楚騷寒，德意還同漢詔寬。好遣秦郎供帖子，盡驅春色入毫端。〔註34〕

蘇軾
〈上元侍飲樓上三首呈同列・其一〉

澹月疏星遶建章，仙風吹下御爐香。侍臣鵠立通明殿，一朵紅雲捧玉皇。

〔註33〕《淮海集箋注》卷十，頁 446～448。
〔註34〕《蘇軾詩集合注》卷三十六，頁 1852～1853。

蘇軾
〈上元侍飲樓上三首呈同列・其二〉

薄雪初消野未耕，賣薪買酒看升平。吾君勤儉倡優拙，自是豐年有笑聲。

蘇軾
〈上元侍飲樓上三首呈同列・其三〉

老病行穿萬馬羣，九衢人散月紛紛。歸來一盞殘燈在，猶有傳柑遺細君。〔註 35〕

秦觀
〈次韻東坡上元扈從三絕・其一〉

赭黃徹底望龍章，不斷惟聞蠟炬香。一片韶音歸複道，重瞳左右列英皇。

秦觀
〈次韻東坡上元扈從三絕・其二〉

端門魏闕鬱崢嶸，燈火成山輦路平。不待上林鶯百囀，教坊先已進新聲。

秦觀
〈次韻東坡上元扈從三絕・其三〉

仗下番夷各一羣，機泉如雨自繽紛。細看香案旁邊吏，却是茅家大小君。〔註 36〕

蘇軾
〈雪浪石〉

太行西來萬馬屯，勢與岱岳爭雄尊。飛狐上黨天下脊，半淹落日先黃

〔註 35〕《蘇軾詩集合注》卷三十六，頁 1853～1854。
〔註 36〕《淮海集箋注》卷十，頁 459～462。

昏。削成山東二百郡，氣壓代北三家村。千峰右卷蠹牙帳，崩崖鑿斷開土門。碣來城下作飛石，一礮驚落天驕魂。承平百年烽燧冷，此物僵臥枯榆根。畫師爭摹雪浪勢，天工不見雷斧痕。離堆四面繞江水，坐無蜀士誰與論？老翁兒戲作飛雨，把酒坐看珠跳盆。此身自幻孰非夢？故國山水聊心存。〔註37〕

秦觀

〈雪浪石〉

漢庭卿士如雲屯，結綏彈冠朝至尊。登高履危足在外，神色不變惟伯昏。金華掉頭不肯住，乞身欲老江南村。天恩許兼兩學士，將兵百萬守北門。居士彊名曰天吳，寤寐山水勞心魂。高齋引泉注奇石，迅若飛浪來雲根。朔南修好八十載，兵法雖妙何足論？夜闌番漢人馬靜，想見雉堞低金盆。報罷五更人吏散，坐調一氣白元存。〔註38〕

秦觀

〈贈蘇子瞻〉

嘆息蘇子瞻，聲名絕後先。衣冠傳盛事，兄弟固多賢。感慨詩三百，流離路八千。直心羞媚竈，忠力欲回天。縲紲終非罪，江湖衹自憐。饑寒常併日，疾病更連年。明主無終棄，西州稍內遷。奏言深意苦，感涕內人傳。前席須宣室，非熊起渭川。君臣悅相遇，願上角招篇。

〔註39〕

秦觀

〈自作挽詞〉

嬰釁徙窮荒，茹哀與世辭。官來錄我囊，吏來驗我屍。藤束木皮棺，槀葬路傍陂。家鄉在萬里，妻子天一涯。孤魂不敢歸，惝怳猶在茲。昔忝柱下史，通籍黃金閨。奇禍一朝作，飄零至於斯。弱孤未堪事，

〔註37〕《蘇軾詩集合注》卷三十七，頁1888～1890。
〔註38〕《淮海集箋注・後集》卷二，頁1394～1395。
〔註39〕《淮海集箋注・後集》卷三，頁1419。

返骨定何時？修途繚山海，豈免從闍維？荼毒復荼毒，彼蒼那得知！
歲晚瘴江急，鳥獸鳴聲悲。空濛寒雨零，慘淡陰風吹。殯宮生蒼蘚，
紙錢掛空枝。無人設薄奠，誰與飯黃緇？亦無挽歌者，空有挽歌辭。
〔註40〕

〔註40〕《淮海集箋注》卷四十，頁1323。